死の発送

新装版

松本清張

角川文庫
18518

目次

一章　尾行

1

岡瀬正平《しょうへい》が七年の刑を終えて出所した。

世間は彼の名前をまだ忘れていなかった。彼はかつてN省の官吏であった。公金五億円を費消し、当時、国会の問題になったくらい社会を騒がせたものだった。

そのころ二十五歳だった岡瀬正平も、釈放されて出て来たときは三十二歳になっていた。まだ風の寒い早春である。

岡瀬正平は、刑務所の門前まで出迎えに来た叔父の岡瀬栄次郎《えいじろう》に伴われ、都内中野区新井薬師《あらいやくし》の近くにあるその自宅に落ちついた。叔父は雑貨商であった。

数社の新聞記者が岡瀬宅に押しかけて行った。なにしろ、弱冠二十五歳で当時の金で五億円使い込んだのだから、岡瀬正平というと、七年経った今でも、十分にニュース価値があった。

岡瀬正平は笑顔で新聞記者団と会った。当時はまだ童顔だった彼も、今はさすがに顔が瘠《や》せ、顎《あご》が尖《とが》り、老けて見えた。

「あなたの今の心境はどうですか？」

新聞記者は訊《き》いた。

「大へん申しわけないと思っています」

岡瀬正平は頭を下げた。

当時、税金を横領して湯水のように使ったというので、国民的な怒りを買ったものである。そのため、局長が左遷され、課長が辞職している。

「これからどうするつもりですか？」

「当分、ここにいて、叔父の商売の手伝いでもします。それから、ゆっくりと自分の将来を考えていきたいと思います」

「方針はまだ立っていないのですか？」

「なにしろ、いま出所したばかりなので、頭がぼんやりしています。獄中では、ただ、世間に申しわけなくて、罪の償いをするのに懸命でした」

五億円もの金が二十五歳の青年によってどうして簡単に使い込まれたか。当時は不審がられたものだが、官庁機構の表面几帳面《きちようめん》げにみえる裏側のルーズさは、一介の事務官に巨大な職権を与えていた結果であった。上司は事務を下僚に任せっ放しで、帳簿一つ検査するではなかった。そのため、岡瀬正平は三年間に亘《わた》ってこれだけの大金を横領できたのである。

岡瀬正平は、その金の半分を女関係に使っていた。あとで調べると、彼の愛人は七人いた。どれも水商売の女であった。彼は秘《ひそ》かに家を建て、そこでは贅沢《ぜいたく》な調度や洋服を作って暮らしていた。新型の外車も買っていた。その無軌道な生活ぶりが新聞に報道されると、青年たちは自分たちの夢を岡瀬正平が実現していることに思わず羨望《せんぼう》したものである。

五億円というと、ちょっと使い切れないように思われる。ところが、岡瀬正平は女たちに大金を使ったばかりでなく、極秘に自分の事業もやっていた。繊維加工会社が一つ、ハム製造会社が一つである。

殊に、彼が最も愛していた女は、銀座一流のクラブのナンバーワンだった雪子であった。彼はこの女に相当注ぎ込んでいた。

しかし、あとで調べたところによると、雪子にはヒモがあって、このヒモに脅迫されていたことが分った。つまり、彼の金使いの荒いことを知った雪子のヒモは、公金費消を感づいて、逆に彼を恐喝していたのである。

二つの事業会社も儲《もう》けはなかった。というよりも、役所に知れないように、こっそりとアルバイト式にやっていたので、成功するはずがなかった。この会社に注ぎ込んだ金だけでも六、七千万円を下らない。

しかし、岡瀬正平は、ある場合、賢明であった。彼は役所に出るとき、決して立派な服装はしていなかった。洋服もわざと着古したもので通した。靴も踵《かかと》の減ったものである。ワイシャツも襟が垢《あか》じみ、ネクタイはよれよれだった。要するに、下級役人という扮装《ふんそう》を彼は忠実に守っていた。三年間に亘っての使い込みが容易に暴露《ばれ》なかったのは、そのためである。

彼は自宅から出勤するときは、素晴らしい外車だった。だが、その外車も決して役所の近くに着けるということはなく、一キロぐらい離れたところで停めた。彼は車の中で洋服を着替え、靴を穿《は》き替え、運転手をそこから帰したのであった。

しかし、豪奢《ごうしゃ》な生活が身についてくると、どこか、それがちらちらと同僚間に分ってくる。そんなとき、彼は必ずこう言った。田舎の叔父が死んで、その遺産が入ったのだと。なにしろ、叔父は何千町歩という山林をもっていたと吹聴《ふいちょう》した。——友人は羨望するだけで、少しも彼の犯罪に気づかなかった。

ことがバレて、警視庁では綿密に彼の費消した先を調べた。ここで、雪子をはじめ七人の女に、大そうな金を使っていたことが分ったし、豪奢な彼の生活も泛《うか》んだ。二つの事業会社を経営していたことも分った。

しかし、それらの額は合わせてもおよそ四億円だった。残りの一億円が使途不明なのである。

岡瀬正平を訊問《じんもん》すると、彼はその金を日曜ごとの競馬で使ったり、数人の者に高利で貸し付けて焦げつきで取れなくなったといった。馬券の損となると、裏づけがとれない。警視庁では、その貸付先というのを追及したが、ほとんど分らなかった。彼の申し立てによる人物を調べたが、あるいはその地名に該当者がいなかったり、転居して行方不明だったりした。そのことから、岡瀬正平は架空の貸付先を言っているだけで、実は、まだどこかに大金を隠匿しているのではないかという疑いが起こった。

しかし、彼を訊問すると、事実、帳面にも記《つ》けていないくらいで、「忘れた」部分が多かった。たとえば、ある女に出した金は三千万円ぐらいでしょう、と言ったが、事実は倍の六千万円だったりした。そんなことから、使途不明の金も、結局、その使いぶりが乱脈すぎて追及できず、警視庁も匙《さじ》を投げた。

実際、当時、彼を激しく追及したり、また身辺を洗ったりしたのだが、彼の自供以外には何も出てこなかったのだった。

当分、叔父の雑貨屋を手伝って、将来の方針を立てたい、と言う岡瀬正平の顔は、さすがに窶《やつ》れてはいるが、往年のふてぶてしさは残っていた。当時、新聞に出ていた彼の表情は、妙に人を食ったところがあったので、現代青年の典型だと言われたくらいである。

ただ、記者団と会ったとき、彼はふと寂しそうに言った。

「わたしは逮捕される二か月前に、母親を亡くしました。当時、わたしは自分の逮捕された姿を母に見られなかったのを喜んでいましたが、今では、こうして出て来ても、母がいないのが一ばん寂しいです」

彼はさすがにしんみりと述懐した。

この談話は、その日の夕刊に出たが、この岡瀬正平の会見には、実は、二、三流紙の記者も混っていたのだった。

底井武八《そこいたけはち》もその一人である。

彼の新聞社は、べつに販売網をもたず、おもに立ち売りの夕刊紙だった。それだけに、煽情的《せんじようてき》なものを特色にしている。

岡瀬正平が出所すると聞いた底井武八は、編集長の山崎治郎《やまさきじろう》に命じられて、会見記事を取りに行った。しかし、彼の任務は、ただ岡瀬正平に会って話を聞くだけではなかった。

山崎編集長は言った。

「岡瀬正平は、まだ、どこかに大金を匿《かく》している。あのとき、警視庁でも摑《つか》めなかったのは、彼が巧妙にそれを隠匿しているからだ。あいつは若いが、なかなかしっかりしているようだ。無軌道に女やギャンブルに金を使ったように見せかけているが、あれは早晩、自分が捕まることを覚悟しているやり方だ。最後の用意に、ちゃんと匿し金を作っているに違いない」

編集長は底井武八だけを呼んで言い聞かせた。

「そこでだ。きみは岡瀬正平の行動を毎日探るのだ。奴は、当分、しっぽを出さないだろう。しかし、きみはこれから岡瀬の動静を探るのを専任にやってくれ。取材費はかかっても構わないよ」

むろん、R新聞は戦後に発刊されたものだが、その特色が受けて、かなりな部数を発行している。三流紙ながら社は黒字で、ほくほくものだった。取材費を使っても構わないというのは、そのためである。

底井武八は、他社の記者連と一しょに岡瀬正平に会い、彼の話を書き取って、ひとまず記事をデスクに送った。ここまでは、ほかの新聞社と同じである。違うのは、それから彼が早速、雑貨屋の前の菓子屋の二階の表部屋を借りたことだった。ここに頑張って張り込みをつづけ、岡瀬正平の動静を窺《うかが》おうというのであった。借りた家は雑貨屋の真ん前だから、逐一、その中に動いている人間の様子が知れる。

底井武八は、自炊道具を一切持ち込んで頑張った。

自炊道具といっても、近ごろは電気器具だから、至極簡単である。飯もパンもひとりでに炊けたり焼けたりするから、世話はない。いつでも視線を正面の雑貨屋の店先に向けることができた。

岡瀬正平は釈放された日の翌日から、その言葉どおり、店の手伝いをはじめていた。彼は地味なセーターに、よれよれのズボンをはき、なりふり構わない恰好《かっこう》で、荷造りを解いたり、品物の整理をしたり、値段を叔父に訊《き》いて客に売ったりしていた。

見ていると、彼は小僧のように小まめに立ち働く。これがかつて高級車を乗り回し、七人の女をもって、バーやクラブで豪遊した同じ人間とは思われないくらいだった。

底井武八は、岡瀬正平よりは三つぐらい下だった。

彼も当時の新聞を読んで、岡瀬正平の派手な生活を憶《おぼ》えている。いま、毎日、岡瀬の働いている姿を見ると、少々、彼が哀れになってきた。誰でも一生に一度はああいう夢のような生活をしてみたい。人間、落ちぶれた姿を見ていると、たとえ、それが不正だったにしても、妙に、その全盛時代と比較して、同情が湧くものである。

底井武八は、山崎編集長が、なぜ、こうも執拗《しつよう》に岡瀬正平の身辺を探らせているかに、あまり疑問をもたなかった。普通の新聞ではない。特別な話題《トピック》を売りものにしている性格だから、岡瀬正平が隠匿した大金の行方を突き止めさせ、あっと言わせようという魂胆だ、と単純に解していた。

しかし、底井武八にしても、この仕事は興味のないことではなかった。彼は、これを編集長に命ぜられてから、当時の新聞記事を全部読み返してみた。その結果、なるほど、編集長が言う通り岡瀬正平はどこかにまだ大金を匿しているると推測した。

もし、岡瀬正平にその用意があったら、彼は必ずその隠し金を取り出しに行くに違いない。その場所はどこか。また、彼はそれを警視庁にも知られずに、いかなる方法で隠匿していたのか。

——底井武八が岡瀬正平を見張りはじめてから一か月半が経った。

岡瀬正平に変化はない。少しも外出しないのだ。店には毎日現われて働き、夜は銭湯に行き、早いとこ寝るらしい。岡瀬正平の部屋は雑貨屋の表二階だから、底井武八のいるところと真正面になる。

しかし、岡瀬正平が賢明なら、当分、動かないであろう。彼だって、しばらくは自分の身辺が注意されていることを知っているに違いない。

底井武八は、本社に毎日電話で連絡した。

そのつど、編集長の山崎治郎が出る。

「毎日、商売を手伝ってるのか？　外出はちっともしないかい？」

「はあ、全然、動きがないようです」

「夜なんかどうだい？」

「たいてい、九時ごろには寝ているようです」

「こっそり外に出てるようなことはないか？」

「その点は気を付けて十分に見張っていますが、今のところ、そういう形跡はありません」

「つづけて、よく張っていてくれ。必ず動きがあるはずだ」

「承知しました」

「きみは、彼の行動だけを監視してくれたらいい。そちらが済むまで、こっちのことは考えないでいいからな」

「わかりました」

山崎編集長は、この仕事にひどく乗り気だった。

編集長が積極的なので、底井武八もやりやすかった。費用の点も心配しないでいいというのである。

しかし、こちらがいくら張り切っても、対手《あいて》の岡瀬正平に動きが見えない。彼の店員ぶりも、毎日の商売も次第にイタについて来ているようだった。

やはりあの男には隠匿財産はなかったのか。今の姿が彼の本当のところかもしれない。——底井武八は、岡瀬正平の毎日を見ていると、つい、そんな気が起きた。なにしろ、様子が殊勝なのである。世間を騒がした罪を、ひたすら今の生活態度で詫《わ》びているようにも思えた。

だが、油断はできないのだ。そのうち、こちらが虚を衝《つ》かれないとも限らない。

岡瀬正平のほうは、自分の家のすぐ前に動静を窺っている人間がいようとは、全然、気づいていないふうだった。これは底井武八が最も警戒したところである。彼に気取られたらそれまでだ。

さいわい岡瀬正平はこちらの家に注意を向けたこともなかった。

底井武八は、表に面した障子に小さな穴を開け、双眼鏡を持って来て観察をつづけていた。

双眼鏡は精巧なもので、かなりな距離だったが、岡瀬正平の顔の黒子《ほくろ》まで知れそうだった。眼玉の動きさえも手に取るように分る。岡瀬正平がこちらの張り込みを気づいていないことも、その拡大された顔の表情から判断がついた。

一か月半ほどが過ぎた。さらに一週間経ったころである。

雑貨の商売は、午前中が一ばん忙しい。そこは卸売もやっているらしく、小売屋が買いに来たり、岡瀬正平が自転車で商品を配達などしている。

午後は閑散《ひま》になって、よく、岡瀬正平がぼんやりと店番をしている姿などを見かけた。

その日の午後三時ごろだった。

底井武八が、例によって障子の穴から岡瀬の姿を確認しておき、しばらく雑誌でも読んでいようかと思って覗《のぞ》くと、店先に岡瀬正平の姿が見えなかった。

だが、彼の姿がないことは、べつに心配ではない。これまでもそうだったが、裏が倉庫なので、そこに品物を運んで片づけたりするから、必ずしも心配は要らない。

だが、虫の知らせというか、何となく臭いという気がした。彼はそのまま障子の穴に眼を当てていた。

すると、ひょっこり奥から岡瀬正平が現われた。いつも汚ないセーターと、よれよれのズボンを穿《は》いているのだが、そのときは、出所したときに着ていた背広姿だった。もちろん、あまりいい洋服ではない。しかし、彼は外出しようとしているのだ。

底井武八は大急ぎで、自分も外出にとりかかった。彼はその辺の物を放ったまま、二階から階段を駆け下りた。

菓子屋の表をすり抜けて道路に出ると、岡瀬正平の姿は遥《はる》か向こうを歩いている。見失わなかったので、ほっとした。

彼は軒の下を択《えら》ぶようにして、岡瀬正平の背中に眼を定着させた。

その通りを少し行くと、広い四つ角になる。そこは池袋《いけぶくろ》通いのバスの停留所になっていた。

岡瀬正平は、バスの停留所に突っ立っている。べつに後ろを振り向いて見るような、警戒している様子もなかった。

底井武八は、岡瀬正平が池袋方面に向かうのかと思っていると、先方は急に手を挙げた。

折りから来かかったタクシーを停めたのである。

底井武八はあわてた。彼は急いで、あとから来るタクシーを眼で探した。

幸い、つづいて「空車」の標識を出したタクシーが来ていた。彼は勢よく手を振った。

このとき、岡瀬正平の乗った車は赤信号で停車した。何もかも幸いだった。

底井武八は、運転手の背中を突っついた。

「前の車を尾《つ》けてくれ。向こうに覚《さと》られないようにね。料金のほかに、別にチップをはずむよ」

「ようがす」

運転手は座り直した。

2

信号が青に変わると前の車が動き出した。うしろの窓に岡瀬正平の姿が見える。

底井武八は、つづいて運転手に後を追わせた。この辺は道が狭く、なかなか思うように走れない。あまり接近するのも対手に気取られそうなので、少し間隔をおくと、素早くうしろのタクシーや小型トラックが間に割り込んだりする。

それでも、ようやく哲学堂《てつがくどう》前の広い道へ出て、追跡に苦労のないことになった。

この道をまっすぐ行くと、池袋方面に出る。

とつぜん、前の車は左折して十三間道路《じゅうさんけんどうろ》のほうへ一直線に向かった。

この道路は交通量も少なく、見通しも利く。それに、車が少ないのでスピードが出る。

いったい、奴はどこに行くのだろう。

底井武八は身体を前にのり出して、前方から眼を放さなかった。

前のタクシーは、二十分ばかりも走って、その広い道路が尽きたところで右側の狭い路《みち》に入った。

「おい、これを行くと、どこへ行くんだい?」

底井武八は運転手に訊《き》いた。

「そうですな、まっすぐどこまでも行けば、田無《たなし》のほうに行きます」

「田無?」

底井武八はびっくりした。田無というと、都心からはずっと離れる。

もっとも、田無に出るまで、途中で岡瀬が車を停めるということもあり得る。

あたりは畑と雑木林の郊外の景色となった。

底井武八は、こちらの尾行が気づかれはしないかとひやひやしたが、幸い、間にトラックが入ってくれて、まず、眼を晦《くら》ますには大丈夫のように思われた。

狭い道路はうねうねと曲がっている。向こうの車は、その悪路をかなりの速力で走っていた。

「はてな？　この調子だと、田無まで行きそうだな？」

「そうですね。旦那《だんな》、やっぱり、このまま追いますか？」

「もちろんだ。向こうの車の行くところまで行ってくれ」

その田無に着いた。

ここはちょっとした町である。しかし、岡瀬正平の車はそこでも停まらず、町の中を突っ走って行く。

「この道路は、何だね？」

「青梅《おうめ》街道です」

「へえ。すると、狭山《さやま》湖のほうにまで行くのかな？」

なおも眼を放たずにいると、前のタクシーは、その街道を左に折れた。約五百メートル離れて、こっちの車が曲がる。

道はアスファルト舗装の立派なものだった。

「きみ。この道を行くと、どこへ出るんだね？」

「あんまりこっちのほうは来たことがありませんが、たしか、武蔵小金井《むさしこがねい》か、国分寺《こくぶんじ》のほうじゃないでしょうか」

道の両脇には畑がつづき、右側の野面の涯《はて》に富士山の雪の頂が見えた。

岡瀬の奴、日ごろ、鬱陶《うっとう》しい叔父の店で働いているから、はじめて外に出るとなると、えらく遠方に突っ走るものだと思った。

道は直線コースである。だが、やがて、それは川の流れている堤防に突き当たった。

「どこだい、ここは？」

「小金井の桜堤《さくらづつみ》ですな」

車は橋を渡り、一向に速力を落とそうともしない。

底井武八は見当がつかなくなった。

やがて、小金井の賑《にぎ》やかな商店街になる。駅のすぐ横の踏切も故障なく二台とも続いて通過した。

道は下り坂になり、さらに延々と先まで続いていた。

「どこに行くんだい？」

「この辺は多磨《たま》霊園ですが」

「霊園？」

それを聞いて底井武八はやっと合点《がてん》がいった。

岡瀬正平は、逮捕される前に実母を失っている。現に記者会見のとき、出所しても母親がいないのは寂しい、と洩《も》らしたくらいだ。

するど、彼の母親の墓地がここにあって、墓参に行くのか、と思った。

ところが、前の車は墓地に入る道を曲がらずに、そのまままっすぐに走る。

おや、と思った。

「おいおい、一体、どこへ出るんだい？」

底井武八は、そのつど運転手に訊かずにはいられなかった。なにしろ、対手《あいて》の行先が、分らないので、通過の途中、土地土地を確認しておかなければならない。

「そうですな、たしか、この先が府中《ふちゅう》のほうだと思いますが」

「府中？　競馬場のある、あそこかい？」

「そうです。この辺だと、前に一、二回来たことがありますから」

底井武八は黙った。

ただ、前方をしばらく凝視しているだけだった。

「お客さん」

運転手のほうが口を利いた。

「やっぱり府中ですよ」

運転手も前を見つめていた。

「いま、思い出しましたよ。府中は、今日から競馬がはじまってますな」

「そうかい」

競馬。――

底井武八は、それで合点した。

五億円も公金をつまみ食いした岡瀬正平は、その大半を女に注ぎ込んでいるが、またギャンブルにも使っている。そのうち、主なものが競馬だったのだろう。

自分の金でなく、公金だから、思う存分馬券も買い狂ったに違いない。

いま、府中に競馬が開催されていると聞いて、やはり岡瀬正平は昔の癖が出たのだと思った。実直そうにあの叔父の雑貨屋で働いているが、新聞か何かで東京競馬の開催日を知って、矢も楯《たて》も堪《たま》らなくなったのであろう。

七年間の刑務所生活を過ごして自由を取り戻した最初の享楽が競馬であった。

してみると岡瀬正平はまだ金を相当持っているに違いない。もっとも、わずかな小遣いのなかで好きな馬券を買うということも考えられるが、いままでの彼の性格からして、そんなみみっちい買い方でなく、思い切った勝負をしそうである。

そうだ、これが一つのカギになるかもしれない。もし、岡瀬正平が馬券を大量に買ったら、彼には隠匿の金があったということになる。――

車は、思った通り、府中競馬場の正門に着いた。岡瀬正平が車を降りて、料金を払っている。

　底井武八もそこに車を停めて、運転手に支払いを済ませた。約束どおり、チップも与えた。

　競馬場は、正門前から人の流れがつづいている。両側には、予想屋が旗や幟《のぼり》を立てて景気を煽《あお》っていた。その前にも人だかりがしている。

　岡瀬正平は、予想屋の前にちょっと立ち停まっていたが、そのまま門のほうへ歩いて、入場券を買った。

　底井武八も入場券を求めたが、追跡はずっと楽である。人が多いだけに対手から気づかれる惧《おそ》れがなかった。

　岡瀬正平は門の内にずんずん歩いて行く。そのうしろ姿はいかにも潑剌《はつらつ》としていた。彼は久しぶりに好きな場所に来て、生気を取り戻したようである。

　底井武八は彼のあとから離れない。岡瀬正平が馬の下見場《パドック》に行くと、彼もそこに行き、対手が観覧席《スタンド》のほうに行くと、彼もそれに従った。

　スタンドの岡瀬正平は無心に馬場を眺めている。折りから、七頭の馬が次々に障害を飛び越えて、一列になって疾走して行くところだった。

　岡瀬正平は人混みの中に突っ立って眺めていたが、そのレースが終わると、ポケットから出馬表を出し、足早に馬券売場のほうへ向かった。

これからが、いよいよ、彼の正体を見究める段だ、と思った。

売場では、底井武八は岡瀬正平のすぐうしろについた。ほかに人が群らがっているので、最も尾行はやりやすい。

岡瀬は千円札を五枚握り、5―3の馬券を求めた。底井武八はそれをじろりと肩越しに眺めただけで、自分はすっと横に逸《そ》れた。

五千円なら大したことはない。だが、岡瀬正平にしてみれば、小手調べというところかもしれなかった。

馬券を買った岡瀬正平はスタンドのほうへ引き返す。

馬場は、早春の明るい陽射しに草の緑が萌《も》え、疾走路の白い砂が輝いていた。風も柔らかい。

岡瀬正平はスタンドの上に立って、人の肩の間から馬場を眺めている。馬場では、揃《そろ》った馬が走り出した。

騎手のさまざまな色彩が流れて行く。それが馬場を一周し、眼の前を通過した。団《かたま》った馬は、やがて一列になり、一つのリズムに乗ったようにすべって行く。

馬券こそ買っていないが、底井武八の眼が思わず馬に見惚《みと》れた。白い雲を浮かべる蒼《あお》い空の下で、艶々《つやつや》と光る黒褐色の馬の群が美しい。観衆の間に、どよめきが湧いた。

最後の一周になった。底井武八が、ひそかにこれだと目標をつけていた馬がずんずん先頭を追い越して行く。直線コースにかかると、三頭の馬がほとんど横に並んで疾駆した。場内に喊声《かんせい》が上がった。

底井武八は最後の瞬間を見るために、人のうしろから伸び上がった。どの馬が入ったか分らないくらい、縺《もつ》れた勝負だった。

早くも配当金を取りに行く群れがスタンドから崩れてゆく。微妙な勝負だけに、判定が出るまでの静かな澱《よど》みといった間隙《かんげき》が観衆の上に落ちていた。

このとき、底井武八は初めて気づいた。岡瀬正平の姿が無いのだ。彼は血眼になって探した。

いなかった。

ほんの僅《わず》かな間だった。馬が直線コースにかかったとき、ちらりと横眼で岡瀬正平のほうを見たのだが、そのときは確実に彼の姿は存在していた。多分、最後のゴール間近の様子を伸び上がって見たとき、岡瀬正平の姿を取り逃がしたものと思える。

底井武八は血眼になった。

今度は発見が容易でなかった。スタンドだけでも、ざっと一万人以上の人間がいるだろう。

場内アナウンスがはじまった。掲示板に勝負の結果が出た。5―3は外れていた。

岡瀬正平は配当金を取りに行ったのでもない。すると、彼は尾行者に気づいて、素早く底井武八を撒《ま》いたのであろうか。今までは、対手のほうでも知らないと思っていたのだが、こっちが迂闊《うかつ》だったのかもしれない。

底井武八は汗をかいた。次の勝負も、次の勝負も、売場とスタンドを往復したが、遂に、岡瀬正平の姿を発見することができなかった。

底井武八は、すごすごと菓子屋に戻った。

岡瀬正平をあそこまで追いながら、一瞬の油断から取り逃がしてしまったのだ。残念でならなかった。

しかし、これで、岡瀬正平が府中の東京競馬場に行ったということだけは確かめることができた。

岡瀬正平は、最初の勝負に千円券を五枚買っている。ただ、それだけなら大したことはない。

問題は、あと、彼がどれだけの馬券を買ったかである。

底井武八はレースのたびに馬券売場の前で見張っていたが、岡瀬の姿は映らなかった。だから、岡瀬正平はあとの馬券を買わなかったともいえる。が、売場は混み合うので、迂闊に彼を見逃がしたということもあり得る。

また、場内にはノミ屋と称する私設馬券屋もいるから、彼がそれを利用したと考えられぬではない。いずれにしても、あのまま岡瀬正平を取り逃がしたのは無念であった。

例の障子の穴から真向かいの雑貨屋をのぞくと、叔父の岡瀬栄次郎が忙しそうに荷を片付けているだけで、岡瀬正平の姿はなかった。彼はまだ戻っていないらしい。

底井武八は最終のレースまで残っていたのだから、岡瀬正平は競馬場から何処かに回ったのかもしれない。もしかすると、途中で競馬場を脱《ぬ》け出たのかもしれなかった。

だが、まさか、あのまま彼が雑貨屋に戻らないわけではあるまい。

とにかく、今日のことを編集長に報告しなければならないと思って、底井武八は階下に降りた。電話を借りて社に掛けた。

すぐ編集長が出た。

「お客さんは」

岡瀬正平のことを言った。

「今日、府中の競馬場に行きました、ぼくもそこまで行って、いま帰ったところです」

「競馬をやったのか？」

山崎編集長は訊《き》いた。

「馬券を何枚買った？」

「最初、千円券を五枚買いました」

「ふむ、次は？」

「あとは、ちょっとの油断で姿を見失ったので、わかりません」

「撒かれたのか？」

「撒いたかどうか、先方の気持ちがわかりません。ぼくの油断がいけなかったのです」

「ダメじゃないか」

編集長が大きな声で叱った。

「なぜ、しっかりと見張っていないのだ？」

「すみません。これからは気をつけます」

「競馬場に行ったのなら、奴は隠し金を持っているのかもしれない。馬券の買い方で、およそ分るはずだ」

編集長は底井武八が考えているようなことを言った。

「ええと、府中の競馬はいつまでだったかな？」

「あと七日あります」

「岡瀬は続けて、行くかもしれない。今度こそ、しっかりと見ておくんだ」

「わかりました」

「奴は、いま、叔父の家に帰っているかい？」

「いいえ、まだ戻っていません」

「ふむ、久しぶりだから、どこかで遊んで、夜遅く帰ってくるかもしれぬな。いいかい、この次からはヘマをやるんじゃないよ」

「はあ」

夜になって、障子の穴から覗《のぞ》くと、雑貨屋の二階に、ちらちらと岡瀬正平の影が動いていた。

やっぱりあいつは帰ったのだ。底井武八は安心した。

この様子だと、明日もまた府中に出かけるに違いない。今度こそ、絶対にはぐれないようにしよう、と決心した。

今日の様子だと、岡瀬正平は、明日も午前中、雑貨屋で働き、午後から出かけて行くのかもしれない。

が、岡瀬正平が本当の隠し金を取りに行くのは、いつのことか分からなかった。

馬券を買うぐらいの金だったら大したことはない。しかし、彼も当分、用心してるだろうから、それまで、こちらも辛抱せねばならぬ。それを考えると、ちょっと、うんざりした気持ちにならないでもなかった。

編集長は、あくまでもここにねばらせておくつもりだ。

「底井さん」

夜の八時すぎになって、下から菓子屋のおかみさんの声が聞こえた。

「お客さまですよ」

今ごろ、誰が来たか、と思っていると、階段を軋《きし》らせて、当の編集長の顔が現われた。

「よう」

山崎編集長は、片手にウィスキーの瓶を提げていた。

「陣中見舞だ」

彼は手に持ったものを底井武八の眼の前に突き出した。

「すみません」

「どうだい、奴はやっぱりいるかね？」

編集長は、そこにあった双眼鏡を早速手に取って、自分で障子の穴に当てた。

「いる、いる」

彼は岡瀬正平の影を見つけて言った。

山崎治郎は、ずっと以前は大新聞社にいたのだが、わがままが過ぎて居られなくなり、現在の新聞社に入ってきた。四十二、三の、色の黒い、肩の盛り上がった、見るからにいかつい容貌《ようぼう》だった。

底井武八は、容易なことでは腰を上げない編集長がわざわざここまで来たのは、先ほど電話で怒鳴ったのを少し後悔して、彼の機嫌をとりに来たのかと思った。ウイスキーまで持参しているのだ。

それほど、編集長は岡瀬正平の隠し金に強い興味を持っているのか。

編集長は、なおも穴に双眼鏡を当てて背中を曲げている。岡瀬正平の一挙一動を丹念に凝視しているのだ。その恰好《かっこう》を見て、底井武八に、ふと、編集長へ対する疑惑が起こった。

3

底井武八のいる新聞社は、夕刊立売りだけの三流紙だ。それだけに、記事は暴露的なものやセンセーショナルなものが多い。また、その特色で売れているのだ。

だから、編集長の山崎治郎が底井武八に岡瀬正平のあとを尾《つ》けさせるのは、なんとか岡瀬の隠匿金を探り出し、これを大々的に報道して、あっと言わせようというのであろう。その魂胆は分る。

だが、山崎編集長の目的はそれだけだろうか。

いま、障子の穴から双眼鏡を当てて、一心に岡瀬の姿を覗いている山崎を見ると、底井武八には別な疑念が湧いた。

(もしかすると、山崎は自分に岡瀬を探らせて証拠を握り、彼を威《おど》かし、その隠匿金の半分ぐらいはせしめようという企《たく》らみではなかろうか)

いつも机に坐《すわ》って、あまり外を動き回ることのない山崎編集長が、珍しくこの件に力瘤《ちからこぶ》を入れているのだ。横着な山崎自身がわざわざ底井武八の見張り先にやって来るということ自体が、少し奇妙だった。

底井武八は、この疑いが起きると、少々バカらしくなってきた。なんだか、山崎治郎個人のために自分が利用されているような気がする。

覗き見を終わった山崎は、双眼鏡を底井に返した。

「この分なら、当分、あいつは雑貨屋の二階にいそうだな」

山崎は満足げに言った。

「こうなったら、持久戦だ。奴も用心をして、当分、動かないだろうから、きみも気長に頑張ってくれ。費用は幾らかかってもかまわない。きみの手当ても特別に出すよ」

「そのつもりでいます。しかし、編集長」

底井武八は、ここで探りを入れた。

「もしかすると、あの男、本当に金が無いのかも分りませんよ。それだったら、ぼくがいつまでもここにねばっても、無駄な話ですね」

「いやいや」

山崎治郎はどす黒い顔を仔細《しさい》げに横に振った。

「奴は、きっと、隠し金を持っている。ぼくはそう睨《にら》んでいるんだ。自慢ではないが、ぼくがこう眼を着けると、いままで、大てい、そのカンが当たったものだよ。岡瀬の場合も、このカンは狂わないと思うね」

彼は自信たっぷりだった。

「そうですか。しかし、たとえそうでも、岡瀬が半年も一年も先まで、このままじっとしているとなると、こちらはそこまでおつき合いはできないと思いますが……」

「そりゃ、きみ」

編集長は強く言った。

「一年も先ということはあり得ないよ。まあ、せいぜい、長くてここ一か月だろうな。というのは、岡瀬の奴、監獄に入る前は、したい放題なことをやっていた。あの夢がまだ忘れられないんだ。それに、七年という永い刑務所生活をしたあとだ。とても辛抱ができる道理がないよ」

山崎は力説した。

「まあ、きみも身体がえらいだろうが、ここ一か月が勝負だと思って、ねばってくれ。な、頼むよ」

言葉はやさしい。先刻、競馬場で岡瀬を見失ったと報告したとき、電話で怒鳴った声とまるきり違っていた。

彼は、日ごろ、無愛想な顔はしているが、この際、にこにこして、じんわりと若い部下を懐柔する心得をもっているようだった。

「まあ、ここにウイスキーもあるし、気長に籠城戦《ろうじようせん》をやってくれ。こうなると、きみと岡瀬正平との根くらべだ。ぼくのほうは、きみが不自由なことはわかっているから、どんなことでもするよ。そういう点は遠慮なしに、ぼくまで言って来てくれ」

山崎は気がかりらしく、もう一度、障子の穴に双眼鏡を当てた。

「おや、奴、もう寝支度にかかってるな」

双眼鏡を覗きながら彼は独り言のように言った。

「なんだか、いまは、すごく神妙に振る舞ってるじゃないか。だが、あれだってどこまで続くか分ったもんじゃない」

双眼鏡を放して、

「奴は、明日も競馬に行くかな?」

「そうですね、それは分りませんよ」

「ぼくのカンでは、明日も必ず行くと思う。あいつ、競馬気狂《きちが》いだからな。今日行ったのは、長い間うずうずしていた気持ちが抑え切れなくなって行ったんだ。人間、一度、踏み切ると、もう、病みつきになるものだ。明日も必ず行くよ、今度こそ、きみ、あとを尾けて、見失わないようにしてくれ」

「分りました。できるだけ、最後まで見届けて来ます」

「うむ、ぜひ、そうしてくれ」

「しかし、編集長。岡瀬が大金を隠匿してるとなると、いったい、どういうところに隠しているでしょうね？」

「さあ」

山崎にもそれはちょっと見当がつかないらしかった。

「銀行に無記名預金するということもあり得るが、当時、警察のほうでは同じ考えをもっていて、しきりと銀行方面を調べたんだ。だが、そういう事実はなかった。そのほか、札束をトランクか何かにぎっしり詰めて……こいつをどこかに埋めているということも警察で考えられていた。だが、岡瀬の奴、のらりくらりとして、とうとう、最後まで自供しなかったな」

「誰かに預けているということはないでしょうか？」

「いや、それはないだろう。女たちを調べたら、月々の手当てを貰《もら》うだけだったそうだ。それに、そんな大金を安心して他人に預けるということは、まず、あり得ないからな。岡瀬も、自分が監獄に入ってる間に預けた金が使い込まれはしないかという計算は、ちゃんとしてるだろうから」

翌日、底井武八は、朝から障子の穴を覗《のぞ》いた。

この雑貨屋はわりに朝が早い。岡瀬正平は甲斐甲斐《かいがい》しく店先に現われて、例の通り、商品の整理をしたり、客に売ったりしている。くたびれたセーターに、よれよれのズボンをはき、見るからに小番頭の風だった。

買物に来る客も、これがかつて世間の耳目を聳動《しょうどう》させた公金つまみ食いの主《あるじ》だとは気が付かないらしい。

岡瀬正平は、始終、女のように白い顔を愛想よく微笑させて、なかなか如才がない。こういう男だから、うまうまと五億円の公金を騙《だま》し取って、遊び回れたのであろう。

底井武八は、岡瀬正平の姿を見つめながら昨夜の山崎編集長のことを考えると、ちょっとバカバカしくなってきた。

おれは社のために働いているのでなく、どうやら、山崎の野心のために、その手先に使われているようだ。

どうも編集長はクサい、もし、それが確実なら、今日にでもこの二階を引き揚げたいところだった。

だが、よく考えてみると、自分だって、結構、岡瀬正平の追跡に興味を覚えかけている。それに、社に帰って方々を走り回らされるよりも、ここに下宿人のように坐ってのんびりと暮らしたほうが、かえって身体も楽だ。要するに、岡瀬正平から眼を放さなければいいのだ。彼のあとを尾《つ》けて、何をやっているかを見届け、それを報告すれば任務がすむ。

もし、山崎治郎が思い込んでいるように、岡瀬正平が大金を隠匿しているようだったら、これから先の彼の行動こそ見ものである。

こう考えると、山崎編集長の肚《はら》はともかく、結構、今では自分なりに興味津々であった。

そうだ、編集長のことは当分考えまい。しばらくは岡瀬の行動監視にだけ専念しよう、と決心した。

雑貨屋の忙しい時間は、大てい、午前中である。午後になると岡瀬正平は店先で浮かぬ顔をして坐っていたり、掃除などをしたりする。警戒すべきは午後の時間だった。

底井武八は、十二時近くになると、例の双眼鏡を眼に当てっ放しだった。岡瀬正平の姿は、その円いレンズの中に現われたり消えたりする。

すると、しばらく、岡瀬正平の姿が双眼鏡に映らなくなった。こりゃおかしいぞ。イヤな予感が来た。

午後一時すぎ、岡瀬正平が見違えるような背広姿になって表に出て来た。

底井武八は、早速、自分も支度にかかった。昨日に懲りているので、今日はこの双眼鏡を持って行くことにした。競馬場だから、他人《ひと》に変に思われることはない。

昨日の通りの追跡がはじまった。ただ、違うのは、岡瀬正平の乗ったタクシーが、今度は新井薬師から中野《なかの》に突き抜けて、青梅街道を直線に走り、荻窪《おぎくぼ》を過ぎてから甲《こう》州《しゅう》街道に入ったことである。

岡瀬正平は府中に来ると、競馬場の前で車を捨て、幟《のぼり》を立てた予想屋の前に、一、二度脚を停めたが、あとは、入場券を買って場内に躊躇《ちゅうちょ》なく入った。

今日こそ見失ってはならぬと思い、底井武八は岡瀬正平のうしろ姿を追った。

午後の競馬は、残るところ四レースだった。

岡瀬正平はすぐに馬券売場には行かず、丁度、下見所《パドック》で出走馬が旋回しているところへ覗きに行った。

彼はしばらく、青、赤、黄、緑など派手な服をきた騎手の乗った馬が、ファッションショーみたいに晴れがましく歩き回っているのに見惚《みと》れていた。彼は、ときどき、出馬表と馬とを見くらべているようだった。

そのうち、脚の細い、スマートな馬は下見所《パドック》から一列になって馬場のほうへ進んでゆく。取り巻いた見物も馬券売場に走ったり、スタンドへ流れたりしている。下見所《パドック》は急に水が引いたように人が少なくなった。

ところで、岡瀬正平は一向に売場にも急がず、スタンドのほうにも歩き出さない。

彼は人気のない下見所の前にぼんやりと立って、煙草を吸っていた。

底井武八は、あたりの人数が少なくなったので、彼から相当の距離をおいて立った。そこにはヒマラヤ杉が梢《こずえ》をひろげて亭々と空に伸びていた。その陰に身を寄せて、眼だけを岡瀬から放さなかった。

その辺は、観客が三々五々、芝生の上にかたまって腰を下ろしたり、寝そべったりしている。かれらは、勝負を休んでいるベテランか、それとも、馬券でスッた連中かも分らなかった。

岡瀬正平はここに来たばかりなのに、まだ馬券一枚を買おうともしない。昨日の調子とかなり違っていた。

はたから見ると、岡瀬正平は瀟洒《しょうしゃ》たる青年紳士だった。華奢《きゃしゃ》な身体に、仕立てのいい洋服を着こなしている。この洋服も、彼が刑務所を出所して来たとき着ていたものとは別だった。恐らく、とっておきの外出着であろう。

何か行動を起こす。その様子を眺めた底井武八の判断だった。

岡瀬は誰かとここで待ち合わせているのだろうか。

しかし、一向にその様子もなかった。そこに突っ立っている岡瀬正平に声をかける者もいない。

まさか、岡瀬がこんなところに日向《ひなた》ぼっこをしに来たとは、底井武八も思っていない。そのうちに何か起こりそうだと、さらに油断なく凝視をつづけていた。

ベルが鳴って、馬券の発売が停止された。

やがて、スタンドに喊声《かんせい》が起こり、レースがはじまった。

しかし、岡瀬正平はそのほうに興味を示すでもなかった。やはり下見所《パドック》の近くにぼんやりと立っている。

競馬場というところは、調教師や厩務員《きゅうむいん》の恰好《かっこう》をした人間がうろうろしている。

レースが終わって、こっちに馬が戻ってくる。その中の一頭の口輪を取っている厩務員の横に、三十恰好の、ハンチングを被《かぶ》った、同じ服装の男が一しょに話し合いながら歩いていた。

ところが、岡瀬正平がその男をふいと見ると、つかつかと彼の方へ歩いて行ったものだ。

はてな、と底井武八は彼の姿に眼を着けていた。

岡瀬正平はその厩務員風の男に、何やら話しかけていた。先方でも岡瀬の顔を見て、馬の口輪を取っている厩務員と離れ、岡瀬に近づいた。

二人は、そこで立ち話をはじめた。

そのころ、次のレースの馬が列をなして下見所《パドック》に入って来た。観客もそこに流れこんだりして、急に辺りが雑然となった。

底井武八はヒマラヤ杉の陰から出て、人混みの中にまじり、岡瀬正平の近くまで行った。

むろん、話し声まではこっちに聞こえない。だが、様子を見ると、二人はどうやら以前からの知り合いのようであった。

岡瀬正平も、その横領金の浪費時代、女など伴《つ》れて競馬場にせっせと通っていたから、競馬にはくわしいだろうし、また、こういう厩務員とも前から顔馴染《かおなじ》みができているのかもしれない。好きな道だから、今も彼は何かと顔馴染みの厩務員に馬のことを質問しているのであろう。

二人の会話は案外短く済んだ。厩務員は腰の膨れたズボン姿でそのまま向こうへ行く。その厩務員は馬の飼葉でも入れるような麻袋を持っていたが、その袋に「末吉《すえよし》」という名前が書いてあるのを底井武八は見逃がさなかった。

厩務員は、末吉という名前なのだ。

ところが、岡瀬正平は、次のレースでは馬券を買った。特券を十枚、手に握った。一万円だ。昨日の倍を使っている。

さっきの厩務員からレースの情報をきいたのかもしれなかった。

昨日と今日で、岡瀬は一万五千円しか出していない。大金を隠匿しているとは考えられない使い方であった。そのレースでは、昨日と同じように、またしても彼は丸損をした。厩務員の情報も当てにならないらしい。

レースはあと二つ残っている。岡瀬正平は未練げもなく、さっさと競馬場の門のほうへ歩く。

もう、競馬は諦《あきら》めたとみえる。彼は門外に列をなして待っているタクシーの一つに乗った。頃合いを見計らって、底井武八もタクシーを拾う。

岡瀬の車は、調布《ちょうふ》のランプから高速道路に上がった。底井武八は、自分の車の前方のガラスからそれを眺めながら、岡瀬正平もいよいよ金が無いのか、と思った。あれほど好きな競馬も、たった一レースしか買っていない。金があれば、毎回、馬券を買わずには済まされそうもない青年なのに。しかも、厩務員から情報を聞いたくらいだ。岡瀬のタクシーは高井戸《たかいど》のランプで首都高速道路に入り、上り方面へずんずん行く。

そろそろ夕方だから、晩飯でも食べに行くのかな、と思った。

「運転手君。前の車から離れずに、尾いて行ってくれよ」

今度こそ何かあると思って、底井武八は身体を前に乗り出した。

新宿ランプの合流点をすぎると、車は多くなり、間に車が何台もはさまったりした。岡瀬の車を見失わないだけで精いっぱいだった。

「永田町《ながたちょう》トンネル」では一車線だから、その混雑は言いようもない。ともすると見失いがちだ。それでも、どうにかあとを尾けた。岡瀬の車は西神田《にしかんだ》のランプで高速道路を下りて飯田橋《いいだばし》方面へ行く。

(おやおや、妙なところに行くぞ)

底井武八は油断なく、眼を一ぱいに見開いていた。前の車が右折したのだった。

幸い、ゴーストップの難関も通り過ぎた。

岡瀬正平のタクシーは緑色の胴体だった。右折した途端に、向こうの車はかなり距離を離している。ぐずぐずすると、また間は他の車で埋められそうである。そうなると、この車はニッチもサッチも動きがとれなくなる。

「おい、早く追え」

「承知しました」

運転手はチップをはずむといわれているものだから、急にスピードを上げて前方の車に追い付こうとした。

途端に、空気を裂くような笛が聞こえた。交通係巡査が手を振りながらこちらの車のほうへ走って来ていた。

底井武八は思わず地団駄踏んだ。もう少しで岡瀬正平の行先を突き止めるところだったのに、余計な邪魔が入った。

4

近ごろは道路交通法で、すごく警察の取締りがうるさい。

底井武八は、つまらないときに、タクシーが交通巡査にひっかかったものだと思ったが、こればかりはどうにもならない。

巡査は客のほうにちょっと会釈して、運転手に免許証の提示を求めた。瞬間速度が違反に問われたのだ。これは、追跡を急がせた底井武八の責任でもある。

巡査は、しかつめらしい顔をして免許証を見ていたが、すぐに運転手に返した。運転手は頻《しき》りと頭を下げて謝っている。

しかし、これは、どうやら注意だけで済んだらしい。巡査は離れた。

運転手はアクセルを踏んだが、このとき、もう前には夥《おびただ》しい自動車がつかえていて、追跡など思いもよらない。

「お客さん、もう駄目ですよ」

運転手は吐き出すように言った。

「仕方がないな。運が悪かったんだ」

「そうですな。済みませんでした」

「いや、ぼくが悪かった。あまり、きみを急がせたんでね。しかし、罰金にはならなくてよかったね」

「はあ、それだけはよかったです。近ごろはちょっとしたスピード違反でも、キップは減点になるし、一万円がとこはポカリと取られますからね。稼いだって、何にもなりません」

道交法は厳罰主義として、運転手の間でひどく評判が悪い。

さて、前方の自動車群はゴーストップにひっかかっているとみえて、ちっとも進まない。

岡瀬正平の乗ったタクシーは、どこへ遁《に》げて行ったか。

どうせ分らないとなると、どちらかを回って帰るほかはない。こうなると、当てずっぽうだった。

「運転手さん、右に曲がってくれないか。神楽坂《かぐらざか》のほうだ」

一つは、そっちのほうが車が少ないためでもあった。

ようやく、車が動き出して、運転手はハンドルを左に切った。

神楽坂の早稲田《わせだ》通りを上がった。商店街である。途中に毘沙門天堂《びしゃもんてんどう》がある。

「お客さん。どの辺で停めますか？」

「そうだな」

考えていると、

「お客さん」

と運転手が急に声を上げた。

「あそこから来る車は、さっき追跡したタクシーですよ」

底井武八は、運転手の指さすほうに眼を向けた。五、六台くらい車が走っていたが、緑色の中型車がその中に見える。

「あれに違いありません。さっきの車は東和《とうわ》のタクシーでしたからね。客が降りたとみえ、空車になっています」

「車体番号を憶《おぼ》えているか？」

「ちょっと待って下さい。もう少しすると、ナンバーが見えます」

その車が近づいてきた。

「間違いありませんよ」

運転手が番号を読んで叫んだ。

「きみ、その車を停めてくれ」

底井武八は、すぐ命じた。

運転手は返辞の代わりにクラクションを二度短く鳴らした。

それが先方に聞こえたのか、緑色のタクシーは、ちょうどこのタクシーとすれ違いそうなところで急停車した。向こうの運転手は、窓から首をつき出して怪訝《けげん》そうにこちらをのぞいている。

底井武八は窓から手を挙げて待つように合図をし、車の運転手には急いで料金を払った。約束どおりチップも忘れなかった。

底井武八は歩いて、緑色のタクシーに近づいた。運転手はまだ不思議そうな顔をしている。

「運転手さん。ちょっと聞きますがね」

底井武八は、三十恰好《かっこう》の痩《や》せた顔の運転手に笑いかけた。

「あんたは、いま府中の競馬場からお客さんを乗せて、こっちに来たでしょう？」

「はあ」

底井武八は、しめた、と思った。

「そのお客さんは、どこで降りましたか？」

「毘沙門天さんの横を入ったところです」

運転手は今度は胡散臭気《うさんくさげ》に彼をじろじろと見て答えた。

「どこの家《うち》の前ですか？」

「さあ、それは分りません」

底井武八は手早く財布から千円札を三枚取り出して、運転手に握らせた。

「忙しいところを停めて、済まないですな」

「こんなものは要りませんよ」

運転手は一応遠慮したが、今まで無愛想だった顔が急に和んだ。

「そのお客さんは、どこの家へ入ったかわからないかね」

彼は念を押した。

「そのお客さんは毘沙門天さんの横をずっと通って、料亭のあるほうへ歩いて行きました。それから先は、分りませんがね」

底井武八は毘沙門天堂の角を曲がって、せまい道を歩いた。

岡瀬正平の乗ったタクシーに出遇《であ》って行先を突き止めたのは、幸運だった。この幸運はもう一度あるようにも思う。ひょっこり、その辺の道を岡瀬正平が歩いているような気がするのだ。このあたりは粋《いき》な家の構えばかりで、料亭の看板が軒先に目白押しに並んでいる。

街には灯が点《つ》いている。あたりは夜の粋な世界に入りかけていた。

さて、岡瀬正平はどこに行ったのかと思って、その辺の道をぐるぐると回ったが、今度はそう都合よくいかなかった。歩いているのは、彼とは縁のない人間ばかりである。

一体、岡瀬正平は、こういう場所にどのような用事で来たのであろうか。

彼は自分の「黄金時代」に遊んだことのある料亭を思い出して来たのだろうか。しかし、岡瀬正平は、たしか、こういう場所では遊ばなかった筈《はず》だ。若いし、そのほうは縁がなかったようだ。おもにクラブやバーで遊んでいたのだ。

だから、彼がそういう料亭に来たとは思えない。では、何のために、ここでタクシーを降りたのだろうか。

底井武八は、そのうち脚がくたびれてきた。ただ、無意味に歩き回っても仕方がない。ばったり岡瀬正平と出くわすような幸運は、まず、諦《あきら》めねばなるまい。

底井武八はタクシーを拾って、新井薬師の菓子屋に戻った。

部屋に戻ると、早速、障子の穴から前の雑貨屋を覗《のぞ》いた。店先には、こちらの明るい照明に負けているせいもあったが、景気の悪い灯が点いている。その中で叔父の岡瀬栄次郎が禿頭《はげあたま》を据えてぼんやりと店番をしていた。

二階を見ると、閉まった障子が暗い。まだ岡瀬正平は戻っていないとみえる。

あいつ、神楽坂あたりに行って、まだ何かやってるのだろうか。それとも、そこを早く出て他所《よそ》に回ったのだろうか。

とにかく、留守には間違いない。

底井武八は、一日に一回は、必ず、山崎編集長に報告する義務を課せられていた。彼は階下《した》に降りて、電話を借りた。

「岡瀬正平は、今日も競馬に行きました」

彼は報告した。

「そうか。今度は見逃がさなかっただろうね？」

山崎編集長の野太い声が響く。

「ずっと尾《つ》けました。岡瀬正平は、一回、馬券を買っただけです」

「幾ら買った？」

「一万円です」

「それから、どうした？」

「その前に、どこかの厩務員《きゅうむいん》からレースの情報を取っていたようですが、それも外れたとみえ、一万円の馬券もスッてしまいました。彼はつまらなさそうな顔をして競馬場を出て、タクシーに乗りました」

「どこへ行った？」

「神楽坂へ行きました」

「何っ、神楽坂？」

「はあ、毘沙門天の横です。そこで車を降りました」

「妙なところへ行ったな」

山崎編集長も考えているようだった。

「それからどこへ行ったのだ？」

「さあ、それから先は、ちょっと、見失いました」

「見失ったァ？」

編集長は大きな声を出した。

「はあ。それが、その、なにしろ、あの辺は車ばかりヤケに入って来まして、それに暗かったせいもあってか、分らなくなりました」

「おいおい」

編集長は抑えた声で言った。

「しっかり頼むよ。昨夜、あれほど言っただろう。肝心なところで取り逃がすやつがあるか」

「すみません」

「大体、どの辺に入ったのかも分らないのか？」

「あの辺は料亭ばかりですから、その一軒に入ったようにも考えられます」

「そんな贅沢《ぜいたく》なところに、いまの岡瀬正平は行きっこないよ」

編集長も底井武八自身と同じ意見をもっていた。

「あいつは、前には銀座のクラブ、バーで大尽遊びをした男だ。そんな渋い遊びは知っていない……あの辺に、彼の用事のあるようなところがあるのかな？」

これは、山崎治郎が自分に言っているような呟《つぶや》きだった。

「それで、まだ家に戻っていないのか？」

「まだ戻っていません。二階は真っ暗です」

「仕様がないな」

山崎の舌打ちが底井武八の耳に高く聞こえた。

「まさか、このままどこかにずらかったんじゃあるまいな？」

「そんなことはありません。洋服こそ着替えていましたが、鞄《かばん》も何も持っていませんでしたから」

「まあ、今夜から、よく見張っといてくれ。今度こそ、奴が外に出たら、絶対に行先まで突き止めるんだよ」

山崎治郎の声は、案外にやさしかった。

その晩遅くまで待っていたが、雑貨屋の二階の障子は暗いままになっていた。岡瀬正平があのまま戻って来ないことは、九時半ごろ、店の表の戸を閉めるのが叔父の栄次郎であることでも分った。いつも正平が戸を入れる役目になっている。のみならず、次に岡瀬正平の二階の部屋まで叔父の栄次郎が雨戸を繰りはじめたのである。

それでも底井武八は十二時近くまで起きて待っていた。前の雑貨屋は表戸を全部閉ざしているので、果して岡瀬正平が帰ったかどうか分らない。ただ、彼が帰宅するときの姿が見られるかもしれないと思って、のぞきだけは続けた。それも始終というわけにはいかないから、大体、二、三十分おきに障子に眼を当てた。

向かいの雑貨屋は店が閉まると、その横手の路地を入って裏口から内に入れるようになっている。そこには、外灯が一つ点いているから、人の影があればすぐわかる。だが底井武八が何回のぞいてもその狭い路地には人間の姿は見られなかった。

これ以上見張っても際限《きり》がないから、底井武八は諦めて寝ることにした。

一体、こんな張り込みをいつまで続けるのか。枕に頭をつけて布団を被《かぶ》っていると、彼は、つい、自分のやっていることに虚《むな》しさを覚えてくる。

それも特別に意義のあることなら張り切りもするが、かつて、公務員だった男の隠匿金を探り出したところで、一体、社会的にどのような意味があるだろうか。ただ、読者に、単にそういうこともあったなという回顧的な事件の後日談を読ませるに過ぎない。

それも、まあいい。いやなのは、このことにひっかけて、実は編集長の山崎治郎が、野望を持っているような気がすることだ。どうも、あの編集長の素振りはおかしい。純粋と思えないフシがある。もし、この想像が当たっているなら、自分はただ山崎個人の道具に使われているに過ぎないではないか。

といって、まだそれが正確に分ったというわけでもない。それに、底井武八はここで腹を立てて辞表を叩《たた》きつけるほどの勇気もなかった。ケチな新聞社だが、いま辞めると明日から早速失業せねばならぬ。そろそろ、今のうちにどこかいい勤め先を見つけておかねばならぬと改めて痛感した。

いつの間にか睡《ねむ》ってしまったが、一晩中、いろいろな夢を見た。記憶には残らないが、不快な夢ばかりだった。

眼がさめたときが九時過ぎだった。昨夜は遅くまで見張っていたので、つい、睡り込んでしまった。

底井武八は、起き抜けに障子の穴をのぞいた。

雑貨屋では、もう、店を開いて商売をはじめている。岡瀬正平はいつもの汚ない姿で、客に品物を売っていた。

あいつ、昨夜は、いつ、戻ったのだろうか。

様子を見ると、なかなか元気そうである。今朝早く帰ったにしては、少し顔色が良すぎる。

あれから自分が寝てしまったあとに帰ったのだろうか。それとも、覗《のぞ》き見《み》をしなかった隙に戻ったのだろうか。

いずれにしても、岡瀬正平は何かの用があって帰宅が遅かったのは確かである。

それとも、久しぶりにどこかで遊んで来たのか。いやいや、そうではあるまい。昨日、タクシーを尾けたときの印象では、岡瀬正平は用事のあるところに一直線に飛んで行った感じだった。

さては、例の隠匿金のことで行ったのかな。しかし、隠匿金が神楽坂にあるのはおかしいのでその見当はつかなかった。

とにかく、現在、岡瀬正平の姿が眼の前に存在しているのは安心であった。この分なら、当分、外出はしないだろう。府中の競馬は昨日限りだ。

底井武八はゆっくり顔を洗って、電気釜《でんきがま》にスイッチを入れた。

さし当たり副食物《おかず》がないので、彼は近所の惣菜屋《そうざいや》に買い出しに行った。煮豆とコロッケだ。それに沢庵《たくあん》を半本買う。ひとりだから、これだけでも一日中は間に合う。

その買物をして帰りかけたときだった。ふと、道路の向こうを見ると、雑貨屋の前で岡瀬正平が昨日の洋服を着て手にスーツケースを提げ叔父の栄次郎と話している。

底井武八は仰天した。

彼はあわてて下宿に駆け戻り、二階に走り上がった。

彼は、火事場に出動する消防夫のように大急ぎで支度をした。ネクタイを締めながら障子の穴から覗くと、岡瀬正平はまだ叔父と立ち話をやっている。

底井武八は上衣《うわぎ》を引っかけながら階段を降りかけた。靴をはこうとして店先から覗くと、すでに岡瀬正平の姿はなく、叔父の栄次郎もいなかった。

道路に出て左右を見回すと、三十メートルくらい先で拾ったタクシーに岡瀬正平が乗り込むところだった。泡を食った底井武八は、すぐ、うしろを探したが、今度はあいにくと他のタクシーが見えない。そのうち、岡瀬のタクシーは勢よく走り出した。油断だった。惣菜屋に買物に行ったばかりに、こんなドジをふんだ。

岡瀬正平は、今日はスーツケースを提げていた。あれは遠いところに旅行に行くような恰好《かっこう》だった。

ちょうど、叔父の栄次郎が店先に出た。こうなると、もう、こちらの隠《かく》れ蓑《みの》を脱がねばならぬ。

底井武八は店に入って、栄次郎の前につかつかと進んだ。

「ぼくは、岡瀬正平さんの旧《ふる》い友達ですが、いま、こちらにいらっしゃいましょうか？」

栄次郎は、自分の家のまん前に張り込んでいる底井武八の顔を知らなかった。

「正平なら、たった今、飯坂《いいざか》へ行きましたよ」

「飯坂？　飯坂というと……」

「福島県の飯坂温泉です。あの近くに正平の先祖代々の墓がありますからね。母親の墓もそこにならんでいます。墓参に行ったんですよ」

叔父は、底井を甥《おい》の友だちと見て、さらに詳しく言った。

5

底井武八はすぐ引き返して、電話で山崎治郎に連絡をとった。

「岡瀬正平は、いま、福島県の飯坂温泉に行きました」

「なに、飯坂に?」

山崎は頓狂《とんきよう》な声をあげた。

「いつだ?」

「たった今です。タクシーでここを出発したばかりですよ」

「どうしてあとを追わない?」

「金が足りないんです。汽車賃ぐらいありますが、向こうで泊まるとなると、あとの金が心細いんです。対手《あいて》は何日いるか分りませんからね」

山崎は電話の向こうで舌打ちした。

「何時の汽車だ?」

「いま、正平の叔父と話したんですが、一一時三〇分の上野《うえの》発だと言ってました」

そう言いながら、底井武八は自分の腕時計を見た。その時間まで、あと三十分しかない。

「よし、きみはこれからタクシーを拾って上野駅に駆けつけろ。おれは金を持ってそこで落ち合う。落ち合う場所は、切符売場だ」

山崎は早口で言った。

「いいな、わかったか?」

「わかりました。すぐ出ます」

底井武八は表へ飛び出した。

運の悪いときは仕方のないもので、来るタクシーに全部人が乗っている。それが途切れると、全然、車の影もなかった。

彼はさすがにいらいらした。ここから上野駅だと、どんなに速く走っても三十分はかかる。

その三十分も、タクシーを待っている間に刻々と削られて、あと二十二、三分しかない。

ようやく、空車が走って来た。

「上野駅へ大至急頼む。時間がないんだ」

彼は車に乗るなり運転手に言った。

「何時の汽車ですか」

「一一時三〇分だ」

「とても間に合いませんよ」

運転手は走り出す前に底井武八を降ろそうとした。

「間に合わなければ仕方がない。とにかく、行くだけ行ってくれ」

車は走り出したが、あんまり猛烈に走られると、小型車だけに底井は怕《こわ》くなった。衝突して怪我でもするとバカをみる。

「運転手さん」

彼は運転手をひき止めた。

「もう間に合わないから、ゆっくり行ってくれ」

「そりゃ絶対に間に合いませんよ。じゃ、普通のスピードで行きましょう」

今ごろ、山崎治郎は上野駅で待ちあぐんでいらいらしているに違いない。一方、岡瀬正平は列車の座席に坐《すわ》って悠々と発車を待っているに相違なかった。あと五分で発車である。が、タクシーはまだ音羽《おとわ》の護国寺《ごこくじ》前の坂を下っているところだった。

その一一時三〇分には、タクシーはやっと東大《とうだい》農学部の赤煉瓦《あかれんが》の塀にさしかかったところだった。

池《いけ》ノ端《はた》へ出てからもゴーストップに引っかかったりなどして、上野駅で降りたときは一一時四五分だった。

山崎は、もう間に合わないとみたか、駐車場のところに汗ばんだ顔で立っていた。

「どうも、すみません」

底井武八は謝った。

「しょうがないな。ぼくはやっとすべり込みだったが、きみはとても駄目だと思った」

「タクシーがすぐに来るとよかったんですが、なかなかつかまえられなかったので」

彼は弁解した。

「残念だったよ。みすみす、あの列車を見送ったんだからな。ぼくが行ける身体だったら、つづいて飛び乗りたかったよ」

山崎はそんなことを言い、

「どこかでお茶でも喫《の》もうか」

と諦《あきら》めたように誘った。

通りを越して、広小路《ひろこうじ》近くの裏通りに入った。適当な喫茶店で落ち着くと、山崎は底井が恐れたほど機嫌の悪い顔でもなかった。

彼は蒸しタオルで黒い顔をごしごしと拭《ぬぐ》った。

「まあ、これで奴の行く先が分らなかったら、ぼくもいらいらするんだが」

案外、明るかった。

「そうなんです。あの男は、先祖代々の墓参に行きたいと刑務所を出たときに言ってましたから、今度、それを実行したのでしょう」

「へえ、律義なんだな」

「母親の墓もそこにあるそうです。捕まえられたときも、おふくろが死んでいるから嘆かせないですむと言ってましたから」

「あいつの郷里は飯坂だったのか。こいつは初めて知ったな。飯坂のどの辺だろう？」

「それもあの叔父から聞いてきました。ぼくは正平の友達ということで引っかけましたからね」

　底井武八はメモした地名を見せた。

「この村は、飯坂のすぐ近くだそうです」

「そうか。で、岡瀬はいつ帰ると言ってた？」

「向こうの滞在は二日間の予定だが、もう少し永くなるかもわからないと言ってましたよ……ぼくに金さえあったら、すぐ追っかけるんでしたがね」

「折角、ぼくが金を持って駈《か》けつけたのに、もう一歩というところだったな。まあ、帰るまで仕方がないだろう……ところで、ぼくはまだすっかり呑《の》み込めないんだが、昨日、あいつは神楽坂で車を降りたと言ったろう。どうも、そこんところが分らん。

あいつは、あの近所に、どんな係《かか》わり合いをもっていたんだろうな?」

「ぼくにもよく分りません。今度、あの男が東京に帰ったら、もう一度行くかもわかりませんね。そのときこそ、突き止めてみます」

「そうだな」

山崎は煙草を吸いながらまだ考えている。

「編集長。ぼくはこれからどうしたらいいでしょう?」

「仕方がない。あの男が帰って来るまで、二、三日、本社で遊んでてくれ」

底井武八は、二日ほどのんびりと暮らした。山崎編集長も底井武八の辛労をねぎらうためか、あまり仕事もさせなかった。だが、こんなところにも山崎の懐柔があるように底井武八は感じるのだった。

が、いずれにしても、取材に外を走り回らないで済むのは有難い。

彼は社内でぶらぶらしていた。

「きみ、いよいよ明日《あした》だな」

山崎治郎は底井武八を呼んで囁《ささや》いた。

「明日で、ちょうど三日目だ。奴はもう帰ってくる筈《はず》だ。きみ、ご苦労だが、また明日から例のやつをつづけてくれ」

張り込みのことだった。

底井武八は山崎にそう言われると、彼から利用されていると思いながらも、二日も遊ばせてもらった手前、これから張り切ろうと思った。それに、墓参から帰った岡瀬正平が、今度こそ本格的な動きをみせるような気がする。

すると、その三日目の朝である。底井武八は他社の新聞の社会面をふと披《ひら》いたとき、思わず咽喉《のど》の奥から嘔吐《おうと》するような奇妙な声が出た。

「公金横領の岡瀬正平、福島県で殺害さる」

大きな活字の見出しが叫んでいるのだ。

彼は、その記事を呼吸もつかずに読んだ。

「四月二十二日午後十時ごろ、福島市飯坂町中野《なかの》の福善寺《ふくぜんじ》裏の山林で、三十歳前後の男の絞殺死体を附近の者が発見、所轄署に届け出た。署員が検死すると、死後推定二、三時間で、現場に残した遺留品によって現住所東京都中野区新井薬師××番地、岡瀬正平さん（三三）と判明した。

同人は同日午後六時ごろ、同寺住職笹持哲承師に面会を求め、同寺墓地にある亡母の墓参に来たことを告げているが、犯行は、午後七時ごろから八時ごろの間とみなされている。目撃者は目下のところ、見当たらない。

なお、同人は昭和××年にN省で、公金五億円を費消したことで世間を騒がせた岡瀬正平と同一人であることが分った。所轄署では、目下犯人捜査中である。同地は、有名な飯坂温泉より西約二キロの距離にある」

底井武八は、何度も血走りそうな眼で読み返した。これは、突然、眼の前に雷が落ちたようなものだった。

やっと昂奮《こうふん》が静まりかけたのは三十分くらい経ってからである。最初のショックが過ぎ、気持ちの昂《たか》ぶりがやや落ち着くと、底井武八は岡瀬正平が如何《いか》なる理由で殺されたかを考えてみた。

岡瀬正平がその土地に墓参に行ったことは、底井武八が岡瀬の叔父から聞いている。新聞記事にある通り、岡瀬は母親の墓のある寺の住職に会っているくらいだから、墓参の理由は嘘ではないのだ。

一体、岡瀬正平を殺して、誰がどのような利益をうけるのだろうか。

最初に、犯人は、岡瀬正平の所持金を強奪する目的で絞殺したと考えてみた。つまり、強盗殺人だ。

しかし、底井武八が考える限り、岡瀬正平はそれほどの大金を持って墓参に帰ったとは思われない。

それよりも、犯人は相手が岡瀬正平であることを承知して、計画的に殺害したのではないかと思う。

岡瀬正平は、墓参に帰ることを前もって誰かに洩《も》らしたのではないか。つまり、犯人は東京から彼を尾行して行き、墓参の終わったところで、人気のない山林中に誘い込み、油断に乗じて彼を殺したと思われる。

するとその理由は何だろう。

岡瀬の使い込みは公金だから、直接に個人的な恨みをうけることはない。当時は、世間の甚しい公憤を買ったものだが、この公憤が個人的な報復行動に転化することは、まず考えられないのだ。では、やはり岡瀬正平の隠匿している大金を目当ての犯行であろうか。

しかし、それなら、わざわざ岡瀬正平を殺す理由は何もなさそうである。犯人は、隠匿した金を入手していないように思われるから、彼を殺せば、かえって、その匿《かく》された大金が入手できなくなる。

それでは、その隠し金のありかを岡瀬正平に白状させようとした人物が、彼を脅迫したが、目的を達しないので、つい、殺す気になったのではなかろうか。

どうやら、この筋が正しいような気がする。——

底井武八は、その新聞をポケットに折り入れて、勤めているR新聞社に急いで行った。

汚ない編集部に入ると、山崎治郎がひどくむずかしい顔をして机の前に坐《すわ》り、同じ記事を見つめていた。

いである。

編集長がこんなに早く来ることも珍しい。まだ、ひとりの部員の姿もなかったくら

山崎治郎は靴音を聞いて、底井武八のほうに顔をあげたが、憂鬱《ゆううつ》そうな表情だった。

「きみ、ひどいことになったもんだね」

意外とも当惑ともつかぬ昏迷《こんめい》した表情だった。

山崎治郎と底井武八とは岡瀬正平の殺人事件を中心に互いの考えを出し合った。

しかし、誰の考えも似たり寄ったりである。山崎治郎も、底井武八の想像していることと同じ意見を言った。

こうなると、犯人の点は、警察の捜査を待つよりほかにない。

「残念なことをしたな」

山崎治郎は繰り返して口惜《くや》しがった。

「あいつ、もう少し生きていれば、ウチで度肝を抜いてやるんだったがな」

山崎は岡瀬の隠匿金の暴露記事のことにまだ未練を持っている。これを眼をむくようなトップに扱ってハッタリをかけようという魂胆だったのである。

だが、それを聞いても底井武八は果してどこまでが山崎の本音か分らなかった。山崎の落胆は、案外、岡瀬の隠匿金が奪《と》れなくなった思惑外れにあるのではなかろうか。

「きみ」

ふいと、山崎治郎が急に生き生きとした眼つきで底井武八をのぞき込んだ。

「岡瀬の奴、あんなところで殺されたとなると、奴の持っている匿し金は、そのまま何処かに残っているわけだな」

山崎の考えは理屈をついている。岡瀬正平はその匿し金を持って飯坂に帰ったわけではないから、もしそういう大金を隠していれば、本人の死によって金は宙に迷っているのだった。

底井武八は山崎の考えに執念めいたものを感じた。

「そうですね」

「そうだろう。奴はきっと巧妙に金を匿している。そうすると、当人が死んでしまえば、その金の在処《ありか》が誰にも分らなくなるわけだ。しかしね、これは永久秘匿ということを意味しないよ。なあに、人間の考えた知恵だ。岡瀬の匿した場所ぐらい、われわれに解けぬ筈はない。どうだ、今度はその金の隠し場所を探ってみようじゃないか？」

山崎治郎は、どうやらその正体をむき出してきたようだった。

それは、もう早、記事の取材というもっともらしい口実をかなぐり捨てた、盗賊のような企みだった。その下心が山崎の顔にありありと現われている。

「けっこうですな」

底井武八は、一応それに賛成した。

心の中では、山崎編集長などにそんな勝手なことをされて堪《たま》るかと思った。

底井武八自身は岡瀬正平が殺害されてみると、いよいよ、この事件に興味を覚えてきたところだった。殺された動機が、岡瀬の匿し金に関連しているとすると、底井武八は彼なりに真実を探ってみたい。

これは予感だから何とも言えないが、現地の所轄署では岡瀬正平殺しの犯人を捜査中とあるが、おそらく、犯人は警察の手では挙がらないのではないか。どうもそのような気がする。

これが単純な動機だとすると別だが、その匿し金が殺人の原因になっていれば、そうたやすく犯人は尻尾《しっぽ》を出すまい。

「こうなると、何だな。岡瀬正平が墓参に帰ったのは、わざわざ命を捨てに行ったようなものだな」

山崎は述懐めいて言った。

「そうですね。向こうで殺されたから、そういう見方もできますがね。しかし、ぼくは岡瀬が東京にいても、いつかはこういう運命に遭うような気がしていましたよ」

「ほう」

山崎編集長は底井武八の顔を見つめた。

「それは、どういうわけだな？」

「編集長も言うとおり、今度の事件が例の匿し金に関係があるとすると、岡瀬正平はどこにいても殺される運命にあったと思います。たまたま彼が福島県の飯坂近くの土地に帰ったから、其処《そこ》で殺《や》られたに過ぎないと思うんですよ」

「ふむ。すると、何か岡瀬正平のあとを東京から尾行《つけ》ていた人間がいたというのかい？」

「そうだと思いますね。おそらく、犯人は土地の者ではないでしょう。例の匿し金に関係があるとすると、やはり東京の人間だと思います」

「よし」

山崎治郎は、拳《こぶし》でテーブルを打った。

「やろう」

「何をですか？」

底井武八は顎《あご》の張った山崎の顔を見た。

「そういうことなら、一度、現地に行くべきだな。まあ、警察で犯人を挙げるか挙げないかは別問題としても、現地に行って様子を見て来る必要があるね。きみ、今夜、すぐに向こうに出発してくれんか？」

「今夜ですか？」

「今夜遅い汽車に乗れば、明日の朝早く現地に着く筈《はず》だ。ご苦労だがきみに頼むよ」

三流新聞社のくせに、福島県くんだりまで出張させるというのだから、山崎編集長の気の入れ方は異常だった。

が、底井武八は素直に承知した。彼にしても、あれほど長い間、苦労して見張りを続けていた岡瀬正平が殺されたのだ。その現場を一目でも見ておきたい。

また、その現地でも実際に調べてみたいのだ。

山崎治郎はすぐに五万円の金をくれた。

「精算はきみが社に帰ってからでいいよ」

山崎は底井武八が金を財布に入れるのをじろりと見て、彼の前で煙草に火をつけた。

「ねえ、きみ、こんなことになるのだったら、岡瀬が神楽坂の近所のどこに用事があって行ったのか、やはり見届けておきたかったな」

彼はまた前のことを思い出して、口惜しそうに呟《つぶや》く。

今となっては、底井武八の手ぬかりを責めてもはじまらないのだった。

二章　地下金庫

1

　底井武八は、上野《うえの》発二三時四〇分の夜汽車に乗った。この汽車に乗ると、福島に朝七時過ぎに着く。ほかの列車では夜中になるから、かえって便利が悪い。

　汽車の中は混雑していたが、宇都宮で降りる人があったので、やっと隅の席がとれて睡《ねむ》ることができた。新宿の行きつけのおでん屋で呑《の》んできた酒が利いたのだ。

　福島駅のホームに下りると、早朝の冷たい空気が顔に当たって気持ちがよかった。彼はすぐ駅前のタクシーに乗った。

　ところで、底井武八は列車に乗ってからはじめて気づいたのだが、岡瀬正平が乗った汽車は上野発一一時三〇分であった。あれは急行だったから、福島着は午後四時半ごろになる。しかし、岡瀬正平が母親の墓に詣《まい》って殺されたのはその翌々日だ。だから岡瀬正平は、二晩、どこかに泊まっているわけだ。

　彼は郷里の親戚《しんせき》の家にでも泊まったのだろうか。それとも、飯坂《いいざか》温泉あたりに宿をとったのだろうか。こんな疑問が底井武八に湧いたが、これは岡瀬正平が殺されたことどの程度関連しているか、今のところ、まだ分らない。

手帳に控えている地名を運転手に告げると、タクシーが底井武八を降ろしたところは、いかにもうら侘《わび》しい農村だった。前面には平野が展《ひろ》がり、背面にはなだらかな山が迫っていた。

「こんなところかい？」

「そうです。中野《なかの》というと、ここですよ」

車が走って来た国道が一筋白く伸びているだけで、あとは桑畑や梨畑が広々と眼に入る。防風林に囲まれた部落が点在していたが、降ろされたところも、その集落の一つで、家数も十二、三戸ぐらいしかかたまっていない。バスの停留所の標識が立っているところは、雑貨屋と菓子屋と煙草屋を一緒にした小さな店だった。

底井武八はタクシーを帰して、その店で福善寺《ふくぜんじ》の場所を聞いた。

「福善寺なら、その道を真直に行ったところです」

おかみさんは教えてくれた。

「つき当たると、小さな部落に入りますから、そこを左に行くと、右側にお寺の屋根が見えます」

底井武八は歩き出した。

細い径《みち》が桑畑の間についている。桑は小さな青い葉を出している。福善寺は、山の裾《すそ》を背景にしていた。付近一帯がこんもりとした森になっていて、寺門が木立のなかにひそんでいた。

かなり古い建物だ。

底井武八は低い石段を登った。山門を入ると、本堂まで石だたみになっている。苔《こけ》のついた石の割れ目から雑草が伸びていた。

寺に寄るのは後回しにして、彼は先《ま》ず墓地のほうへ向かった。

墓地は境内の横手から入るようになっていて、低い竹垣で仕切られていた。形ばかりの木戸をくぐると、墓地は丘の斜面一帯にかなりの広さでとられていた。その向こうに青ぐろい山林がみえる。新聞記事を思い出して、岡瀬正平が殺られたのはあの林の中だなと思った。

岡瀬正平の母親と先祖代々の墓を探さねばならぬ。墓はかなり多いし、墓石の裏に彫られた俗名を一々探して歩くのは厄介だった。

坊さんでも出てくれば訊《き》けるのだが、辺りはしずまりかえって人の影もなかった。去年の秋、枯れたままの芒《すすき》が傍に白くなって倒れている。高い木の上では鴉《からす》がないていた。

仕方がないので庫裡《くり》のほうへ引き返し、誰かに訊《たず》ねてこようと思って、足をもとのほうへ戻しかけると、向こうから背の高い若い坊主が箒《ほうき》を持って歩いてくるのを見かけた。

底井武八は足を速めた。

「ちょっと、伺いますが」

坊主は立ち止まった。

「岡瀬君のおふくろさんの墓は、どこでしょうか？」

若い坊主は怪訝《けげん》そうに底井武八を見返した。この寺の納所坊主らしい。

「そのお墓なら、一番、北のほうですが」

岡瀬正平自身が二日前に殺されているので、坊主は底井武八の人相を見つめている。

「戒名は、何というのでしょうか？」

底井武八が重ねて訊くと、

「では、わたしがご案内しましょう」

と坊主は箒を持ったまま、自分から先に歩き出した。

「あなたは、東京からみえた方ですか？」

坊主は、底井武八に訊く。

「そうです。実は、岡瀬君とは知り合いの仲でしてね。そこの飯坂温泉まで来たので、ここに寄ってみる気になったんです」

「岡瀬さんは、気の毒なことをしましたね」

坊主は、底井武八が他人の母親の墓詣りを目的に来たとは、単純に思っていないようだ。

「全くね。ぼくも新聞を読んでびっくりしたんです……あの森がそうですか？」

前に見える山林を指した。岡瀬正平が殺された現場がそうかと言葉に出さなくとも、坊主はすぐうなずいた。

「そうです。あの辺りになりますね」

坊主は指で正確に方向を示した。まさに墓地の北側の後方に当たる。

「びっくりしましたよ。この二、三時間前まで、岡瀬さんは住職と会って話をしていたんですからね」

「その話というのは、どんなことですか？」

「いえ、別に大したことはありません。ただ母親と先祖の墓詣りにきたという挨拶《あいさつ》だけで、岡瀬さんは住職に、これでやっと念願が遂げられてうれしいと言っていましたよ。それから、回向代といって包みを住職に渡していたようです」

「そうですか。なかなか母親思いのところがあるんですね」

「根はいい人なんですよ。いや、岡瀬さんもいろいろなことがありましたね」

いろいろなことというのは、勿論《もちろん》、公金費消事件の意味らしい。

納所坊主は、底井武八を岡瀬正平の母親の墓の前につれて行った。

それは、その辺でもひときわ目立つ立派な墓だった。岡瀬が公金を使いこんでいる時代だから、贅沢《ぜいたく》な墓が出来たのであろう。あれから、もう、十年近く経っている。石英岩の墓石もようやく古びかけていた。

墓の前には、一対の花筒も石で作られていた。それには岡瀬家の紋らしい丸に揚羽《あげは》蝶《ちょう》が彫られてある。

花が両方の筒に盛られていたが、それはもう萎《しお》れかけていた。

「これは誰が供えたんですか？」

底井武八は眼を落として訊いた。

「岡瀬さんですよ。墓参にみえたときです」

その花を供えた当人が、それから二、三時間後には殺されていることを思うと、底井武八はしぼんだ花が妙な感じで見えた。

「岡瀬君がこの墓に参ったとき、住職さんも一しょでしたか？」

底井武八は訊いた。

「いいえ、岡瀬さんはあとで寺にみえたんです」

「あなたもいなかったんですね？」

「そうです」

「すると、彼は独りでここに参って、それから住職さんに面会したというわけですね？」

「そうです」

底井武八は、岡瀬正平が独りで母親の墓に手を合わせている場面を想像した。それから二、三時間のあとに自分の生命が無くなったことを思うと、それが彼の最後の、母親の墓との対面だったのだ。そのとき、岡瀬正平にどのような予感が過《よぎ》ったであろうか。

墓の周囲を見たが、きれいに掃除されてある。

「この墓の掃除は、いつもあなたがするのですか？」

底井武八は訊いた。

「はあ。この墓に限らず、この墓地一帯はわたしが受け持って、三日に一回は掃除することになっています」

墓は石の柵《さく》で囲われていた。下も石が敷かれてある。その石の上に、小さな白い石《いし》屑《くず》が少しこぼれていた。

「おや？」

納所坊主は底井武八の視線につられて、その石屑を手で拾った。

「まだ、ここに残っている」

この言葉が底井武八の耳を咎《とが》めた。

「まだ？」

彼は青く剃《そ》った坊主の横顔を見た。

「前にも、こんな石屑がこぼれていたんですか？」

「そうです。すぐ掃除したんですがね」

「それは、いつですか？」

「きのうです」

「つまり、岡瀬さんが殺された翌日ということにもなりますね」

「そうです、そうです」

底井武八は、その一つを摘まみ上げた。べつにこれと変わったところもない、ただの石英質の石屑だった。

「岡瀬さんが住職さんと話したのは、おとといの午後六時ごろで、殺されたのは八時ごろだ、と新聞にはありましたが、その通りですか？」

「ええ、大体、そうです。住職さんと話していたのは六時ごろでした」

もし、警察の推定通りだとすると、岡瀬正平はまず母親の墓の前に来て、それから、午後六時ごろ住職と話し、二時間後にはいま眼の前に見えている山林の中で殺されたことになる。

六時から八時ごろまでの約二時間、岡瀬正平はどうしていたのだろうか。

「住職さんと会った岡瀬君は、独りで帰って行きましたか？」

「ええ、独りで寺を出て行きましたが、もう一度、母親の墓に参るのだ、と言っていましたよ」

「すると、そのときは、誰もついて行かなかったわけですね？」

「ええ、誰もついて行きません」

では、岡瀬正平は独りでまたこの墓地にやって来たのだ。

底井武八は考えた。岡瀬正平はそこで誰かと出遇《であ》ったのではなかろうか。誰かというのは、彼のあとを尾《つ》けてきた東京の人間かもしれないし、また土地の者かもしれない。

いずれにしても、それを目撃した者はなかった。夜だから、この辺に来る者もいなかったに違いない。

底井武八は、岡瀬正平がどの場所で殺されたのだろうかと思って、納所坊主に訊《き》くと、坊主は自分でも面白くなったとみえ、一しょについて来てくれた。

墓地と裏の山林との間には、竹垣で境界がしてある。が、これは低いし、竹も古びてぼろぼろになっているので、誰にでも造作《わけ》なく越せた。

そこから山林に行くには、小さな径《みち》がついている。若い坊主は底井武八より先に歩いた。

「この辺です」

しばらくして、彼は底井武八に指さしてみせた。

松や杉の樹の間に、ほかの落葉が堆《うずたか》く溜《たま》っていた。死体を発見したあと、警察が現場保存に使ったらしい縄がまだそのまま一部残っていた。

松や杉の樹の枝が密生していて、陽もよく通らない場所だった。下は湧き水があるとみえ、落葉の半分は濡《ぬ》れて腐っていた。

「わたしも死体を見に行きましたがね。丁度、ここのところに俯伏《うつぶ》せになって仆《たお》れていましたよ」

坊主は落葉の一か所を指した。そこだけ落葉の堆積《たいせき》が窪《くぼ》んでいた。

底井武八は、次に寺の住職に会ったが、それからも格別参考になる話は聞けなかった。

住職は六十近い年寄りである。岡瀬正平が母親の墓参に来た直後に絞殺されたことは、住職にとってもかなりショックのようだった。

「早く犯人が挙がるといいんですがね」

彼は言った。

「いくら岡瀬さんが悪いことをしたといっても、当人はちゃんと罪の償いをして出て来たんですからね。それに、当寺にある母親の墓に参ったすぐあと殺されたというのは、どうも、わたしも寝ざめが悪いですよ。ここに来たとき、母親の回向にといって、幾らか包んで置いて行ったので、それを今度は当人の回向代に回したような始末です」

　底井武八は、ここで疑問に思っていることを訊いた。

「岡瀬君は、突然、ここにやって来たのですか？」

「そうです。何の前ぶれもなしにみえたので、実は、わたしもびっくりしたわけです。前に、母親の墓を建てるときに来られただけですからね。もっともその後、刑務所に入っていたから、わたしも七、八年会わなかったことになります」

「この近所に、岡瀬君の親戚《しんせき》がありますか？」

「以前にはありましたがね。今はほとんど無いと言ってもいいくらいですよ。親戚も、代が変わると、だんだん遠くなるもので、それに、岡瀬さんがああいう事情になってからは、つき合いをしなかったようです。岡瀬さんの話では、この寺に来て、すぐ帰るようなことを言っていました」

「岡瀬君は、その前々日の朝、東京を発《た》っているんです。そうすると、二晩、どこかに泊まってることになるのですが、どこに泊まったか言いませんでしたか？」

「さあ、それは言わなかったようですな」

岡瀬は親戚にも寄らないとすれば、やはり飯坂温泉あたりに泊まったのではなかろうか。七年も刑務所に屈《かが》んでいたのだから、彼は疲れ休めを兼ねて、のうのうと温泉に浸ったのかもしれない。

「いや、この地方は、岡瀬さんが殺されたので、新聞が大騒ぎですよ」

住職は話した。

「そうでしょうね。東京でも大きく出ています。しかし、こちらは地元紙だけに報道が詳しいでしょう。何か、その後、新しい動きがありますか?」

「いや、それがないようです。警察でもちょっと見当がつかないで、困っているようですな。なにしろ、発見されたのが午後十時でしょう。警察では殺されたのが八時と言っていますが、そのころだと、この辺は人っこ一人通っていません。また、岡瀬さんがなんであのような林の中に連れ込まれたか、さっぱり分りませんよ。岡瀬さんは、墓参が済んでからわたしに会い、それから、もう一度墓参りをすると言って出たのですから、すぐ帰ったくらいに思っていました」

そうだ、六時から、殺された八時までの二時間が問題だ。この二時間、岡瀬正平は墓地に残っていたのだろうか。残っていたとすれば、彼は何の目的で二時間もこの寂しい墓地をうろついていたか。

岡瀬正平は住職に会う前に母親の墓前に参っているではないか。そのとき、花などを供えている。だから、もう一度母親の墓前に別れに行くとしても、それはあっさりと済ませるはずなのだ。

ここで、底井武八はふと気がついた。

「岡瀬君が住職さんに会う前に、母親と先祖の墓に参ったときのことですが、そのとき、彼は花を供えていますね。それは岡瀬君が供えたものかどうか、見た者がありますか？」

「ええ、それはちゃんと見た人がいるんです」

住職はすぐ答えた。

「丁度、そのころでしたな。石屋が岡瀬さんを見ているんです」

「石屋？」

「墓を建てる石工ですよ。それが新しい墓石を建てるので、墓地で仕事をしていたんです。二人で来ていましたがね。その石工が、岡瀬さんが墓前に花を供えたり、手を合わせて拝んでいたのを見ているのです」

「すると、二度目に墓の前に行ったときは、その石工はいなかったのですか？」

「そうです。これは、その石工がわたしに話したのですがね。丁度、岡瀬さんがこの庫裡《くり》に来ている間に、仕事が済んで引き上げたそうです……ですから、もし、その石工が夜まで仕事をつづけていれば、岡瀬さんも誰かに襲われるということもなかったでしょうな」

訊くべき話は終わった。これ以上、何も質問することはなかった。

底井武八は礼を述べて、幾らかの包みを置き、福善寺を辞した。

彼は、その晩、飯坂温泉に泊まった。編集長の山崎が社費を出してくれたので、贅《ぜい》沢《たく》な部屋をとった。自分では、あの二階に張り込みをつづけた自身の慰労のつもりだった。

宿は川ぶちだった。一晩中、水の音を聞きながら睡《ねむ》った。恐らく、殺された岡瀬正平も、生の最後の夜をこうして送ったに違いなかった。

翌朝、底井武八は電車に乗って福島に出た。

駅に着くと、待合室に競馬の大きなポスターが貼ってある。福島競馬は六月の開催だった。

2

底井武八は東京に帰った。

山崎編集長に飯坂出張の次第を詳しく報告した。山崎は眼をつむって聞き取っていたが、ときどき、大事なところを反問する。

山崎の興味を唆《そそ》ったのは、やはり岡瀬正平が母親の墓前に長くいたという点である。殊に、岡瀬が住職と会う前に墓前でかなりな時間を過ごしながら、庫裡を出てからも独りでまた墓前に戻っていた、というあたりだ。それを確かめるように訊《き》き返した。

また、最初の墓参のとき、付近に新しい墓を建てる石工がずっといたということも、山崎治郎は特に注意したようだ。

「住職と会う前に、岡瀬が母親の墓前に長くいたのは、石工という邪魔な人間が近くで仕事をしていたからだろう」

山崎は思案の末に言った。

「邪魔ですって？　どういう邪魔ですか？」

底井武八は、山崎の脂の浮いた顔を見つめた。

「ぼくの推定だが、岡瀬正平は単純に母親の墓参に行ったのではないのだ。それは別な目的があったのさ」

「隠匿した金のことですか？」

「そうそう、それだ。君、石工がその付近に長くいたというのは、注目していい。彼は石工の眼が邪魔だから、何も出来なかったのだ」

「岡瀬は何をしようとしたんですか？」

「石工が帰ったあとのことを考えてみよう。岡瀬はそこで殺されるまで二時間余り時を費している。もっとも、その日の午後八時に殺されたというのは、死体解剖しての警察医の推定だがね。まあ、これが一時間ぐらいの誤差があるとしても、二時間はたっぷりといたわけだ」

「いたとは限らないでしょう。目撃者がないのだから、どうだか分りませんよ」

「いや、それはいたのだ。殺された現場も近いし、それに、彼は母親の墓に用事があった」

「どんな用事ですか？」

「きみは、岡瀬が汚職で警察に逮捕されたときと、母親の死んだ時期とを憶《おぼ》えているだろう。岡瀬は逮捕される二か月前に母親を失っている。この時期は、彼が公金の使い込みをはじめてから三年目だ。彼は、もともと利口な男だから、いつまでもこれがバレないで済むとは思っていなかっただろう。そろそろ、ツマミ食いの金を隠匿する用意をはじめたと思う。警察に捕まれば、使い残りの金は全部取り上げられてしまうからね」

「それはわかりますが……」

「岡瀬正平は、そのとき、母親の死に遭って、葬式も出し、その直後に墓を建てている。普通、墓を建てるのは、まあ、死んでから早くて四十九日、たいてい一年ぐらいあとだ。ところが、岡瀬の場合は、母親が死ぬや否や、三週間ぐらいで墓を造らせている。よほど石工を急がしたとみえるね」

「あ、そうか」

底井武八もここまで言われると、山崎の考え方が分った。と同時に、そうだ、そういうこともありうる、と思った。

「岡瀬は、母親の墓の中に金を隠したんですね？」

「そうだ。それと先祖の墓だ。それに違いないと思うな。だから、警察や検事が岡瀬をどんなに調べても、現金も、株券も出なかったし、預け先も分らなかったわけだ。あいつは、刑期を終えたら、その金を取りに行くつもりだったんだよ」

「隠し場所は？」

「墓石の下は、骨壺《こつつぼ》を入れるように穴倉が出来てる。百万円札束五十個を入れたトランク二つは母親と先祖の墓の下の納骨所に入れる。その上に石の蓋《ふた》をすれば、誰も気がつく者がない。まさか、墓の中が金庫になってるとは思わないからな」

「しかし、そんなことが可能でしょうか。母親と先祖の墓の骨壺はどうなっているんでしょうか」

「骨壺があればトランクは入れられない。二つの骨壺は、岡瀬が警察に捕まる前に、彼の手で処分されているよ。カネを出して遠くの寺へ骨壺をあずけたか、地中に埋めたかしてね。岡瀬が死んだ今となってはわからない」

「それで、岡瀬正平は母親の墓の前でぐずぐずしていたわけですね」

「そうだと思う。ところが、最初に行ったときは、石工が近くで仕事をしていて目的が遂げられなかった。なにしろ、あの重い蓋を除《の》けたり、中からトランクを引き出したりすると、すぐ、眼につくからね。彼は、きっと、花を供えたり、手を合わせたりして、石工の去るのをぐずぐずしながら待っていたに違いない。しかし、石工たちは容易にそこを去らなかった。そこで、岡瀬は仕方なく寺のほうに行って住職と会い、無駄話をしながら時間の経過を待った」

「すると、住職との話が済んで、ふたたび墓場に行ってみると、今度は石工がいなかったので、目的を遂げたというわけですね？」

「それに違いないと思うよ」

底井武八は、思い出した。そういえば、あの墓の前に行ったとき、足もとに小さな石屑《いしくず》がこぼれていた。あれもたしか御影石の屑だった。墓石と同じだ。

あれは、岡瀬正平が蓋石を動かしたときに、擦《こす》れて石屑がそこに落ちたのだろう。現に、あのとき、納所坊主は掃除をしたのだがまだここに残っている、と呟《つぶや》いていた。

底井武八は、それを山崎に話した。

「うむ、まさにそれに違いないね」

山崎は何度もうなずく。しかし、自分の推定が当たったといって喜んでいるわけではなかった。顔は憂鬱《ゆううつ》そうである。

「金は盗まれたんだ」

山崎は暗い顔をして言った。

「ぼくらがそれに気づいたのは、遅すぎたよ。誰かがぼくらより早くそれを知って、岡瀬正平のあとを尾《つ》けて行ったのだ。もっとも、そいつは、金の在処《ありか》がまさかそんなところだとは知らなかっただろうがね。知っていれば、とっくにあの墓地に行って先取りをするわけだからな。そいつは、岡瀬が墓石の下から金の入ったトランクを引き出した途端、彼を山林に連れ込み、そこで殺《や》ってしまったのだろう。なに、刃物か何かで威《おど》かせば、いくら岡瀬でも、おとなしく山林の中に連れ込まれるからな。だから、ぼくは午後八時の死亡推定時刻というのに疑問をもつよ。岡瀬はもう少し早く殺されているように思うよ」

山崎治郎の話を聞いていると、底井武八も同感だった。おそらく、その通りに違いない。現場で石の屑を目撃したことが、さらにこの感じを強めた。

しかし、一方ではこうも思った。一億円といえば百万円札束が百個だ。たとえ母親の墓石の下の納骨所にその五十個、先祖の墓石の下の納骨所へあとの五十個入れたとしても、あんな狭い所に、そんな嵩《かさ》ばったものが入るだろうか。奇妙な気がするが、これは口に出さなかった。

「東京から尾けて行くとすると、それは何者でしょうか？」

「さあ、そいつは分らぬ」

山崎治郎は、ますます憂鬱そうだった。

「金を奪《と》られた以上、もうそんな穿鑿《せんさく》はどっちでもいいよ。ぼくらが遅かったのだ。そいつは札束のいっぱい詰まったトランクを提げて、ゆうゆうと東京に遁《に》げ帰ったに違いないのだ。今ごろは、さぞかし、いい夢を見ているだろう」

山崎は遂に本音を吐いた。彼の目的は岡瀬正平の匿《かく》し金を探し当てて、横取りするつもりだったのだ。

だから、その金が他人に持ち逃げされたと分った今は悄気《しょげ》切っている。

「編集長」

底井武八は言った。

「しかし、母親の墓石の中に岡瀬が匿し金をしまっていたなどとは、どこの新聞社も知りませんよ。これをウチでトップに扱ってみたらどうです？」

底井武八は、わざとつついてみた。予想通り、山崎は元気なく頭《かぶ》りを振る。

「駄目、駄目。だって、これには実証がないじゃないか。ぼくがそう推定するだけの話で、別に裏付けがあるわけじゃない。せめて、その金を奪って遁げた人間でも分るといいんだがね」

「そいつは分りっこはありませんよ。何しろ殺人犯ですからね。警察で探してもらうほかはないでしょう」

「さあ、捕まるかな」

山崎治郎は首を傾げた。

「どうも、ぼくには、すぐに犯人が捕まるような気がしないね」

「編集長」

底井武八は、けしかけた。

「そんなら、また別な面白さがあるじゃありませんか。警察では、おそらく、岡瀬が先祖と母親の墓の下にある納骨所の中に金を隠していたなどとは、気づいていないでしょう。だから、岡瀬を殺した犯人が、そんな大金を持ち遁げしたことも知っていないはずです。これを推定しているのは、われわれだけです。つまり、警察よりぼくらのほうが、この事件では一歩先んじているわけですよ」

「うむ」

山崎治郎の眼に少し元気が出たようだった。

「ぼくは、ずっと見張りをしていたので分っていますが、岡瀬のところに誰も訪ねては来ませんでしたよ。まさか、あの叔父が甥《おい》から秘密を聞いて、横奪りしたとは思えませんからね。あの叔父は正直者ですよ。それに、正平が出発しても、ずっと家にいましたからね」

「きみのいう通りだ。岡瀬のやつ、そんなことを叔父なんかに話しはしない。だから、後を尾けて行った人間は、岡瀬が刑務所に叩《たた》き込まれる前に関係のあった奴だ。そいつが岡瀬に匿し金があると見当をつけて、出所後の彼をずっと尾けていたのだ」

「それでは、ぼく以外に、もうひとり、あの雑貨屋の前に張り込みをしていた奴がいたんですね？」

「いたのだ。そいつがやはり上野駅に岡瀬を尾けて行って、そのまま同じ汽車に乗ったのだろう」

「ぼくが追跡ができなかったのは残念でした」

「こうなると、前に、岡瀬が神楽坂《かぐらざか》に降りたというのが臭いね。やはり、あの辺に彼の巣か何かがあったのだ。それを突き止めなかったのは痛かったよ」

山崎はまだ口惜《くや》しがる。

「岡瀬正平が刑務所を出てから行ったのは、そこだけだ。あとはどこにも行かないし、誰も彼を訪ねて来ていない……あっ、待てよ」

山崎は急に考え込んだ。底井武八が何か言おうとしたのを、黙っているようにと手で制《と》めた。

山崎は腕を組み、黒い顔をうつ向けて頻《しき》りと思案している。

「きみ」

急に顔を上げたときの山崎の眼が光っていた。

「きみが岡瀬を府中《ふちゅう》の競馬場に尾けて行ったとき、あいつは厩務員《きゅうむいん》のような男と話をしていたといったな」

「そうです」

それは、あのとき、山崎に報告したことだ。彼はそれを思い出したらしい。

「岡瀬はその厩務員から何か情報をとって、一万円の馬券を買い、それをスッてしまうと、すぐ競馬場から帰ったわけだね」

「そうなんです」

「きみ、おかしいじゃないか。レースの情報を訊《き》く人間がだよ、一回でスッたからといって、諦《あきら》めて帰るものだろうか。あんまり、あっさりしすぎてやしないか？」

「そうですね。しかし、そのレースが彼の目当てだったんでしょう。だから、諦めて帰ったということもあり得るんじゃないでしょうか」

「いやいや、そんなことはない。ぼくも若いとき馬券を買ったがね。なかなか、一回だけでは帰れないものだ。それに顔見知りの厩務員から情報を聞くとなると、一レースや二レースだけではあるまい。もう一つぐらいは教えてくれるよ。負けると、いよいよ熱を上げるのが馬券買いの気持ちだからな」

山崎の口調は熱を帯びた。

「あれは、レースの情報を訊いたんじゃないんだ。ほかのことを厩務員と話したんだ」

「ほかのことといいますと？」

「きみ、その厩務員は何という名前だったたって？」

「袋を担いでいましたがね。末吉という名前が入っていましたから、それがその男の名前かもしれません」

「いや、それは調教師の名前だろう。きみ、これから二人で競馬場へ行ってみよう。その厩務員の人相はきみが知っているわけだから、彼に会ってみるのだ」

府中の競馬場に着くと、まぶしい陽が蒼《あお》い芝生の上に降りていた。ヒマラヤ杉が晴れた空に高々と聳《そび》えている。

開催日でない競馬場は、静けさを取り戻していた。

事務所を横に見て、二人は厩舎《きゅうしゃ》の建物のほうへ歩いて行った。厩舎は長屋のように幾棟も並んでいる。この中に馬が繋《つな》がれているのだった。

丁度、馬の運動時間とみえて、何頭もの馬が厩務員に曳《ひ》かれてその辺をぐるぐると回っている。

それも一か所でなく、厩舎の周りや、馬場の中で、幾頭もの運動風景が見られた。

寝藁《ねわら》を掻《か》いている者、箒《ほうき》で厩舎の前を掃除している者、馬の手入れをしている者、静かななかにも何となく慌しさがその辺に漂っていた。

「六月は、福島の競馬だね」

　山崎治郎は、眺めながら言った。

「そうでした。ぼくが福島駅に着いたとき、ポスターを見ましたよ」

「こっちの馬は相当、向こうに行くんだろうな」

　ところで、末吉という調教師の厩舎はどこか分らない。山崎が向こうから来る若い男を呼び止めた。この若者も乗馬ズボンを穿《は》いている。

「末吉という調教師は、この府中にはいませんよ」

　若者は答えた。

「しかし、厩務員さんが担いでいた袋に、末吉という名前がありましたがね」

　底井武八は横から言った。

「それは厩務員の名前でしょう。厩務員の末吉さんなら確かにいます」

「どこの厩舎ですか？」

「西田《にしだ》さんという調教師のところです。この棟から三つ目ですよ」

　二人は教えられた方向へ歩いた。

　そこでも、六頭の馬が厩務員に口輪をとられて、環《わ》をつくりながら歩いていた。どの馬も身体の艶《つや》がいい。その六人の厩務員の中に末吉がいるのかもしれなかった。だが、ここからでは遠すぎてよく分らない。

近くに行って声をかけるのも邪魔をするようで悪いので、底井武八は、厩舎の戸口で乾草《ほしくさ》を刻んでいる若者に訊いた。藁屑《わらくず》が埃《ほこ》りとなって風に舞っていた。

「先頭から三番目が末吉です」

その男は栗毛の馬を曳いていた。身体の恰好《かっこう》が底井武八の記憶にある。

「あの運動は、いつごろ、済むんですか？」

「もう十分ばかりしたら、厩舎に戻りますよ」

二人は、競馬ファンのような顔をして、そこから馬の運動を見物していた。

遠方に、馬主らしい肥《ふと》った紳士が女を伴《つ》れて歩いていた。

十分経った。先頭の馬から戻って来る。厩舎に入れる前に、馬の汗を取ってやったり、毛にブラシを当てたりする。

山崎治郎は、馬の脚もとに屈《かが》んでいる末吉の背中に近づいて声をかけた。

「もしもし、あなたが末吉さんですか？」

厩務員は顔を上げた。赫《あか》ら顔の、小肥りの男だ。もう、三十を過ぎている。

「末吉はわたしですが」

彼は怪訝《けげん》そうに、山崎と、そのうしろにいる底井武八とを見比べた。

「つかぬことをお訊《たず》ねしますが」

山崎は日ごろの横着な態度を消して、ひどく下手《したて》に出ていた。

「あなたは、岡瀬正平さんをご存じでしょう？」

「岡瀬……」

厩務員の顔に反応が走ったが、

「ええ、ちょっと知っていますが」

と答えた。

「そのことで、お伺いしたいのです。岡瀬さんが福島県で殺されたのは、あなたもご存じでしょう？」

末吉という厩務員は顔をしかめてうなずいた。

「新聞で読みました」

「岡瀬さんと前からのお知り合いですか？」

「あなたは誰です？」

末吉は逆にきいた。

「ごもっともです。申し遅れました。わたしはこういうものですが」

山崎が名刺を出した。つづいて底井もそれに倣《なら》った。

末吉は二枚の名刺を交互に見ていたが、

「岡瀬さんのことで、わたしに何か御用があるんですか？」

とふしぎそうな眼をした。

「いえ、べつに改まったことではございませんが、ぼくらも実は岡瀬君と知り合いでしてね。彼がこんなことになって、とても残念なんです」

「…………」

「それで、何とかして彼を殺した人間を突き止めたいと思っているのですが……それに、その名刺にも書いてある通り、ぼくらは新聞記者ですから、そういうことも出来るのです」

末吉はまだ黙って聞いていた。

「そこで、こないだ、あなたが岡瀬君と競馬場で立ち話をされていたのを見た者があるんです」

末吉は眼を動かしたが、すぐ返事しなかった。

「あれは、どういう話だったのでしょうか？　お差し支えなかったら、聞かせていただきたいのですが」

「ああ、あれですか」

はじめて末吉が答えた。

「あれは、レースの情報でしたよ。何かいい聞き込みはないかというので、次の勝負を教えてやりました。ミンドニシキという馬が有望だろうと言ったんですがね。そいつは見事に外れましたよ。いや、われわれに情報を訊《き》いても無駄です。それが当たるのでしたら、われわれはみんな大金持ちになっていますからな」

末吉は笑い声を立てた。

3

その後、新聞を見たが、岡瀬正平を殺した犯人が捕まったという報は出なかった。

事件の捜査は、山崎が予想した通り、難航しているらしい。地元紙を取れば、それは詳細に分るかもしれないが、東京紙では一つも続報が出ない。しかし、あれほど世間を騒がした男の末路だから、犯人が捕まれば、東京紙でも記事を載せるに違いなかった。それが出ないのは、捜査が行き詰まっている証拠だ。

底井武八は、また元の職場に帰った。

岡瀬正平のおかげで、刑事みたいな張り込み生活をつづけさせられたが、あれも今となっては悉《ことごと》く無駄だった。

無駄といえば、山崎の様子は、ちょっと気の毒みたいである。彼は、毎日、浮かぬ顔をして机の前に坐《すわ》っていた。日ごろから、あまり仕事をしない男だが、暇さえあれば、考え込んでいる。どこか、しょんぼりとしているのだ。

底井武八は、とっくに諦《あきら》めたが、山崎のほうは、そうはいかぬらしい。

その証拠に、ある晩、山崎治郎は底井武八をそっと呼んだ。

「きみ、岡瀬正平が先祖と母親の墓の下に隠し金を入れていたというのが今になってどうも、ピンとこなくなったよ」

彼は小声でそう言った。

この間から考え込んでいたが、やはりそれを思案していたのだった。

「どうしてですか？」

底井武八が言うと、

「いや、はじめは、まさにそれだと思ったがね」

山崎はむずかしい顔をして煙草ばかり吸っていた。

「ぼくは、どうも、そうでないような気がする。あれはほかのものを隠していたんだ」

「ほかのものというと、現金ではなく、例えば、いつでも時価で売れる宝石とか、貴金属とか、そういったものですね？」

「いや、それも考えられない。岡瀬の知恵は、もっとそれをうわ回ったものだと思うんだ。先祖の墓は前からあったが、母親の墓は、岡瀬が牢《ろう》に入る一か月前に建てられた。これに気づいた者は、必ず、墓の下のことも感づくに違いない。ぼくらも、たまたま岡瀬が墓参したので、それと気づいたんだがね」

「さあ、そこまで分るでしょうか？」

「きみ、まず、当人の心理になって考えてみよう。ぼくは、はじめは、岡瀬が現金か貴金属かを入れていたと思ったんだ。ところが、岡瀬にしてみると、もし、万一、他人に気づかれたら、そのものをごっそり持って行かれる。大体、そういう行為をする人間は、必要以上に先々を考えすぎるものだ。つまり、不安で仕方がないんだな。だから、あそこは、他人が気づいて蓋石《ふたいし》をあけても、それとは気がつかぬものが隠されてあったと思う」

「わかりました。では、株券とか、証券とか、そういったもんでしょうな？」

「いやいや、そういう有価証券は、換金するときにバレる。そんなものじゃないと思うな」

「では何ですか？」

「それがわかれば、ぼくはこうして毎日考え込んではいない。あれは現金でなく、しかも、現金と同様な値打ちのものが隠してあったのだ。きみ、何か考えつかないか？」

「そうですね」

底井武八は言ったが、ちょっとバカバカしくなってきた。山崎の着想は面白いが、かえって考え過ぎというところではなかろうか。

いずれにしても、山崎の執念深いのには愕《おどろ》いた。もう、とっくに諦めたのかと思うと、まだ岡瀬の隠し金を狙っている。

もっとも、岡瀬を殺したという犯人が出ない限り、山崎の望みは簡単に捨てられないのであろう。

そのうち、日が経った。山崎もそれきり底井には何も言わなくなった。さすがに断念したのかもしれない。そう思うと、山崎の野望の崩壊が痛快でなくもなかった。

ところで、最近になって、山崎はよく外出する。

一体に無精だった男だが、どういう風の吹き回しか、しきりと外に出るようになったのだ。陽気が良くなったので、臭くて汚ない編集室に、じっと坐る気がしなくなったのかもしれない。どこに行くか分らないが、お茶を喫《の》みに行くにしては時間がかかり過ぎていた。

こんな新聞社の編集長でも、実際の仕事はデスク任せである。自分は、締切り間際に大刷りにざっと眼を通せば、それで義務は済む。山崎は、さすがにそれだけは務めていた。

あのこと以来、山崎の心境に変化が来たのだろうか。一時、濡《ぬ》れ手《て》に粟《あわ》で大金を摑《つか》むのを夢みていたが、それが破れてしまうと、心機一転というか、今までの気持ちが変わったのかもしれない。あれから岡瀬事件には一言も触れなかった。

岡瀬事件といえば、新聞にも報道がない。考えてみると、事件が発生してから、もう、二十日ばかりは過ぎていた。このままだと、迷宮入りになるに違いなかった。

そんな或《あ》る日である。

底井武八が外の取材から帰って来て、狭い編集室に脚を踏み入れたときだ。

部屋の片隅に洋服掛けが置いてある。会社や銀行にある円いやつだ。その一つにぶら下がっているチェックの上衣《うわぎ》を見て、底井武八はおやと思った。これは山崎編集長の服だが、背中の一か所に白いゴミのようなものが付いている。

底井武八がデスクのほうを見ると、山崎編集長はワイシャツ一枚になって新聞を見ていた。ほかの編集員たちも仕事で忙しそうである。

底井武八は、その白いゴミを指の先で摘まんだ。それはワラ屑《くず》だった。

底井武八の眼には、府中競馬場の厩舎《きゅうしゃ》の前で、厩務員《きゅうむいん》がしきりと長い棒で馬の寝ワラを搔《か》き回していたのを思い出した。棒はワラを乾燥するために攪拌《かくはん》するのだ。

あのワラとこれは同じだ。風にでも吹かれて、その一つが通りかかった山崎の背中に付いたのかもしれない。丁度、そんな付着の仕方だった。

山崎は府中競馬場に行ったのか。――

底井武八には一言もそれを言わない。今も知らぬ顔をして、しきりとゲラを点検している。

底井武八は自分の机に坐って、それとなく山崎の顔を眺めた。

今までは、あのことを、もう、諦めてしまったのかと思ったが、あれはこちらの間違いだった。山崎はまだあれを追っている。競馬場に行ったのは、例の末吉という厩務員に会うためだったのだろう。

山崎は、何の用事で、あの末吉にまた会いに行ったのだろうか。

この前、二人づれで行ったときは、末吉は、岡瀬正平にはただレースの情報を教えたのだ、と言っていた。

さては、山崎はその返辞に疑問をもったとみえる。彼はもう一度出直して、末吉に訊きただしたのだ。

だが、山崎が末吉に会うためには、さまざまな思案をした末に違いない。すると、彼の考えの結果が、末吉にどうしても会う必要があったのだろう。どういう結論でそんなことになったか分らないが、とにかく、山崎は、あれからも倦《あ》かずに岡瀬の隠し金を推理しているようだ。

しかし、まだ、底井武八はあとで山崎が自分を呼んで打ち明けるかもしれないと期待をもっていた。

が、その日の仕事が終わり、山崎が、椅子を引いて起《た》ち上がっても、底井武八を呼ぶことはなかった。

山崎はハンガーに吊《つ》り下がっている自分の上衣に袖《そで》を通している。その上衣の背中に馬の寝ワラの屑が付いていたことも、それを底井武八が指で摘まんで取ったことも、知ってはいない。

「山崎さん」

底井武八は、出口に歩きかけている山崎編集長を追った。

「何だい？」

山崎は振り返った。

「ぼくもいま帰るとこです。その辺で、久しぶりにお茶でも喫みませんか？」

「うむ、そうだな」

あまり気の乗らない顔だった。

しかし、山崎は、ふと、底井武八が何か情報を握ったのではないかと思ったらしい。

急に気を変えたように、

「いいよ。じゃ、ちょっとだけつき合おうか」

気軽に引き受けた。

社の近くに、小ぢんまりとした喫茶店がある。丁度、客も入っていなかったので、二人は隅の席に腰を下ろした。

「ところで、編集長。岡瀬の一件は、とうとう、犯人が分らずじまいのようですね」

彼は水を向けた。

「そうだな。ぼくも新聞に気をつけてるんだが、とうとう、出ないね。あれは、ぼくの予想通り、迷宮入りだろう。なに、田舎の警察だからな、東京の警視庁のようなわけにはいかない」

「そうでしょうな」

底井武八は相槌《あいづち》を打った。

「例の一件ですが、あのままにしておくのも惜しいものですね。やっぱり犯人が持ち逃げしたんでしょうか？」

「さあ、金かどうか分らないが、たしかに、その一件で岡瀬は殺されている。しかし、もう、ぼくは諦《あきら》めたよ。犯人の手に入ってしまえば、どうしようもないからな」

「それはそうですね」

底井武八はコーヒーを一口すすって言った。

「陽気もよくなったし、これからは外のほうがいいようです。編集長も、近ごろはよく外に出られるようですな」

「うむ、まあね」

山崎は苦い顔をした。

「ここんところ、身体の調子が悪いんでな。できるだけ外に出て散歩するようにしている」

「それはいけませんね。陽気がよくなったといえば、いつか、あなたと行った府中の競馬場は、なかなか快適でしたよ。あの辺をドライブすると、さぞ気持ちがいいでしょうね」

「そうだね」

山崎はいよいよ苦い顔をしてコーヒーを喫んだが、どうやら、それは咄嗟《とっさ》の表情を隠すためのように思われた。

「きみの言う通りだ」

茶碗《ちゃわん》を唇から放すと、山崎は普通の顔になって言った。

「あんなところで、ボロ新聞を作ってると、つくづく厭《いや》になるな。ときには広い場所に行って、ゴルフでも習いたいな」

隠している――

底井武八は、これではっきりと山崎の企《たく》らみを見たように思った。

しかし、山崎はどのような論理で末吉に会いに行ったのだろうか。そして、末吉は山崎にどんなことをしゃべったのだろうか。

底井武八は、上眼使いにそっと山崎の表情を眺めた。

4

六月に入ると、急に暑くなった。真昼の光線は、もう、夏のものだった。雨がしばらく降らないせいか、空気は乾燥している。

底井武八は、毎日のように外に出て取材した。三流新聞だが、記事だけは集めなければならぬ。いや、特殊な新聞だけに、普通のそれよりもかえって骨が折れる。

ある日だった。

底井武八は、取材の帰りに早稲田《わせだ》通りを歩いた。三流新聞社だから、タクシーなどはめったに使わせてもらえない。もっぱら地下鉄と国鉄とバスだった。ゴーストップになった。底井武八は、神楽坂の商店街の角に立ち止まっていた。いつぞや、ここで岡瀬正平の車を見失ったことを思い出し、眼の前を流れて過ぎる自動車の群れをぼんやり眺めていた。

信号が青色になったので、横断路を歩こうとしたとき、遅れたタクシーがすぐ前を横切った。

横着な運転手だと思って、タクシーのほうを見ると、うしろの窓に客の姿が映った。

その男の背中を見て、底井武八は眼をみはった。男はチェックの上衣を着ている。それだけなら別段のことはないが、うしろ頭の恰好《かっこう》といい、肩の具合といい、山崎編集長にそっくりなのだ。

タクシーは神楽坂を登ってたちまち、底井武八の視線から小さくなった。彼はそこに立ったまま車の行方を見戍《みまも》った。山崎かどうか半信半疑だった。するとほかの車が群れをなしてつづいたが、その列の中から、いま見たばかりのタクシーが左に曲がって行った。かなり遠方だったが、見間違いはない。

底井武八は歩いた。瞬間の目撃だったが、あとになって印象が鮮かになってくる。あの洋服のチェック模様は、たしかに山崎のものだ。いつぞや、背中から競馬場の屑《くず》を取ったから、見間違いはない。

それに広い肩幅といい、髪を伸ばしたうしろ頭といい、まさに彼だ。そのタクシーが毘沙門天《びしゃもんてん》の横を曲がったのが、何よりもそれを裏書きした。

底井武八は、何ともいえぬ気持ちになった。

山崎は、あれからも岡瀬のことを諦めていない。彼は追求をつづけていたのだ。そういえば、岡瀬正平殺しは、遂に、お宮入りになるらしいと、東京紙にも短い記事が載っていた。

もし、あれが山崎だとすると、これは容易ならぬことになった、と思った。毘沙門天の横を曲がったのは偶然ではない。山崎ははっきりと、岡瀬正平の神楽坂における行先を突き止めたのだ。

どうして突き止めたのだろう。どこからそれを摑《つか》んだのか。

山崎が競馬場に行った日から、すでに一と月が過ぎていた。あれからも孜々《しし》として岡瀬の足跡を探っていたに違いない。

その執念深さには、底井武八も呆《あき》れた。平生、恬淡《てんたん》を装って野人ぶりを発揮しているが、なかなか強欲なところがある。山崎はまだ岡瀬正平の隠し金に執着をもっているのだ。

無理もないといえば言える。ボロ新聞社の編集長では、ちょっと出世の見込みもない。ほかからお座敷のかかってくる幸運もないのだ。給料だって安い。

元は大新聞の社会部長をやっていたというが、今ではそれがかえって彼の悲しい履歴になっている。これからは落ちるばかりだ。彼としては行き場のない壁の中にいる。岡瀬の隠し金に執念をもっているのも分る気がした。

しかし、底井武八は、山崎に対して敵愾心《てきがいしん》が起こった。

こうなると、自分が社のためという理由で岡瀬正平の見張りをしていたバカらしさが、腹立たしく跳ね返ってきた。前から感じていたが、こうはっきりと山崎に利用されたとなると、腹に据えかねる。それに、最初こそ彼を相談相手にしていたが、今では山崎が独り占めを狙っているのだ。

よし、山崎がその気なら、おれもやるぞ、と思った。

それから社に帰って、くだらない原稿を五、六枚書き飛ばしていると、山崎治郎が汗を拭《ふ》きながら戻ってきた。

やはりチェックの洋服だった。それを洋服掛けに吊《つ》り下げた。

「暑くなったな」

と呟《つぶや》きながら、回転椅子を回してうしろ向きになった。その頭、その肩、あのタクシーのうしろ窓で見たのと寸分違《たが》わない。

山崎は新聞を四つに折って、団扇《うちわ》代わりにばたばたと煽《あお》いでいる。

底井武八はのっそりと起《た》ち上がって、山崎の傍に近づいた。

「編集長、この材料はどういうふうに扱いましょうか」

どっちでもいい相談をもちかけた。山崎もちらりと見て気のない返辞をする。

一応、恰好がついたので、底井武八は、その横に突っ立って煙草を吸いながら訊《き》いた。

「編集長、あなたは今日、タクシーで神楽坂を通らなかったですか」

「え」

山崎はぎくりとしたようだった。しかし、すぐ、彼はとぼけた顔をした。

「いや、おれはそんなとこなんか行かねえぞ。お客さんとずっと日比谷《ひびや》の喫茶店で今までねばっていたからな」

山崎は隠している。日比谷の喫茶店でねばっていたというのは口実だ。

底井武八は山崎からその答えを聞いた途端に、神楽坂で見かけたタクシーの客が、間違いなく山崎治郎だと確信した。

あの車は毘沙門天堂の横を曲がった。

山崎は何かを摑んでいるらしい。洋服の背中に競馬場の藁屑《わらくず》をつけて帰ってきたことといい、タクシーの曲がった方向といい、彼だけはこっそりと岡瀬正平の足跡を追っているのだ。しかも、ある程度、確実な内容をもって迫っているような気がする。

毘沙門天堂の裏は、底井武八も一度歩いて界隈《かいわい》の様子を見ている。あれは料亭街だ。岡瀬がさかんに横領金で遊んでいた当時、そこに因縁《いんねん》ができたのかもしれない。

もっとも、当時の岡瀬はもっぱらクラブやバー通いで、こういうお座敷趣味はなかったそうだが、他人にはわからぬ遊び方をしたということも考えられる。

岡瀬は前に馴染《なじ》んだ芸者にでも逢《あ》いに行ったのだろうか。

それなら、競馬場の件は何だろう。

末吉という厩務員《きゅうむいん》は、岡瀬と立話をしたのを、あくまでもレースの情報を教えたと言っている。だが、それだけだったら、山崎治郎がわざわざ厩舎《きゅうしゃ》の藁屑をつけて帰ってくるはずはない。彼が二度まで府中に末吉を訪ねて行った理由は何だろうか。

これは素知らぬ顔で、こっちも、もう一度、末吉に会ってみることだ。

底井武八は、勤務中に出るわけにはいかないので、六時になると中央線で国分寺《こくぶんじ》へ行き、支線に乗り換えて府中で降りた。

陽が永くなったとはいえ、電車でほぼ一時間くらいかかるので、競馬場に着いたときは昏《たそが》れていた。

この前来ているので、西田の厩舎はおよそ見当がついている。底井武八は暗い中に黒く並んでいる厩舎の建物に向かって歩いた。

長い厩舎の両端だけ電灯がわびしく点《つ》いている。静かなもので、男ひとりで歩いても怕《こわ》いくらいに寂しい。

端から五番目が西田厩舎だ。

この前来たときは、明るい陽ざしの中で馬の運動など行なわれていたし、厩舎の前で寝藁《ねわら》など乾《ほ》していた者もいたが、今夜は人の影もなかった。

長い棟は、馬の繋《つな》がれている小屋で、電灯の点いている両端は、騎手か厩務員の寝起きする部屋に違いない。その厩舎の戸の間から一筋の光が外に洩《も》れていた。底井武八は内をのぞいた。

見ると、繋がれた馬の傍にひとりの人間がうずくまって、頻《しき》りと馬の前脚の手当てをしていた。

先方では彼の足音に気付いたとみえ、うしろを振り返った。

「今晩は」

底井武八は先に男に声をかけた。

厩務員は若かった。まだ二十歳前ぐらいだ。一人前でなく、厩務員の見習いといったところだろう。体格は大きい。

「馬の手当てですか。大へんですな」

底井武八は競馬ファンのような顔をした。

若い厩務員見習いもそう思ったらしい。別に咎《とが》めもしなかった。黙ってうなずき、また馬に顔を突っ込んだ。先刻から、頻りとバケツの水で馬の脚を冷やしているのだった。

「どうしたんですか？」

底井武八は戸口から少し進んで、厩務員見習いの後ろに立った。自分も一緒にのぞき込む。

「ちょっと脚に熱をもってね。冷やしてやってるんです」

隣りでは馬が羽目板を蹴《け》る音がしていた。

「なかなか、大へんですな。介抱も人間なみですね」

「人間以上ですよ」

若い厩務員見習いは答えた。

「何しろ、大切な馬を預っていますからね。まだこれなんか軽いほうです。徹夜の看病もありますからね」

厩務員見習いは、少し得意そうに言った。

「ところで、いま、末吉さんはいませんか？」

底井武八は用ありげに訊いた。

「末吉さんは、二、三日前からここにはいませんよ」

「ほう、どこへ行ったのですか？」

「福島に馬を持って行くんで、忙しいんですよ。あと一週間で競馬がはじまりますからね」

底井武八はこの前に見た福島駅の待合室のポスターを思い出した。

「ああ、なるほど、もう福島ですね。この厩舎の馬も相当向こうに行くのですか？」

「四頭ばかり連れて行きます」

厩務員見習いは同じ姿勢で訊き返した。

「あなたは、末吉さんのお友だちですか？」

「ええ、知り合いです。彼がいるかと思って今夜来てみたのですがね」

「さあ、ここに戻ってくるのは福島の競馬が終わってからですよ」

「末吉さんが持って行く馬は何ですか？」

「ハーマンです。今度の東京競馬では不調でしたが、福島では少し勝負するでしょうね」

「ああ、ハーマンですな。あれは重い馬場には強い」

底井武八は当てずっぽうなことを言った。ファンらしいところをみせねばならない。

「重馬場に強いですって？」

厩務員見習いは少し大きな声を出した。

「そりゃ、ミンドニシキの間違いですよ」

「ああ、そうそう、ミンドニシキでしたね」

底井武八は、あわてて訂正した。

「こちらには、ずい分、いい馬ばかり預っていますな」

彼はそろそろ水を向けた。若い男だ。調子に乗っていろいろしゃべってくれるかもしれない。

「ええ、やっぱり、先生が立派ですからな」

先生というのは調教師のことである。

「西田さんは評判がいい」

底井武八はすかさず言った。

「馬主の申し込みも多いでしょうね？」

「そうなんです。ですから預っている馬も一流ばかりですよ」

「現在、何頭ぐらいいますか？」

「八頭です」

「八頭？　参考のために馬の名前と馬主さんを教えてくれませんか？」

「ええ、いいですよ」

自分の先生をほめられたためか、若い厩務員見習いは気軽に説明した。

底井武八は薄暗い電灯の下で手帳を拡げてメモした。職業や住所は一通り聞き終ってから確かめたのである。

しかし、この馬主の住所録の中には神楽坂の地名は、一人もいなかった。底井武八はそのことを訊《き》いた。

「さあ、その辺の馬主はいないようですよ」

若い厩務員見習いはすぐに答えた。

「あなたは、馬主さんをよく知っているんでしょう？」

「そりゃ、よく知っています。先生の使いで始終連絡に行きますからね。けど、その中には神楽坂の人はいないんです」

「なるほどね」

底井武八はここでまた、質問を変えた。

「あなたは、岡瀬正平という人を知っていますか？」

「岡瀬さん？」

この厩務員見習いが話した馬主たちのなかには、岡瀬正平の名前はなかった。

「知りませんな」

彼は首を振った。

「岡瀬正平ですよ。ほら、七、八年前に役所のつまみ食いで騒がれた人物ですよ」

底井武八は念を押したが、厩務員《きゅうむいん》見習いはやはり知らないと答えた。無理もない。七、八年前だと、この厩務員見習いが十二、三歳のころだろう。

「末吉さんのところには、その岡瀬という人がよく来ていたはずですがね？」

「そうですか。ぼくがここに来る前ですね」

「最近も来ていたはずですが、知りませんか？」

「さあ、わかりませんね」

厩務員見習いは本当に知らないようだった。

「それから、最近、末吉さんのところに、山崎という人が訪ねてこなかったですか？」

「新聞社に勤めている人ですがね。眼鏡を掛けて、ちょっと図体《ずうたい》の大きい、背の高い人ですよ」

底井武八は山崎治郎の特徴を言ったが、これにも厩務員見習いは頭を振った。

「そんな人が来ていたかどうか分りません。ぼくも始終末吉さんの横にいるわけじゃ
ないので、分りませんね」

最後に、底井武八は訊いた。

「先生の西田さんは、いま、おられますか？」

「いいえ、だれかと一しょに街に呑《の》みに行ったようです」

「やはり競馬場関係の人ですか？」

「そうです」

「今度の福島競馬には、先生も出張しますか？」

「ええ、行くらしいですね。いつもそうしていますから。それに、あと、まだ馬が二
頭ばかり残っているので、それを送り次第出発すると思います」

「ありがとう」

底井武八は、故障馬の介抱に懸命となっている若い厩務員見習いに礼を述べて、厩《きゅう》
舎《しゃ》を出た。

た。

底井武八は府中から帰ると、あの若い厩務員見習いから聞いた馬主のリストを眺めた。

住所と職業も聞いて来ている。しかし、八人の馬主の住所のどれにも、神楽坂と思われる町名はなかった。

このリストの示す限り、府中の競馬場と、神楽坂との繋《つな》がりはない。しかし、山崎治郎は、両方の線の繋がりを発見しているのではなかろうか。

この間から山崎の様子を見ると、なんだか活気に満ちているようだ。いつも現在の境遇に不満をもち、仕事にもあまり乗り気でなかった男が、急に近ごろ顔色までよくなったように見える。なんだか抑え切れぬ喜びをもっているようだ。

一体、何を彼は摑《つか》んだのだろうか。

今まで人をさんざん利用しておきながら、いざとなると一言の挨拶《あいさつ》もない山崎に、彼はやはり腹が立つ。

向こうがその気なら、少しおどかしてやれ、と思った。昨夜、競馬場に行って厩舎の連中に会い、話をしてきたと言えば、山崎はどきっとして、顔色を変えるに違いない。もしかすると、こちらの出方によっては、山崎のほうから一部を洩《も》らすかもしれない。

底井武八は期待に燃えて、翌朝、出社した。

夕刊専門の新聞社だから朝は早い。たいてい、九時ごろには、顔が揃《そろ》う。山崎治郎も十時までにはやってくる。

ところが、その日は、その十時が来ても、十一時が来ても、山崎編集長は社に姿を見せなかった。

小さな新聞だが、やはり新聞である以上、編集長が来ないと何かにつけて不自由である。デスクもうろたえていた。

十一時過ぎて、デスクが山崎治郎の自宅に電話をかけた。

「え、お出かけになりました？」

先方は山崎の女房らしい。

「いつごろですか？　え、九時過ぎ？　おかしいな。それだったら、もう、とっくにみえてるはずですがね」

受話器を握って、デスクは首をかしげている。

「途中で、どこかにお回りになるようなことを言われませんでしたか？　ない……はてな？」

底井武八は、デスクの声に耳をとられていた。

「お宅からだと、一時間足らずで社にみえるはずですがね。いえ、わたしのほうには何の連絡もないんですよ……分りました。じゃ、また」

デスクは電話を切って、浮かぬげに煙草を吹かした。

底井武八は、席を起《た》ってデスクの傍に行った。

「編集長は自宅を出たというんですか？」

「ああ。九時過ぎというんだがね。おかしいな。今朝はいろいろと用事があるんだがな」

デスクは困った顔をしていた。自分の裁量ではさばき切れぬ仕事があるらしい。

「もう、三時間近く経っていますね。喫茶店かどこかで落ち着いてるんじゃないでしょうか？」

「そんなはずはない。あの人は、途中で外出するにしても、一度はここにやって来るからね」

それはそうだった。山崎治郎は、いつも十時には確実にやって来る。そのあとでお茶を喫《の》みに行くようなことはあっても、出勤は正確だった。

底井武八は、山崎治郎の遅いのをまさか喫茶店とは思わないが、例の一件に遅刻が関係しているような気がする。つまり、山崎は時間の都合で先にその用事をやっているのではなかろうか。

「社に連絡がなかったのですか？」

「ない。休むなら休む、遅くなるのだったら遅くなると、連絡をする人なんだがね」

デスクはそこまで言って、底井武八を見上げた。

「君、何か心当たりがあるかい？」

底井があまりしつこく訊《き》くので、デスクも変に思ったらしかった。

「いや、べつにありません。ただ、編集長が来たら、ぼくもすぐに相談したい企画がありましたから」

むずかしい顔をしているデスクから、底井武八は離れた。

山崎は、一体、何をやっているのだろう。

彼が社に姿を見せないことは、それだけあの一件に頭を突っ込んでいることになる。よほどのことがない限り、連絡もなしに遅くなることはないはずだ。

今朝は、出社次第山崎をおどかしてやろうと思ったが、ちょっと当てが外れた。いや、その失望よりも、新しい疑惑が起こってきた。それは時間が経つにつれ濃くなってくる。遂に、午後四時になっても編集長の姿は現われなかった。

デスクは、もう一度、山崎の家に電話をしている。

答えは同じだった。自宅を出たまま、途中からの連絡はないというのだ。

こういうことは今まで一度もなかった。山崎はずぼらな男だが、やはり責任者という自覚はあって、それほどデタラメなことをしない。

山崎が遅い理由は、あの一件にかかずらって手間どっているからであろう。この前、山崎は、岡瀬正平が母親の墓の中に大金を匿《かく》したという想定を覆したが、それでは、金の代わりに何が入っていたと推定したのだろうか。貴金属や有価証券ではない、と山崎は断言しているのだ。

あの言葉から察すると、すでに当時から、山崎には何かの目星がついているようだった。そして、彼の姿が見えないことは、その推定の線で陰でしきりと行動しているように思われる。

あの墓穴の中に匿されたものを、山崎治郎は何と推断したのか。

その日、夕方になっても遂に、山崎は社に姿を出さなかった——。

三章　失《しっ》踪《そう》

1

山崎治郎は、それから三日経っても社に出てこなかった。

いや社だけではなく、家にも戻らなかった。彼は六月十五日午前九時二十分ごろ、大田区洗足池《せんぞくいけ》の自宅を出て以来、行方不明になったのである。

社は大騒ぎになった。

山崎の妻に問い正して始めて分ったのだが、その朝、山崎は家を出るとき、

「もしかすると、今晩から出張になって二日ばかり家に戻れないかもしれない」

と妻に告げたそうである。別に変わった様子もなく、ごく普通の態度で言い残したというのだ。

妻が、

「出張はどこですか？」

と訊くと、

「いや、近くだ。しかし、まだ決まってはいないから、或《あ》いはとりやめるかもしれない」

と短く答えたという。

すると、山崎は、きのう六月十五日から二、三泊でよそに行くかもしれないという予定があったのだ。むろん、彼が出張するような社用はなかったから、山崎個人の私用である。妻には誤魔化していたわけだ。

彼はどのような用事で、どこに泊まるつもりだったのだろうか。

が、彼が妻に言い残した言葉でも分る通り「出張予定」は、彼が家を出るときにはっきりと決まっていなかったようである。とすると、その朝、家を出てから途中で彼に決心をつけさせる何かがあったのだ。

いずれにしても、誰にも行先を告げないで、それから三日間も姿を見せないというのは、不可解なことだ。

社では山崎の妻と相談して、とりあえず、警察署に捜索願を出すことにした。なかには、彼が行方不明になって以来、まだ三日間しか経っていないので、捜索願を出すのは早すぎるという者もいたが、万一の場合を考え、とりあえず、その手続きをしておいたほうがよいという結論になったのである。

社の幹部は幾度も会議を開き、また、編集部の部員一人ひとりについて、山崎が旅行しそうな様子があったかどうかを聞いて回った。だが誰もそれを知ってはいなかった。

　山崎にかくし女がいたという形跡もないのである。

　ただ、底井武八だけは、心の中でこっそりうなずくところがあった。しかし、これは他人に洩《も》らすことではない。

　底井武八は、さてはやったな、と思った。

　山崎はまさに岡瀬正平の例の匿し金を追って、どこかに消えたのだ。
　二、三泊でよそに行くかもしれない、と彼が妻に言ったのは、彼にそれだけの目算が立ったからであろう。ただし、家を出るときにその決心がはっきり出来ていなかったのは、彼が誰かと会ってからでないと決定しなかったためではなかろうか。
　山崎治郎が、例の線を追っていたことははっきりしているが、一体、彼はどの程度データを摑《つか》み、どのような狙いを持っていたか、さっぱり分っていない。つまり、彼の意志は読めるのだが、その行動が全く摑めていないのだ。

　底井武八は考えた。

　山崎治郎の手がかりがないとすれば、こちらで調べあげてゆくよりほかはない。

　底井は、ふと、岡瀬正平も、山崎治郎も、神楽坂《かぐらざか》に車を走らせていた事実を思い出した。

山崎がその街に行ったのは、岡瀬正平の足跡を追っていたからであろう。それなら、必ず、あの辺に彼ら二人の足跡が残っていなければならないと気づいた。

底井武八は調査課に行って、岡瀬正平の写真を借りた。この前、彼が刑務所を出所したとき、カメラマンが写して新聞に掲載しているから、そのネタ写真は保存されている。

次に山崎治郎の写真を探し出した。これも総務課に残っていた。これは一年前の撮影だったから、ほとんど最近の山崎の面影を伝えているといっていい。

「きみ、悪いが、この二つの写真を二、三枚複写してくれんか」

底井武八は、知り合いの社のカメラマンに頼んだ。

「ほう、妙な取り合わせだね」

写真部員は、岡瀬正平の写真の裏を返して、名前を読み、眼をまるくしていた。

「どうするんだい?」

「いや、ちょっと入用があってね」

「山崎さんは、その後、全然分らないそうだね?」

「そうなんだ。編集部でも心配している。この写真を捜査願いの資料に出したいんだ」

「岡瀬正平の写真を複写するのは、どういう理由《わけ》だい? 山崎さんに関係があるのか？」

「いや、それは全然別だ。……物好きな雑誌社があってね。戦後の汚職史といったものを書くんだそうだ。そのときに、この写真を使いたいと言っている。ぼくが頼まれたんだ」

「そうかい」

カメラマンは、その説明で納得したらしく、彼の頼みを引き受けた。

新聞社の仕事は手っとり早い。二時間もすると、写真部員が注文どおりの複写写真を底井武八に届けた。

「やあ、ありがとう」

彼は礼を言った。

「何かいいことがあったら、奢《おご》るからね」

その写真を封筒に入れて彼は表に飛び出した。

編集部の中はまだ落ち着いていない。山崎の行方が知れないので、どこか不安な空気が漂っている。その山崎の席は穴があいたようになっている。

主《あるじ》のいない机から不安な空気の源泉が湧き上がっているようにみえた。

底井武八はタクシーを神楽坂で下りた。

以前、岡瀬正平をつけて行ったとき、出会った運転手の話で、岡瀬が毘沙門天堂《びしゃもんてんどう》の横を入ったことがわかっている。

そこで、その近所の喫茶店を目標にした。人と会う場所として思いついたのである。だが、この界隈《かいわい》は粋《いき》な格子造りの家ばかりで、喫茶店というものが見当たらなかった。彼は辛抱強く歩いた。

夕方が近づいたこの一郭は、ようやく活気づいているようだった。料亭の前では女が水を撒《ま》いている。稽古《けいこ》の帰りらしい二、三人の芸者が、格子戸の家に入って行った。近ごろの芸者はとんと素人と区別がつかない。彼は三十分ばかりぐるぐる歩いた末、ようやく喫茶店らしいものを見つけた。もっとも、洋食も出しているらしく、陳列には蠟細工《ろうざいく》の見本が出ていた。

ちょうど、腹も空《す》き加減だったので、彼はチキンライスを頼んだ。店の中は割合こぎれいだった。

「きみ」

彼は注文をききに来た十七、八ばかりの女の子に訊《き》いた。

「ここは、芸者衆のお客が多いだろうね？」

「はい」

女の子はうなずいた。

「夜おそくまでやっているかい？」

底井武八は、できるだけ愛嬌《あいきょう》よく訊いた。

「十一時過ぎまでやっています」

「そのころ、お腹を空かせた芸者衆が夜食を食べにくるだろうね」

「そういう人もあります」

少女は割とはきはき答えてくれた。

「出前のほうも多いだろうね？」

「ええ、あります。置屋さんなどによく持って行きます」

だいぶ馴《な》れてきたので、彼は懐ろの写真を取り出した。岡瀬正平と山崎治郎の二つの顔だ。

「きみ、ちょっと訊くがね、この二人の男の顔に見憶《みおぼ》えはないかい？」

いきなり写真を出したので、少女はびっくりしていた。気味悪そうに、置かれた写真を遠くから眺めている。

「いや、ぼくはこの人たちをある事情で探している。よく顔を見て、見憶えがあったら教えてくれないか。もしかすると、ここに芸者衆とお茶を喫《の》みにきたり、洋食を食べに寄ったりしているかもしれないからね」

少女は底井武八の風采《ふうさい》を怕《こわ》そうに見た。どうやら刑事と感違いしたらしい。

「すまんが、よく見てくれ」

彼は催促した。

少女は、ようやく写真を手にとって眼に近づけた。

「どうだね、憶えはないかね？」

「そうですね」

少女の手から岡瀬正平の写真が離れた。が、山崎治郎の顔だけはまだ熱心に見ている。どうやら、その表情には心当たりがありげだった。

底井武八は少女の顔色を横からじっと窺《うかが》った。

「ちょっと待って下さい」

少女は山崎治郎の写真だけを持って卓からはなれた。

底井武八が見ていると、彼女は入口のレジに坐《すわ》っている二十三、四くらいの娘のところにその写真を持って行き、二人で屈《かが》み込んで、ひそひそと何か話し合っていた。

底井武八は、しめた、と思った。同僚に写真を見せているところを見ると、確かに心当たりがあるのだ。少女は自分の記憶だけでなく、レジの女にも見せに行ったとみえる。

やがて、その女の子はレジから戻って来た。その表情を見ただけで、返辞の予想がついた。

「この人のほうは、一度ぐらいここに来たように思います」

彼女は山崎の写真を底井武八に返して言った。

「ほう」

彼は相好を崩した。

「それは本当かね？」

「ええ。でも、よく分りませんわ。間違ってるかもしれないんです」

「すると、そうたびたびここに来たわけじゃないね？」

「そうなんです。たしか、一度か二度だったように思いますわ。そんな憶えがあります」

「ふむ。それはいつごろかね？」

「よく憶えていませんが、今から三週間ぐらい前だったと思います」

三週間前なら、山崎がしきりとこの辺の調査をやっていたころだ。話は符合した。

「この人のほうはどうだね？」

彼は岡瀬正平の写真を突き出した。

「いいえ、こっちのほうは見たことのない人です」

少女は首を振った。

「そうか。で、この人は」

今度は山崎の写真を指した。

「昼間来たのかね、それとも夜かい？」

これは大事な質問だった。それによって山崎の行動の推測をある程度縮めることができる。

「いいえ、昼間でしたわ」

少女ははっきりと言った。

「何時ごろだね？」

「そうですね、今ごろだったと思いますわ」

底井武八は腕時計を見た。四時を五分過ぎている。

店は客が少なく、彼のほかには、二人の女がカレーライスを匙《きじ》で掬《すく》っていた。

「ああ、このころだったら、お客さんが少ないから、きみの印象に残ったというんだね？」

「そうです。それで憶えているんです」

「で、この男のお客さん一人で来たのかい？」

「いいえ、お伴《つ》れさんがありましたわ」

「伴れだって？　そりゃ、男かい、女かい？」

「女の方ですわ……」

そのとき、調理場から料理が上がったとみえて、チンとベルが鳴った。少女は惜しいところでそっちのほうに脚を向けた。

底井武八は煙草を取り出して、火を点《つ》けた。ここで、はっきりと山崎の足取りがとれたのである。偶然に喫茶店という場所を手がかりに思いついたのだが、こんなことなら、もっと早く気づけばよかった。

その伴れの女というのは何者だろうか。

彼は少女が引き返して来るのを待った。

だが、注文を持って来たのは別の女だった。四十二、三ぐらいの肥《ふと》った中年女だ。

「お待ちどおさま」

チキンライスを置いて去ろうとしたので、底井武八はあわてた。

「きみ、きみ。さっき、ここにいた給仕さんを呼んでくれ」

中年女は顔をふくらませて無愛想に答えた。

「あの人は、いま、お使いにやりましたからいませんよ」

「何?」

彼はびっくりした。

「たった今、ここにいたじゃないか?」

「いま、使いに出したばかりです」

底井武八は店中をきょろきょろ見回したが、やはり少女の姿はなかった。調理場のほうで、白い着物を着た料理人がうろうろしていたが、そこにも彼女の影はなかった。

肥った女はその間に黙って引き返して行った。

底井武八は仕方がないので、レジの女に眼を着けた。さっき、あの少女と相談していたから、彼女なら知っているに違いない。

レジの女はちょっときれいな顔をしている。

底井武八が近づくと、彼女は思い出したように伝票を繰って、ソロバンを弾《はじ》きはじめた。

彼はその女にきいた。

「さっきの給仕さんが、きみにこの写真を見せただろう?」

彼は山崎の写真を突きつけた。

「きみと何か話していたようだが、きみもこの人がここに一度お客さんとなって来たのを知っているね?」

彼は初めから分ってるように訊《き》いた。

「いいえ」

ソロバンの手を休めて、彼女はちらりとそれに眼を投げた。

「なに、知らないって? だって、きみはさっきこの写真を見て給仕さんと話していたじゃないか?」

彼は詰問の調子になった。

「ええ、それは見ましたけれど」

彼女もつんとした調子で答えた。

「でも、わたしは知らないんです。ミヨちゃんが何と言ったか知りませんが、わたしには見憶《みおぼ》えない顔ですわ」

「あの女の子は、ミヨちゃんというのか」

底井武八はいまいましそうに呟《つぶや》いた。

「じゃ、ミヨちゃんが帰って来るまで、待つことにしよう」

さいわい、チキンライスはそのまま卓の上で湯気を上げている。その女は黙っていた。底井武八はゆっくりとチキンライスを食べ、水を飲み、さらに煙草をゆっくりと吸った。彼女を待っているので、できるだけ時間をかけたのだが、ミヨちゃんという少女は姿を現わさなかった。

使いというのは遠方だろうか。

底井武八は、少々、焦《じ》れてきた。すると先ほどの肥った女が傍にやって来た。

「お客さんは、ミヨちゃんをお待ちなんですか?」

レジの女から話を聞いたとみえる。

「そうだ。ちょっと訊くことがあったんでね」

「ミヨちゃんなら、もうここに戻りませんよ」

「え？」

底井武八は愕《おどろ》いて眼を上げた。二重顎《ふたえあご》の中年女は、愛想も糞《くそ》もない顔をしている。

「急用が出来て、家《うち》に帰りましたからね」

「家に帰った？　だって、今、使いに出したと言ったじゃないか？」

「ええ。でも、ほんとうは家に帰ったんです。お待ちになっても無駄ですわ」

彼女はニベもなく答えた。

気づくと、調理場の中の男たちも、一斉に底井武八のほうを見つめている。

彼は何となく具合が悪くなって起《た》ち上がった。

「おい、勘定」

乱暴にレジの女に言った。

「ありがとうございます」

その声までバカにしたように聞こえた。指を素早くキーに押して、ガチャン、ガチャンと機械を鳴らしていたが、ふと、彼女の机の上に端書《はがき》がおいてあるのが眼に止まった。

宛名は「宮部《みやべ》良子様」とある。このレジの女の名前であろう。彼は素早くその端書の住所まで読み取った。

2

底井武八は、そのレストランをおとなしく出た。

あの女の子を外に使いに出したなどというのは、明らかに嘘だ。あれはわざと彼への返事を遮ったのであろう。

店の誰かが彼と女の子との会話を聞き、急に彼女をはずしてしまったのだと思う。なぜ、そのような邪魔をしたのだろうか。

底井武八は、賑《にぎ》やかな神楽坂の通りを飯田橋《いいだばし》のほうへ歩いた。

あのレストランは、粋《いき》な一郭に囲まれている。そこに来る客も芸者などが多いと言っていた。

すると、レストランとその近所とは特別なつながりがあるのではなかろうか。急に女の子の口を塞《ふさ》いだのも、山崎治郎と話していたという相手の女がこの店の得意の一人だったと想像されるのだ。

そう考えてくると、その女の素姓の大体の見当がつく。

客商売の家では、ときとして、自分のお得意に迷惑のかかりそうな話を避けたがるものだ。底井武八は、あの店では警察の刑事と見られていた。

だから、店の者があわてて彼女をはずさせたのではなかろうか。それも余計なおしゃべりをさせたくないという単純な心理からであろう。

ここまで考えると、山崎治郎の話相手は、あの辺の粋な家にいる女だったということが推定できる。

間違いはない。

岡瀬正平がタクシーで行ったのも、その女のいる家だったのだ。刑務所から出所した彼は、府中《ふちゆう》の競馬場のほかは、その女のところだけに行っている。

思うに、岡瀬正平は刑務所に入る前から、その女と関り合いがあったのだ。

岡瀬については主にバーやクラブが遊び場所として挙げられていたが、実はお座敷趣味もあったのだ。

しかし、この線を追っていた山崎治郎が突然、消息不明になったのは、奇怪な話である。ただし、岡瀬正平の女が山崎治郎の失踪《しつそう》に絡んでいるかどうかは今のところ分らない。

だが、もし、関連があるとすれば、ことは重大だった。山崎は岡瀬の匿《かく》し金を調査していたのだが、そのことは、岡瀬正平が殺害された線にも絡んでくるのだ。

底井武八は歩きながら、思わずうしろを振り返って見たほど、身のしまる思いがした。

だが、あの店が女の子の返事を邪魔したところで、こちらにはまだ方法が残っている。幸運にもレジの女の名前と住所を知ったのだ。

山崎が逢《あ》っていた女の素姓を知っているらしい係りの女の子がレジの女に写真を見せに行ったのも、彼女が知っている顔だからこそである。

宮部良子の住所は、たしか江東《こうとう》区亀戸《かめいど》二の四〇八だった。もっとも、四〇八かどうか正確に憶えてないが、しかし、それだけでも大体の見当はつく。つまり、出勤するときは亀戸駅から乗るに違いないから、駅前に頑張っていれば、彼女の姿が発見できそうである。

もっとも彼女の出勤時刻が分らないのは困った。ああいう店は早番と遅番があるだろうから、その時間を知っておかねばならぬ。当てもなく二時間も三時間も亀戸駅前にぼんやり立たせられるのはかなわない。

それをどうして知るかだ。

彼はいろいろ考えたが、男の声ではまずいので、誰か女の子に頼むことにした。

食べもの屋が眼についたので、そこへ飛び込んだ。

彼は欲しくもない汁粉を注文して、その辺にいる女の子の一人を呼んだ。

「あんた、悪いがね、ここに電話をかけて、こういうふうに言ってくれないか」

彼は要領を素早く述べて、電話の代理を頼んだ。

頭に白い布片《きれ》をつけた女の子は、思ったより素直にそれを承知してくれた。

「待ってくれ。間違うといけないから、電話の要領をざっと書いておく」

彼は急いでメモを取り出して、鉛筆を走らせた。

電話番号はあの店でもらったマッチで分っている。女の子はそれを持って電話機の傍へ行った。

底井武八は、耳を澄ませて彼女の話を聞いた。

女の子は言っていた。

「もしもし、レジの方を呼んで下さい」

「あら、もう、お帰りになったんですか？」

女の子は耳に受話器を当てたまま底井武八をちらりと見る。

これも彼の計算に入れてある。実は、その店を出るとき、レジの女が伝票を締めくくっていたのを見たからだ。

「わたしは、今日、お宅に入った客ですけれど」

女の子は底井武八が頼んだ通りを要領よく言っている。

「お金を払うとき、五百円札と千円札を間違えたように思うんです。五百円だと思って、たしか、千円札をお渡ししましたが」

向こうでは何か言っているようだった。女の子は適当に受け答えしていたが、

「そいじゃ、明日行ってレジの人に会えば分ります。何時にお店にいらっしゃいますか？　……え？　十一時ですね。わかりました。どうも」

と言って、受話器を置いた。

底井武八は安心した。女の子は予想以上にうまくやってくれた。

彼は素早く千円札を二枚、近づいて来た女の子に握らせた。

「やあ、ご苦労さん」

「午前十一時に出勤と言ったね。どうもありがとう」

これで無駄に駅で立ちん坊しなくとも済む。

翌《あく》る朝、底井武八は、亀戸の駅に十時前から立った。

レジの宮部良子は十一時までの出勤だから、必ず、この時刻には来ると思って、彼女らしい顔を駅に集まってくる群衆の中から探した。もっとも、ぼんやり立っていると、先方に先に気づかれて、妙に思われる惧《おそ》れがあったので、なるべく目立たない手荷物引渡所の前に佇《たたず》んだ。ここだと、駅の正面に向かって来る人の顔を斜めから眺めることになる。

明るい陽射しのなかで、たくさんな人間が駅から吐き出されたり、吸い込まれたりする。彼は若い女ばかりを目標にした。大体の人相は憶《おぼ》えているので、その記憶を頼りに、遠くから駅に向かって来る女をマークした。

それは十分とは経たないうちだった。白いブラウスに水色のスカートをつけた女が通りから近づいて来るのが見えた。顔の輪郭は宮部良子によく似ている。まだ距離があるから、眼鼻ははっきりしていなかったが、まず、間違いないと思った。彼は立っている場所からゆっくりと歩き出す。

女のほうはさっさと駅の構内へ入って行ったが、彼がその近くまで行って横顔を調べたとき、宮部良子に間違いないことが分った。彼女は気がつかない。ハンドバッグから定期券を取り出している。底井武八は、彼女のうしろにぴったりと付いて改札口を抜けた。

ホームに出ると、宮部良子は市川《いちかわ》方面をのぞいていたが、電車の姿がないので、そこに立ち止まった。底井武八は、間に一人を置いて、彼女から眼を放さなかった。ラッシュアワーは過ぎているが、それでもかなり混雑している。彼はどのようにして彼女に話しかけようかと考えたが、いい思案が泛《うか》ばなかった。うかつにものを言っても、かえって失敗しそうだった。自然なきっかけを見つけるのに工夫が要る。

電車が来た。宮部良子のあとから底井武八も乗り込んだが、ふと見ると、まん中のほうに空席が一つあった。彼は逸早《いちはや》く人を押し除《の》けてそこへ進み、腰を下ろした。宮部良子が自分の前に来ることを期待したが、彼女が吊革《つりかわ》にぶら下がっている位置は、ここは少し離れ過ぎていた。

彼は週刊誌をひろげたが、眼は彼女のうしろ姿から放さなかった。もう少し近いと、席を替わって彼女を坐《すわ》らせることで話のきっかけができるのだが、遠過ぎるのでこのもくろみは失敗だった。わざわざ呼びに行くのも不自然である。

電車はそのまま進行して、十分ばかりで秋葉原《あきはばら》駅にすべり込んだ。

隅の方の席が空いて、宮部良子は腰を下ろした。

降りるのは飯田橋だろうが、時間的にはあっという間だ。何とかその間に接近のきっかけを作らねばならない。

席を替わるというもくろみは外れたので、底井武八は、席を立ち、さり気なく近づいて、彼女の坐っているまん前の吊革にぶら下がった。

宮部良子は、自分のすぐ前に立っている客が底井武八とは気がつかず、眼を閉じていた。

上から見下ろすと、ちょっと可愛い顔だが、毎日の勤めで、何となく疲労が見える。夜の遅い勤務だ。眼を閉じているのも睡眠不足の加減かもしれない。

仄《ほの》かな香水の匂いが漂って来たが、もちろん、安香水だ。

あとはお茶《ちゃ》の水《みず》、水道橋《すいどうばし》……。

底井武八は、いま話しかけようかと思ったが、どうも適当な口実がなかった。そのうち、電車は飯田橋に着いて、彼女は降りた。

彼女はホームから改札口のほうへ向かって行く。彼女の周囲は、相変わらずの人混みだった。

改札口を出た彼女は、かっと陽の射している外に向かっていたが、やがて歩き出して、近くの喫茶店に入って行った。

底井武八は、彼女が誰かと約束をして、出勤前のひとときをそこで落ち合うのかと思っていた。もちろん、つづいてその店に入る。

店の中は、それほど混んではいなかった。彼女の坐ったテーブルは、ほかに誰も居ない。底井武八は、わざと斜め前のテーブルに着いた。彼女はハンカチを出して額を押さえている。

彼女の前に運ばれたものを見ると、それは青い色のソーダ水だった。電車の中で揉《も》まれて咽喉《のど》が渇いたらしい。よく注意して見たが、べつにあとから現われる男もなかった。

底井武八は、ストローを口に咥《くわ》えている彼女の前に思い切って近づいた。

宮部良子は、自分の前に影が射したので、顔を上げた。

底井武八は彼女に愛想のいい笑いを投げかけた。

「やあ、どうも。どこかで見たようなお嬢さんだと思ったら、やっぱりあんたでしたね」

彼は心安げに彼女の前に腰を下ろした。

宮部良子はびっくりしている。はじめ見当がつかなかったらしいが、ようやく、昨夜、写真を見せた男だと気づいたらしい。その表情の変化がはっきりと底井にも分った。

「昨夜は失礼」

彼は微笑して頭を下げた。

彼女のほうは声を出さないでいる。挨拶《あいさつ》の言葉がないのだ。

「ぼくもあんたとおんなじものを貰《もら》おうかな」

彼は店の女の子にソーダ水を注文した。

「伝票は、ご一しょでよろしいですか?」

「一しょでいい」

宮部良子が何か言おうとしたのを底井武八は押さえた。

「いいよ。ぼくに払わせて下さい」

彼女に警戒されないように、できるだけ気さくな態度をとった。

「あなたも亀戸のほうからですか?」

宮部良子は飲みかけのソーダ水をそのままにして、底井の言葉に愕《おどろ》いていた。

「いや、実は、亀戸からずっと同じ電車でね。どうもよく似た人だなと思いながらここまで一しょにあんたと来たんですよ。ぼくも亀戸ですから」

宮部良子はやっと合点《がてん》がいったらしい表情になった。

「そうですか」

彼女はようやく低い声で言った。

「きっと、毎朝、同じ電車で来ていたのかもしれませんね。あんたは、亀戸はどの辺ですか」

「二の四〇八ですわ」

小さな声だった。

「そう。じゃ、ぼくとは反対側だ。毎朝、この時間ですか？」

「ええ」

「毎日夜が遅くて大変ですな」

ウエイトレスが二人分の伝票とソーダ水を持って来た。彼は素早く伝票を自分の近くに置いた。

女はちらりとそれを見て、困ったような顔をしている。

「夜は、やっぱり電車で帰るんですか」

「ええ」

「亀戸の駅に降りると、大分遅くなるでしょう。独りでは怕《こわ》くないですか」

「いいえ、もう、馴《な》れましたから」

「だが、あなたの勤めも大変ですね」

彼は出来るだけ彼女に安心を与えようと努力した。

「お店のお休みは？」

「月二回です」

「休みの日が愉《たの》しみでしょう？」

「ええ」

底井武八は、もう、いい加減に話を切り出すときだと思った。

「ときに、つかぬことを訊《き》きますがね。昨夜、ぼくがあなたの店の女の子に、そうだ、ミヨちゃんという子だったな。ミヨちゃんに写真を見てもらったんですがね」

底井武八は、何気ない調子で話し出した。すると、宮部良子は、やはりはっとした顔色になった。

彼はさらににこにこした。

「あの写真の男は、ぼくが探してる友人ですがね。そうだ、ぼくは或《あ》る会社に勤めているんですよ。写真の男はぼくの友人だが、最近、遊びを覚えて、うちでも困っているんです。今もどこに行ってるか分らないし、仕事もろくにやらないんです。それで、ぼくが頼まれて探してるんですがね」

刑事かと思われているので、それを極力打ち消すようにした。

「そうですか」

宮部良子の顔に微《かす》かな安堵《あんど》が泛《うか》んだのを底井は見逃がさなかった。やはり今までは警察の者だと思っていたらしい。

「この男ですがね」

彼はポケットから山崎治郎の写真を取り出して、テーブルの上に置いた。

「どうです、あなたも見たことがあるでしょう?」

彼女は写真に眼を落としたが、黙っていた。昨夜、店の女の子に見せられた同じ写真だ。

「あのミヨちゃんとかいう女の子が知ってるというんですがね。くわしく聞こうとしたとき、どこかへお使いに行って居なくなって、あとが聞けなかったんです。きみが知ってるのだったら、教えてくれませんか。たしか、この男、女のひとと一しょにお店に来たことがある筈《はず》ですが、その女が誰だか知りたいんですよ」

「………」

宮部良子は答えなかった。視線も写真から外して、わきを向いている。いよいよ困った表情だった。

「なに、迷惑をかけるようなことはありませんよ」

彼は説得した。

「昨夜、ミヨちゃんという女の子が外にお使いに出たというのも、店の人がぼくに話さないように細工をしたと思うんですがね」

彼は彼女の赧《あか》い顔を見て言った。

「いや、それは構いませんよ。誰だって、お客さんの迷惑になりそうな話は止めますからね。だが、今も言った通り、絶対に相手の人に迷惑もかけないし、あなたにも心配をさせません。ただ、友人の居どころを知りたい一心ですよ。どうです、ぜひ、その女の人が誰だか、教えてくれませんか」

「困りますわ」

彼女は俯《うつむ》向いて言った。

「なに、困る？　どうしてですか、店によく来るお客さんだから、というのですか」

「………」

「それとも、それが近所の女《ひと》だからですか」

彼女の眼がぴくりと動いた。

ははあ、近所の女だな、と分った。

やっぱり芸者だ。山崎は岡瀬正平の馴染《なじ》んだ芸者を突き止めたのだ。あの店で山崎が話していたのは、おそらく、口実を設けてその芸者を呼んだのであろう。

「その女《ひと》は、芸者衆ですか？」

彼は一歩踏み込んで確かめようとした。

「わたし、知りませんわ」

宮部良子は、突然、椅子から起《た》ち上がった。

「もう、出勤時間ですから、失礼します。その伝票を渡して下さい。わたしの分だけ払いますわ」

3

自分の飲んだぶんは自分の金で払う、と宮部良子は底井武八の手許《てもと》にある伝票を指さして立ったが、ソーダ水一杯で他人から恩に着たくないという意地が顔に憤然と出ていた。

底井武八はうろたえた。今、ここで彼女に逃げられては折角の努力が崩れ去る。

「まあまあ、きみ」

彼は両手で彼女を押さえるようにした。

「きみは誤解しているのだ。もう少し、ぼくの話を聞いてくれませんか？」

「いいえ、もう結構です」

宮部良子は立ったまま底井武八を睨《にら》んでいた。

「お店のお客さまのことを見ず知らずの人にしゃべりたくありません。わたしは、もう出勤時間ですからこれで失礼します。さあ早く、その伝票を出して下さい」

いつもの底井武八だったら、何を生意気な、といい返すところだが、この際、短気は禁物だった。ここまで手繰った糸を切らすことはない。あとの難儀が眼に見えていた。

「まあ、きみ、もう少しいてくれたまえ。ほんの五分だ。いや、三分間でいい。ぼくの話を聞くだけは聞いて下さい」

彼は俄《にわか》に哀願的な調子になった。

周囲には客もいることだ。さすがに宮部良子も女の体裁を考えたか、渋りながらも椅子に坐《すわ》り直した。

底井武八は安心したが、彼女の表情はまだ強ばっていた。

「ねえ、きみ」

彼は、できるだけ優しい笑顔と柔かい言葉を出した。

「先ほども言った通り、ぼくは刑事でも何でもない。ただ、ぼくの友人が放蕩《ほうとう》を始めて行方不明になったのを心配しているだけですよ。これはぼくだけではない。なにしろ、その男には女房も子もあるので、みんなが弱っているんです……」

底井武八はそんな風に話している途中で、突如として、いい思い付きが閃《ひらめ》いた。

「ただ、困っているだけでなく、実はね、その男の子供が二日前に自動車事故で大怪我をして目下入院中なんです。それで、みんなが方々に手分けして探しているんだが、さっぱり行方が分らない。何しろ、子供は重態なので細君は狂人のようになっている。われわれ友人としても見ていられないんですよ」

宮部良子の表情は、子供の自動車事故の辺りから少し変わってきた。彼女の硬い眼つきは柔らぎ、次第に憂いげな色が現われてきた。

底井武八は、しめた、と思った。が、彼自身も眉《まゆ》の間に心配そうな皺《しわ》をつくり、

「そんな理由《わけ》だから、その女の名前を教えてもらえないだろうか。それが分れば、ぼくはすぐその人のところに飛んで行き、彼を引っ張って帰る。友人はその女のところにいるに決まっているからね。きみの店のほうの事情もあるだろうが、これは人助けだ」

宮部良子の顔に混乱が起こった。それまで絶対に妥協をみせなかった硬い表情は崩れた。

「ぼくはきみからそれを教えてもらいたくて、亀戸駅に君を張り込んで待っていたんですよ」

「何ですって？」

宮部良子はびっくりした。

「いや、先ほど、ぼくも亀戸の近所だと言ったのは嘘です。ご免、ご免」

彼は二、三度頭を下げた。

「実は、昨夜、君の店で名前を教えてくれないものだから、ふと、レジの上に置いてあった君宛の手紙の上書きで思い付いたんです。嘘をついて悪かったが、正直のところ、これも友人の家の苦境が見ていられなかったからです」

「………」

「何とかして、友人を家に連れ戻してやりたい。どうだね、教えてくれませんか？」

宮部良子は彼の視線を避けて俯向き、唇をかたく結んでいた。

「ね、頼むよ」

彼はその顔を覗《のぞ》きこんだ。

「困りますわ」

彼女の返辞が洩《も》れたが、弱い声だった。

「やっぱり言えませんか」

底井武八はがっかりした調子を見せた。

「ええ」

「ね、きみ。店の人からどのように口止めされたか知らないが、友人は子供の死に目に会えるかどうか分らないんですよ」

彼女は困惑し切った様子でいたが、

「あなたに教えてもいいけれど……」

ようやく低い声で言った。

「そうすると、あなたはその人のところに飛んで行くでしょう？」

「勿論《もちろん》、そうします」

「だったら、どこで居場所を聞いて来たかとあなたは訊《き》かれるに決まっています。すると、わたしがあなたにしゃべったことがわかりますわ。わたしがマスターにどんなに叱られるかわかりません」

宮部良子は、事情を聞いてよほど動揺はしてきたが、やはり、自分が店の主人に叱られるのを恐れている。

底井武八は腕を組んだ。ほかに方法はないか。

彼は俯向いている宮部良子の縮れた髪を眺めながら思案した。

女の同情を得るのにいい口実を思いついたと思ったが、やはり駄目だった。しかし、あと一歩だ。もう一押しすれば彼女は崩れる。

それをどんな風に言ったらいいか。

愚図愚図すると、宮部良子は再び起ち上がりかねなかった。底井武八は焦った。

すると、窮すれば通ずで、俄にまた別な思案が泛《うか》んだ。

彼は上体を宮部良子のほうへ傾けた。

「わかった。きみの気持ちはよく分る。だが、ぼくもきみがその女《ひと》の名前を知っていると分った以上、このまま引っ込めないんですよ」

「………」

「そこでだね、きみの顔も立ち、ぼくの希望も達せられる、という方法がここにある。どうでしょう、最後の頼みだ。これだけは協力してくれないだろうか」

「どんなことですの？」

宮部良子はようやく顔を上げた。

「つまり、きみはぼくに何も教えてくれなくてもいいんだ。その代わり、ぼくがここで手紙を書くからね。それをその女の人のいる家に届けてほしい。それだったらいいだろう？」

宮部良子は考えていたが、その様子は、まだ迷っていた。

「なにも、そう心配することはない。きみはぼくに何一つ教えてくれなかった。だから、きみは店のマスターとの約束を守ったことになります。さらに、ぼくの気持ちもきみが手紙を運ぶことで汲《く》んでくれたことになります。これは、双方ともいいことずくめになりますよ」

底井武八は懸命に説得した。

宮部良子もようやく決心がついたようだった。眼が動いた。

「……ええ、では、そうします」

はじめて、うなずいてくれた。

「本当かね？」

底井武八は俄ににこにこした。

「あなたの言う通りにします。ですから、早く手紙を書いて下さい」

「ああ、そうか。ありがとう、ありがとう。これで、ぼくも安心した」

彼はいかにもうれしそうな顔をしてみせた。

底井武八は、ポケットにいつも入れているメモ帳を取り出し、その一枚を破って、女には分らぬよう横向きになって鉛筆を執った。

しばらく文句を考えたが、結局次のように書いた。

「早く帰って下さい。　　　S生
山崎治郎様」

さて、封筒だ。

「この近くに、文房具屋はないかな？　封筒が欲しいのだが」

「封筒なら、わたしが二枚持っていますわ」

「……………」

「その代わり、粗末ですけど」

彼女はハンドバッグを開けて、それを取り出してくれた。なるほど、ハトロンの薄い茶封筒で、二枚たたんである。裏には、彼女の働いている食堂の名前が印刷してあった。店の封筒だ。

「これでも構いませんか」

「結構です。丁度、都合が好《よ》かった」

彼はメモを二つ折りにして封筒に入れ、封をした。

「では、これを先方に届けて下さい」

女は封筒を受け取って上がきを見ていたが、

「宛名はないんですか？」

と不思議そうに訊いた。

「いや、それはわざと書かないことにします。もし、それを書いていると、向こうの家で警戒して、かえって受け取らないかもしれないからね。きみが口でそう言って下さい」

「そうですか」

彼女はそれをまたハンドバッグの中に収め、ついでにハンカチを取り出して鼻の頭の汗を拭《ふ》いた。

「それでは、わたしはこれで失礼します」

彼女は起《た》ち上がった。

「いや、どうも失礼しました」

彼は丁寧に頭を下げた。

「ああ、それから、事情が事情ですから、その手紙はすぐに先方に届けてくれませんか、急ぐんです」

「分りました。お店へ出たら、すぐに参りますわ」

「ぜひ、そうお願いします」

彼は千円札を三枚、彼女の手に握らせた。

「これはほんの気持ちです」

「あら、そんなもの要りませんわ」

彼女は押し返そうとした。

「まあ、そう言わないで取って下さい。タダでお使いしてもらうことはありませんから」

「でも、それは困りますわ。お店からすぐ近くなんですもの」

「まあ、取っといて下さい」

結局、彼女はそれを受け取ってくれた。

底井武八は宮部良子と肩を並べて、その店を出た。

「じゃ、失敬。よろしくお願いします」

彼はわざと彼女の方向とは違ったほうに歩き出した。

宮部良子の白のブラウスと明るい水色のスカートが、足早に神楽坂のほうへ歩いて行く。それは人混みや、タクシーの間にたちまち小さくなって行った。

そこまで見届けて、底井武八は身体の向きを変え、彼女の姿を追いはじめた。

宮部良子の勤め先は分っているから、この追跡は焦ることもなかった。彼女にはすぐにその手紙を届けるように言ってある。多分、宮部良子は、店に出勤すると、すぐにその家に行ってくれるに違いない。家は店から近いと言っていた。

これは、われながらいい狙いだった。もし、彼女が勝手なときに相手のところに行くとなれば、いつまでも、あの店の前にぼんやりと張り込んでいなければならないのだ。

底井武八は、彼女が店に入ったのを見届けた上、目立たぬ場所に隠れて待った。

店の前は、従業員たちが出て、しきりとガラス戸を拭いたり、表を掃いたりしていた。この分なら、宮部良子も当分は使いに出られないであろう。

まず、一時間ぐらいは辛抱せねばならぬと覚悟して立っていると、彼女が表に出てくるのは案外早かった。

三十分ほど経ったころ、宮部良子は小走りに店を飛び出した。底井武八は、どきんとなって、すぐそのあとから尾《つ》けて行った。

彼女は店の白い上張りを羽織っていた。そのポケットには、彼が渡した封筒が納まっているに違いなかった。

底井武八は、相手が白いものを着ているので、追跡には楽だった。ただ、彼女が途中で振り返った場合を予想して、絶えず目立たないように距離をおいて歩いた。

宮部良子は毘沙門天堂《びしゃもんてんどう》の裏手の粋《いき》な料亭街に入って行く。午前中のこの一郭は、まだ朝の深い睡《ねむ》りの中だった。どの家も戸を固く閉ざして、人の影もない。

この辺は路《みち》がわりあいに入り組んでいる。彼女は、彼が尾行しているとは予想もしてないらしく、目的の方向へ進んでいた。

ある角まで来ると、彼女の姿はつと左に折れた。

底井武八は脚を速めた。姿が見えなくなっては、どの家に入ったか分りはしない。

彼は走った。

角に来て曲がった道をのぞくと、彼女の白い上張りが恰度《ちょうど》一軒の家の中に入って行くところだった。危かった。もう少し遅かったら、彼女の後姿がどこへ行ったかわからなくなるところだ。

が、そのままこっちの身体を現わすのは危険なので、彼女の消えた場所の目標を眼で探すと、そこに、電柱があって、薬の広告が貼ってある。彼女の消えた家は、電柱のすぐ傍だ、と見当をつけた。手紙を届けるだけだから、そう長く家に入っているはずはない。彼はそこにたたずんだまま、今度は戻ってくる彼女を待った。

五、六分経つと、果して白い上張りが飛び出して来た。

それを眼に収めると、底井武八は急いで元のほうへ歩き出し、次の辻《つじ》を曲がった。そこで向きを変えて見ていると、宮部良子の姿が角から現われて、彼の視線の前をよぎり、一方の角の中へ消えた。

底井武八は大急ぎでそこから歩き出した。角を曲がるとき振り返って見ると、宮部良子の白い後姿は駈足《かけあし》で小さくなっていた。

策略は成功だった。善良な彼女に嘘をついたのは寝ざめが悪いが仕方がない。

さて、目標にした電柱の前に来た。

何気ない恰好《かっこう》で問題の家の前を通った。表は格子戸で、低い二階家になっている。洒落《しゃれ》た小さな看板には「宮永《みやなが》」と出ていた。

格子戸が少し開いているのが何よりの証拠だった。宮部良子が出て来るとき、慌てて閉め残したものらしい。その家はお茶屋らしかった。

やっぱりそうだった。

(岡瀬正平は、公金をつまみ喰《ぐ》いしていたころ、このお茶屋で遊んでいたのだ。彼はほかのクラブやバーでは大っぴらに遊興していたが、ここではこっそりと遊んでいたらしい。相手の芸者は、何という女だろう?)

彼は歩いた。

(山崎治郎は、どういう手づるか分らないが、その芸者を突き止めた。そして、多分、その芸者は、あの家に多く出入りしている女に違いない。山崎は、「宮永」という家に頼んで、芸者を呼び出し、あのレストランで話を聞いたに違いない)

底井武八は、角を曲がって引き返した。

(山崎治郎はその芸者からの話を聞いて、行動を起こしたのだ。よほどいい話を聞いたに違いない。山崎が自宅を出るとき、出張の前に誰かと逢《あ》うような口吻《くちぶり》を洩《も》らしていたのは、その芸者ではあるまいか)

彼は歩いた。

(芸者は岡瀬正平の馴染《なじ》みの女だ。岡瀬が殺されたことにも多少のヒントを持っていたのかもしれない。山崎はそれを聞いたのだ。彼女と逢うようなことを言っていたのも、その女が山崎の考え方に協力していたと推測される)

電柱が見えてきた。「宮永」の家が近づいた。

(よし、そんなら、おれもひとつ、あの家のおかみに当たってみよう)

底井武八は、もう一度、「宮永」の前を通り過ぎた。横眼で家のほうを見ると、格子戸はまだ少し開いたままになっている。それがいかにも彼を招き寄せているように思えた。

（よし、思い切って当たってやれ）

角のところに来て、底井武八の脚はまた「宮永」のほうへ引き返した。

4

底井武八は、「宮永」の洒落た格子戸を開けた。

表から入るのが面映ゆいぐらいである。玄関は粋造りで、磨き込んだ廊下が光線を鏡のように受けていた。底井武八がつっ立っていると、奥から十七、八ばかりの女中が睡そうな顔をして出て来た。

「わたしは、こういう者ですが」

底井武八は名刺を出した。

「ちょっと、おかみさんにお目にかかりたいんですがね」

女中は膝《ひざ》を突いて、重げな瞼《まぶた》を伏せて見ていたが、

「あの、まだおやすみなんですけれど」

と言った。腕時計を見ると、十一時過ぎだ。

「それでは出直しますが、いつごろ来たらいいでしょうか」

「そうですね、一時ぐらいなら、起きておられます」

このとき、奥のほうから女中を呼ぶ女の声がした。

「あら、おかみさんは、もう起きてるわ」

女中は独りで呟《つぶや》き、そそくさと廊下を急いで、突き当たりから右に消えた。

おかみさんは起きていると女中が呟いたので、多分、玄関先の問答の声が奥に聞こえて、おかみが女中を呼んだのであろう、と底井は思った。果してその女中が引き返してくると、

「どうぞ、お上がり下さい」

スリッパを揃《そろ》えた。

足が辷《すべ》りそうな廊下を歩いて女中のあとに従《つ》いて行くと、ある部屋の前で、女中が襖越《ふすまご》しに屈《かが》んだ。

「お見えになりました」

「どうぞ」

内側から応《こた》えがあって、女中が襖を開けると、茶の間のような座敷の、小さな座卓の前に、三十七、八ばかりの、色の白い、肥《ふと》った女が坐《すわ》っていた。素早く着物を着替

えたらしく、顔も白粉気《おしろいけ》がない。

「どうぞ、こちらにお入り下さい」

底井武八は、いきなり自分がこんなところに通されるとは思っていなかった。玄関先で話が出来るのがせいぜいだと考えていたが、最初からこの待遇は意外だった。それだけに彼はどぎまぎした。

「さあ、どうぞ」

「宮永」のおかみは笑顔を向けて座蒲団《ざぶとん》をすすめた。

「どうも、朝からお邪魔をいたします」

底井武八は恐縮した。

「いいえ。こんな恰好で失礼します。なにしろ、あたくしどもは朝が遅うございますので」

「どうも」

底井武八は、身体を硬くして膝を揃えた。

おかみは肥えてはいるが、若いころ、さぞ花柳界で騒がれたであろうと思われる面差しを残していた。口許《くちもと》に愛嬌《あいきょう》がある。

彼女の背中には、時代仕上げの杉の水屋だの、桐の整理《せいり》箪笥《たんす》だの、赤い提灯《ちょうちん》を吊《つ》った鳥居付のお稲荷《いなり》さまだのが並び、壁際には緋《ひ》縮緬《ちりめん》の袋に入った三味線が二挺《ちょう》掛けられている、長火鉢が朱塗りの座卓に変わっただけで、とんと世話狂言の舞台だった。

こういう背景の前に坐っているおかみを見ると、やはり貫禄《かんろく》といったものを感じる。

「実は」

底井武八は萎縮《いしゅく》をおぼえながら言い出した。

「ここにお伺いしたのは、ほかでもございません。わたしは名刺を差し上げたようなところに勤めていますが、二日前から、わたしどもの編集長が、これは山崎治郎と申しますが、その男が突然行方知れずになりましてね。外には公表していませんけれど」

底井武八が皆まで言い切らないうちに、おかみはそのきれいな眼を瞠《みは》った。

「ああ、さきほど、そこの喫茶店の女の子に手紙をことづけたのはあなたですか」

おかみは彼の書いた手紙を読んだらしい。こうなると、底井武八もかえって話がしやすくなった。

「はあ、実はぼくなんです」

「朝から何のことかと思いましたわ」

「どうも、すみません。それといいますのは、その山崎が、お宅に出入りしている芸者さんと、失踪《しっそう》前に話をしていたという情報が入ったものですから」

おかみは黙って底井の顔を見ている。

「わたしのほうは、山崎の行方を懸命に探しています。今まで、さっぱり手がかりが摑《つか》めないでいますが、その情報が入ったので、まあ、藁《わら》でも摑むといいますか、不躾《ぶしつ》けながら、その事情を伺いに上がったわけです」

「お手紙を拝見すると」

おかみは微笑を消して口を開いた。

「その山崎さん宛に、急いで帰って下さい、と書いてあるだけで、ほんとにびっくりしましたわ。あれでは、まるで、その山崎という人がわたしの家に逗留《とうりゆう》していらっしゃるようにとれますが」

彼女の眉《まゆ》の間には微《かす》かな険が初めて浮かんだ。

「どうも」

底井武八は頭を掻《か》いて謝った。

「そうおっしゃられると、一言もありません。実は、わたしだけでなく、山崎の行方はみんなで探しておりますが、その中の一人が情報を聞いて、てっきりお宅にいるものと思い込み、ああいう手紙を書いたのです」

「迷惑ですわ」

おかみは顔をしかめ、座卓の応接煙草を一本とって口に咥《くわ》えたが、芝居だと、煙管《キセル》の雁首《がんくび》をぽんと長火鉢に叩《たた》くところだろう。

底井武八は、おかみがいきなりこの部屋に通した理由がようやく呑《の》み込めた。あの手紙に腹を立てて彼女は、わざと彼をここに呼んで糺明《きゅうめい》するつもりだったのである。しかし、最初の顔付きが、まるでそんな気配をおくびにも出さないところはさすがであった。

だが、おかみはまるきり山崎治郎の名に心当たりがないわけではなかろう。彼女の全く知らない話だと、初対面の彼をここに呼び入れはしない筈《はず》だ。彼はそれに気付いた。

「失礼な点は、幾重にも謝ります」

底井武八は頭を下げた。

「だが、これも同僚が山崎のことを心配するあまりです。おかみさんにお伺いしますが、山崎がこちらに出入りする芸者衆と話していたということには、お心当たりがありますか?」

「そうですね」

おかみは眼を細めて、煙草の烟《けむり》を顔の前に漂わせていた。

「それは、わたしにも、心当たりがないではありません」

「え、ありますか」

「実をいうと、わたしも山崎という人の名前は存じ上げております。でも、一度も会ったことはないのですよ。うちに電話が二度ばかり掛かったことがあります」

「ほう、どういう電話だったでしょう？」

「玉弥《たまや》さんという妓《こ》を呼び出したんです」

「玉弥さんというのは、芸者衆ですね？」

「ええ、売れっ妓ですわ。もし、山崎という人が、わたしのほうに出入りする芸者衆と逢《あ》っていたというのでしたら、その玉弥さんのことでしょう」

「そのひとは、幾つくらいですか？」

「そうね。あれでもう、三十くらいになると思いますわ」

「この神楽坂では長いんですか？」

「半玉のときからおりますから、十何年もこの商売をしています」

「お宅に置いているわけではないでしょうね？」

「わたしのほうはお茶屋ですから、お客さまのあるときに呼ぶだけですわ。本人は森《も》田《た》さんという置屋さんに看板を預けています」

「ははあ、すると、その森田さんに寝泊まりしているわけですか？」

「いいえ、近ごろの芸者衆は昔と違って勤人と同じですから、みんなマンション住まいですよ」

　底井武八はその女のマンションが分れば訪ねて行きたいと思った。彼がそれを言う

と、

「さあ、何でも牛込柳町《うしごめやなぎちょう》のほうだと聞いていたけれど、何でしたら、うちの女中に訊《き》いてみましょうか、知っているかもしれませんから」

「恐れ入ります」

「今にここに来るでしょうから、そのときに聞きましょう」

女将《おかみ》はいつの間にか好意的になってくれていた。

「わたしも、山崎という人が二度ばかりここに電話をしてきて、玉弥さんを呼び出すので、お客さままではないとは思っていましたがね。お客さまだったらそんなことはしないで、置屋さんから通してきますからね。一体、山崎さんというのは、玉弥さんにどういう用事があったのでしょうか?」

「さあ」

底井武八は躊躇《ちゅうちょ》した。ここで、ありのままを言ったほうがいいか、それとも、適当な口実で誤魔化すべきかに迷った。

だが、もういい加減では済まされないのだ。正直なところを打ち明けたほうが、まだ、おかみから何かのヒントが得られるかもしれない。そのほうが利口のようだ。

「これはちょっと、ほかの人に洩《も》らされては困るのですが」

底井武八は言った。

「山崎さんというのは、うちの編集長ですが、山崎は岡瀬正平さんのことを、頻《しき》りと調べていたんです」

「あっ、岡瀬さん」

おかみは瞳《め》をあげた。やはり、彼女は岡瀬正平も知っている。

「ご存じだったんですか」

彼女のその表情は、岡瀬正平の名前を新聞記事か何かで覚えているといったものではなかった。それは、もっと身近な人の名前を聞いたときの表情だ。

「ええ、ちょっとね」

おかみは言葉少なに答えたが、その顔付きで、底井武八は、岡瀬正平がこの家の客だったというかねての推測が当たったと思った。

「以前、岡瀬君は、ここに来ていたのですか？」

底井武八は、ここぞとばかりに訊いた。

「ええ」

おかみは匿《かく》しようもないと思ったか、しぶしぶ答えた。

「岡瀬さんがああいう気の毒なことになられる前には、よく、わたしのところを使っていただきました」

「それは、岡瀬君が派手に金を使っていた時代ですね。すると、今から七、八年前ということになりますか？」

「ええ、その頃なんです。岡瀬さんのことは、あとで新聞などで読みましたが、クラブやバーで遊んでいたことは出ていたんですけど、わたしのほうにも見えていたことは、一行も出ていませんでしたわ。よっぽど秘密に匿していらしたと思います」

「すると、当時、警察のほうから、こちらに調べにも来ませんでしたか？」

「いいえ、それもありませんでしたわ」

事実、岡瀬正平は、この「宮永」で遊んでいたことは警察にも洩らしていないのだ。ほかの場所は、彼の自供によって、ほとんど虱潰《しらみつぶ》しに証拠固めがなされているが、ここだけは脱《ぬ》けている。岡瀬の自供は、使った金の全部を白状していないから、ここのことも匿しおおせたのであろう。

「そうすると、当時、岡瀬君が一番贔屓《ひいき》にしていたというのが、その玉弥さんですか」

底井武八は訊《たず》ねた。

「そうなんですの。あの妓もまだ若かった頃で、岡瀬さんとは二つぐらいの違いでした。ずいぶん贔屓にしていて、よく、ここに呼んでいらしたようですわ」

「そうですか」

やっぱり予想通りだった。岡瀬正平はほかにも複数の女を持っていたが、ここにも玉弥という芸者がいたのだ。彼は出所すると、すぐに玉弥を訪ねている。それは、底井武八が追跡したとき、毘沙門天堂付近で見失った時だ。おそらく、岡瀬正平は、現在の玉弥の住所が分らないので、当時、利用していた「宮永」を訪ねたのであろう。

「二人は、相当な仲に進んでいたんでしょうね？」

「ええ。岡瀬さんも玉弥さんが好きなようでしたが、玉弥さんも同じように岡瀬さんに岡惚《おかぼ》れしていたようですわ」

「それで、岡瀬君がここに来て、無事に玉弥さんと対面が出来ましたか」

「ええ」

おかみはほほえんだ。

「そりゃ七、八年ぶりですもの。お二人ともうれしそうでしたわ」

「ヨリが戻ったわけですね？」

底井武八は、岡瀬正平の気持ちを察した。

「それがね、実は、玉弥さんには旦那《だんな》が出来てましてね」

おかみは自然と声をひそめた。

「へえ。そいじゃ岡瀬君もがっかりだったわけですね」

「この世界では妓に旦那がいてもふしぎはないんですよ。その点は岡瀬さんもよく分っていて、べつに腹も立てなかったようです」

底井武八は、待てよ、玉弥の旦那というのも大事なポイントだ、と急に思いついた。

「こんなことを訊いては悪いかもしれませんが、その玉弥さんの旦那というのは、どなたでしょうか？」

底井武八は少し遠慮げに訊いた。

「それは、ちょっと言えません」

おかみは予想通りの答え方をした。それは当然なのである。初対面の底井武八に、その辺の機微を洩らすのが間違っている。殊に、花柳界の女は、口が固い。だが、底井武八としては、ぜひとも聞きたいところだ。

岡瀬正平——玉弥——彼女の旦那。

こう並べてくると、玉弥と話していた山崎の行方にも、その旦那の影がかなりな比重をもっている。

「ごもっともです」

彼はうなずいて言った。

「しかし、おかみさん。ぼくは山崎の行方不明がとても心配なんです。そのために、山崎が失踪《しっそう》前に話し合ったという玉弥さんにもぜひ会いたいのですが、玉弥さんの旦那のことも同時に知りたいのですよ」

「えっ。すると、何か、山崎さんという人の行方不明に、玉弥さんと旦那とが一役買ってる、とでもいうのですか」

おかみは屹《きつ》となった。

「いや、そうは申しません」

不思議なもので、底井武八もここに坐《すわ》っているうちに、だんだん、気持ちが落ち着いてきた。最初の萎縮《いしゆく》もとれて、このおかみの貫禄《かんろく》もさほどの威圧ではなくなってきた。

「そんなことは決して考えていません。けれども、山崎が玉弥さんに何を訊《き》いたか、ということが大事なんです。と申しますのは、いま言った通り、山崎は岡瀬正平さんのことをしきりと調べていたんです。山崎が玉弥さんのことをどこで聞き込んだかは分りませんが、おそらく、玉弥さんに会ったのは、岡瀬さんのことをいろいろと訊ねるためでしょう。おかみさんは、岡瀬君が玉弥さんに旦那のあることをべつに何とも思っていなかったと言いましたが、やはり岡瀬君も平静ではいられなかったように思います。これは人情ですからね。わたしは、その辺の悶着《もんちやく》が、岡瀬正平のことを調べていた山崎の行動のカギになってるように思います」

底井武八は、ようやく口が滑らかになった。

「そんなわけで、絶対に他言はいたしませんから、参考のために、玉弥さんの旦那の名前を知らせてほしいんですが」

おかみは肥えた顔を俯向《うつむ》けてしばらく考えていたが、やがて、手に持った煙草を灰皿に揉《も》み消した。

「ようござんす」

彼女は応《こた》えた。そのきっぱりとした言い方で、ここでも底井武八は長煙管《キセル》の音を聞いたように思った。

「そいじゃ、あなたの疑いのないように言いますがね。玉弥さんの旦那というのは、競馬関係の人なんですよ」

「えっ、競馬関係？」

彼の脳裡《のうり》には、山崎治郎の上衣《うわぎ》の背中に付いていた厩舎《きゅうしゃ》の寝藁《ねわら》の一片が泛《うか》んだ。

「ど、どういう人ですか？」

彼は急《せ》き込んだ。

「困りましたね」

さすがにおかみも最後になって躊躇《ちゅうちょ》している。

「おかみさん、本当にお願いします。絶対、秘密を守ります」

眉《まゆ》を曇らせたおかみは、遂に言った。

「じゃ、しようがありません。わたしの口から出たということが洩《も》れては困るんですよ」

「よく分っております。その点は御安心下さい」

「実は、玉弥さんの旦那というのは、西田孫吉という人です」

「西田……」

どこかで聞いた名前だと思ったが、そうだ、西田というのは、末吉という厩務員《きゅうむいん》のいる厩舎の名前ではないか。

「じゃ、府中《ふちゅう》競馬場に厩舎を持っている人と違いますか？」

「よくご存じで」

おかみは意外げな顔をした。

「あなたも競馬をおやりになるんですか？」

「多少はやります。それで、その名前を聞いて思い出したんです」

「ええ、西田さんというのは厩舎を持っていましてね、府中では古い厩舎ですよ」

四章　死の託送人

1

底井武八は、柳町《やなぎちょう》のマンションに玉弥《たまや》を訪ねて行った。

場所は、「宮永《みやなが》」の女中がおかみに言ったのでわかった。

牛込《うしごめ》柳町は神楽坂《かぐらざか》から近い。マンションは五階建になっていた。

入ってすぐ取付きが管理人の部屋だった。彼はそこで玉弥の部屋番号を訊いた。三階の32号室と分ったが、中年女の管理人は、

「今いらしても、お留守ですよ」

と告げた。

時計を見ると、午後一時だった。この時刻なら、夜のつとめの女だから必ずいると思って、「宮永」から直行して来たのだ。

「どこへ行ったんですか?」

「お稽古《けいこ》ですよ。あの人は清元をやっているので、今日は、なんだか、みんなで総ざ

らえをするんだと言ってましたわ」

　管理人の女はうすく笑って答えた。

「何時ごろ、お帰りになるでしょうか？」

「そうですね、三時ごろでしたら帰ると思いますわ。それから、すぐにお風呂《ふろ》に入って、お化粧をして、置屋さんに駆けつけるんですからね」

「なるほど、忙しいんですね」

「そうなんですよ。ほとんど毎日が稽古ごとで暇がないようです」

「ぼくはまた、芸者衆というと、昼は用事がなくて、毎日遊んでるぐらいに思ってました」

「とんでもない。普通のお勤めの人より忙しいくらいですよ」

「そんなに忙しくては、旦那《だんな》が来ても、ろくにサービスが出来ないでしょうね？」

　底井武八は、遠回しに玉弥の旦那西田孫吉のことを言った。西田は府中《ふちゆう》競馬場の顔役　厩舎《きゆうしや》主だ。

「さあ、どうですか」

　と管理人の女は笑っている。

「西田さんは、たびたび、こちらへ来ますか？」

「さあ、どうでしょうか」

管理人は、さすがに見ず知らずの底井武八には明確な返事を与えなかった。

「では、また出直して参ります」

底井武八は礼を言って外に出た。

さて、それから先に行くところがない。二時間という時間の消しようもなかった。仕方がないので、渋谷《しぶや》まで電車で行き、映画を一本見た。面白くない映画だった。

ふたたび柳町のマンションに引き返すと、今度は管理人のほうから彼の顔を見て、

「玉弥さんは、たった今帰りましたよ」

と教えてくれた。

「そうですか。で、ぼくが訪ねて来たことを言ってくれましたか？」

「いいえ、まだお名前も聞いていませんので、そのままにしていますわ」

「どうもありがとう」

底井武八はマンションの階段を上がった。上から降りてくる二人の若い女に出遇《であ》ったが、どれも垢抜《あかぬ》けがしている。

32号室の前に来て、ブザーを押した。

ドアの外で少し待っていると、内側から錠を外す音がして、細目に開いた。

「どなたでしょうか？」

眼だけがのぞいている。きれいな眼だった。

「ぼくは底井という者です。実は、先ほど、神楽坂の宮永さんで、こちらのことを伺って来た者です」

底井武八は出来るだけ叮嚀《ていねい》に言った。

「あら、宮永さんですの？」

さすがに芸者だ。出入りのお茶屋さんの名前を聞くと、急にその眼がやわらいだ。

「どんな御用事でしょうか？」

「それは、ここではちょっと具合が悪いんです。ほんの五、六分で結構ですが、中に入らせていただけませんでしょうか？」

「宮永さんでは、どなたにお会いになりましたの？」

玉弥はまだ油断しなかった。

「おかみさんです」

「じゃ、宮永のお母さんが、こちらに行けとおっしゃったんですか？」

「そうは言われませんが、ある用件で、あなたにぜひお会いしなければと思って伺ったんです」

恰度《ちょうど》、彼のうしろをほかの女がじろじろ見ながら通り過ぎた。玉弥も少し具合が悪くなったのか、思い切ったように、

「では、ちょっとお入り下さい」

とドアを一ぱいに開けてくれた。

中に入ると、部屋の入口は細長くなっているが、すぐに八畳ばかりの洋間になった。床いっぱいに緋《ひ》の絨緞《じゅうたん》を敷き詰め、立派な応接セットや、豪華なクッションが置かれてある。調度も光っている。その奥は襖《ふすま》で仕切られてあるが、日本座敷になっているらしい。高級マンションのほうだ。

「さあ、どうぞ」

玉弥は底井武八に向かった。彼は初めてその顔を見たのだが、三十をちょっと出たというのに、まだ二十六、七くらいにしか見えなかった。顔は面長で、眼が黒々と大きい。着ている地味なワンピースを除けば、なるほどこれは芸妓《げいこ》の顔だった。

底井武八は、椅子に腰を遠慮そうに下ろした。襖の向こうに、もしも彼女の旦那が来ていれば、話し声が筒抜けになると思い、思わず訊《き》いた。

「いま、お一人ですか？」

「ええ、一人ですよ。妹がいますけれど、外に行っています」

玉弥は、やや短いがふっくらとした顎《あご》を引いた。

「どんな御用件でしょうか、伺いましょう」

屹《きっ》とした態度で底井武八を見た姿は、舞踊のきまった型を思わせた。

「申し遅れました」

底井武八は名刺を出した。

「こういう者です」

玉弥は手に取った名刺の活字を見ていたが、その眼がちょっと動揺した。もちろん、底井武八の名前ではなく、肩書の新聞社に心当たりがあるのだ。

「はあ。それで、どういうことをお聞きになりたいんです？」

玉弥は名刺をテーブルのはしに置いて、顔を上げた。思いなしか、その顔に狼狽《ろうばい》が現われていた。

「実は」

底井武八は手短かに話した。自分たちの編集長山崎治郎が、急にどこかに行って行方が知れないこと。その以前に、神楽坂のレストランで山崎があなたに会って話をしていたらしいこと。それがわかるまでいろいろ苦労したことなどを並べた。

「そんなわけで、いま、全社を挙げて山崎編集長の行方を探してるんです」

彼は玉弥のきれいな顔を見ながら言った。

「そこで、山崎があなたと話していたと推定されることが問題になってるんです。いえ、べつにあなたには関係ないことで、ご迷惑かも分りませんが、もしや、山崎があなたと話したときに、彼の行方を暗示するようなことを言わなかったか、ということを考えたわけです。それで、あつかましい次第ですが、こうして押しかけたような次第です」

玉弥は、ときどき、眼を伏せたり、話に聞き入るような眼差しをしたりして黙っていたが、

「よくわかりました」

最後に言った。

「おっしゃる通り、山崎さんというお方がわたしに会いにこられました」

「えっ、やっぱりそうでしたか」

「でも、このマンションではありませんわ。宮永のお母さんがあなたに言ったかも分りませんが、その山崎という人は、何回も宮永に電話をかけてくるんです。それで、仕方がないので、電話で打合せをして、近所のレストランで会いましたわ」

玉弥の話に嘘はなかった。辻褄《つじつま》は合っている。

底井武八は彼女の顔を見ているうちに、七、八年前はさぞかしきれいな芸者だったろうと想像する。この顔なら、岡瀬正平が惚《ほ》れたのも無理はない、と思いながら彼女の話のつづきを待った。

「それで、山崎はどんな話をしましたか？」

「実は……」

玉弥はちょっと言いにくそうにしていたが、

「岡瀬正平さんのことを訊かれたんです」

「どうしてそんなことを訊いたんでしょう？」

底井武八はわざととぼけた。できるだけ先方にしゃべらせることだ。そこからまた別のヒントが取れるかもしれない。

「あら、まだご存じなかったんですか？」

玉弥は疑うように底井武八を見た。

「ええ、何も知りません」

「嘘でしょう。宮永のお母さんが言いませんでしたか？」

「ええ、多少はぼんやりとそんな話をしていたようですが」

とぼけきれなくなったので、彼は曖昧《あいまい》に言った。

「それごらんなさい。きっと、その話が出たと思いますわ。それなら、もうお分りでしょうけれど、わたしは岡瀬さんに七、八年前、贔屓《ひいき》にしていただきました。岡瀬さんがあんなことになって刑務所に入る前の話です。このことは世間にあまり知られていませんから、そのつもりで内聞にして下さい」

「もちろんです。そんな余計なことはしゃべりませんよ」

「山崎さんという方はわたしを呼んで、岡瀬さんとわたしとの前の関係をしきりに訊かれるんです。でも、べつに答えようはありませんわ。普通のお客と芸者の関係ですからね。山崎さんは、岡瀬さんが福島県のほうで殺されたことについて、わたしの話を参考に聞こうとなさったんでしょうけれど、わたしには関係はありませんわ」

「山崎にそう言ったんですね?」

「いま言ったようなことを話しました」

「しかし、岡瀬君は刑務所を出ると、あなたに会いに来た筈《はず》ですがね」

底井武八は思い切って言った。すると、玉弥の顔に動揺があらわれた。

「そんなことまでご存じだったんですか。ああ、山崎さんがあなたに話したんですね?」

「いいえ、山崎からは何も聞きません。しかし、そのことはぼくも知っていますよ」

「あら、どうしてご存じなんですの?」

「それはですな、実は、岡瀬君が宮永に行ったのを、ぼくが偶然に見たんですよ」

まさか、あとを尾行したとは言えないので、彼はそんなふうに直した。

「そうですか。ちっとも知りませんでしたわ」

玉弥はさすがに眼を落とした。

「実は、そうなんですの。岡瀬さんは宮永に行って、わたしのことを聞いたらしいんですの」

やっぱりそうだったか。こちらの推定通りに真相が分ってくるので、底井武八も愉《たの》しくなった。

「それから、あなたに岡瀬君は会ったのですね？」

「宮永のお母さんから、このマンションの電話番号を聞いたらしく、電話をかけて来ましたわ」

「で、会いましたか？」

「仕方がないので、宮永に行きました。岡瀬さんがそこで待っていましたから、一時間ほど話しました。別段、とりとめた話も出ませんでしたわ。それに、岡瀬さんは、その後、わたしに旦那《だんな》のあることを知っていたものですから、昔話などして、あっさりと別れましたわ」

「その旦那というのは」

彼はたしかめた。

「府中競馬場の西田さんですね？」

「何もかも宮永のお母さんがしゃべったのね」

玉弥はちょっと怨《うら》めしそうだった。

「それは仕方がありませんよ」

底井武八は慰め顔に言った。

「ぼくの訊《き》き方が上手かったというんでしょうか、宮永のおかみさんも、つい口がほぐれたんですね。あんまり、恨まないで下さいよ。それに、あなたに西田さんという人があるのは、ぼくも他所《よそ》でうすうす聞いていますから。なに、これは絶対に他言はしませんよ」

玉弥は瞼《まぶた》をうす赭《あか》くした。なかなか純情なところがある芸者だと思った。

「それで、山崎さんは、あなたからその話をあのレストランで聞いたのですか？」

そこが肝心だった。

「そうなんですの。でも、それだけですわ」

玉弥は答えたが、それにも嘘はなさそうだった。

「別にいろいろと質問しませんでしたか？」

「そうですね。やっぱり山崎さんもあなたと同じように、西田さんのことを突っ込んで訊かれましたわ」

それはそうだろう。山崎ならその辺を大切に考えると思った。

——岡瀬正平は出獄すると、府中の競馬場に行っている。彼がそこで会ったのは、末吉《すえよし》という西田厩舎《きゅうしゃ》の厩務員《きゅうむいん》だった。玉弥と岡瀬、玉弥と西田、西田と岡瀬……の三つの線を考えると、岡瀬が西田厩舎に行った理由を山崎ならずとも知りたいところだ。

「そのとき、岡瀬君は、西田厩舎を訪ねているんですよ。ちょうど府中の競馬が開催中でしたがね」

「そうですってね」

玉弥も知っていた。

「おや、それは西田さんから聞いたんですか？」

「いいえ、山崎さんから伺いました。西田さんは何にもわたしには言いません」

「そうですか。しかし、その用件は何でしょうね？」

「さあ、それは、わたしにはわかりません」

「山崎もその点をあなたに質問したでしょう？」

「ええ、あなたと全く同じことを訊きました。でも、わたしの返答もいまと同じですわ」

「そこで伺いますけれど、西田さんは岡瀬君と以前《まえ》に会ったことがありますか？　つまり、岡瀬君が刑務所に入る前のことです」

「ええ」

玉弥はちょっと迷っていたが、結局うなずいた。

「それはありましたわ。でも、ほんの二、三回です。まだ、岡瀬さんがわたしを盛んに呼んでくれていたころです。そのとき、西田さんもわたしを贔屓にしてくれていました。そんなわけで、確かお茶屋さんでわたしがお二人を引き合わせたことがあるように思います」

「そんなことがあったんですかね、なるほどね」

玉弥を贔屓にしている二人の男が、その玉弥に紹介されて対面したのだ。彼らの内心はともかく、表面上はおそらく至極あっさりした対面だったに違いない。

「そのお茶屋さんというのは、やはり、宮永さんですか？」

「忘れましたけれど、ほかのお茶屋さんだったように思います」

待て待て。西田と岡瀬の対面は、果してそれほどあっさりしたものだっただろうか、と底井武八は思い直した。表面はそうだったかもしれないが、それが、後でかなり厄介な関係に発展したのではなかろうか。その関係がどのようなものかはまだ想像はつかないが。それきりで二人の間が済んだとは思われないのだ。

現に出獄した岡瀬は、逸早《いちはや》く府中の競馬場に行っているではないか。

「岡瀬君が、西田厩舎に行ったのは事実なんですが、そのとき、西田さんに会ったかどうか分りませんか？」

「それは競馬の開催中ですか？」

玉弥はきき返した。

「そうです。確か、二日目でした」

「ああ、それなら、西田さんは厩舎にいなかった筈です」

「ほう、どうしてですか？　当日は大事なレースの日でしょう？」

「でも、その前に西田さんは胃潰瘍《いかいよう》を患って、湯河原《ゆがわら》に静養していたんです。ですから、厩舎にはいませんでしたわ」

底井武八はそれも本当だろうと思った。あのとき、岡瀬正平を尾行《つけ》て府中に行ったとき、岡瀬が西田厩舎の末吉厩務員と立ち話をし、一レース馬券を買っただけで競馬場を出て行ったのを見ている。多分、それは末吉厩務員から西田が留守だと聞かされて帰ったのであろう。

だが、それにしても、そのことをなぜ末吉厩務員は自分と会ったとき、そう言わなかったのであろう。末吉はいい加減な返事ばかりしていた。或《ある》いは、彼は岡瀬という男の前歴から、自分の主人の名前を憚《はばか》ったのかもしれない。

底井武八にはもう一つの疑問があった。

「じつはね、山崎も岡瀬君が殺されてから後ですが、西田厩舎に行っているんですよ」

彼は言った。

「そうですか。それはちっとも知りませんわ」

玉弥は眼を大きく開いた。

「山崎はあなたにその話をしませんでしたか」

「いいえ、でも、なぜ、山崎さんは西田さんのところへ行ったんでしょう？」

彼女は訊くが、それは、こちらが問いたいところだった。

「それは分りませんが、山崎は西田さんに会って何か話をしたと思います」

「待って下さい。それはいつのことですか？」

底井武八は心の中でその日付を繰った。岡瀬が殺されてから、二十日ばかり過ぎた五月十二日ごろのことだった。

「それは、おかしいですわね」

玉弥は首をかしげた。

「その日も、やっぱり西田さんはいませんでしたわ。いえ、湯河原からは帰っていましたが、立山寅平《とらへい》さんの馬を持って大阪に行っていた筈《はず》です。ちょうど、大阪の競馬が始まる直前でしたから、西田さんが山崎さんに会える筈はありません」

「おや、西田さんは立山さんの馬を預ってらっしゃるのですか」

底井武八はちょっとおどろいた。立山寅平は前代議士である。

「西田さんは、さすがにいい馬主をお持ちですね」

底井武八は玉弥に言った。

これはお世辞でも何でもなかった。立山寅平は、新聞にもよく名前の出てくる前代議士で、保守党の中でいわゆる〃少壮将校〃と言われている。議会が開かれるたびに、彼の名が新聞によく出る。ひところ、反対党との競り合いで蛮勇を振って有名になった。委員長を缶詰にしたり、単独審議の場合、反対党議員を閉め出したり、議長席に駆け上ったりして、とにかく派手な存在になっている。もっとも、代議士というものは、多かれ少なかれ、このようなスタンドプレイをするものだが、立山寅平の動きは一段と派手であった。

しかし、今回の総選挙で立山は落選した。次の選挙で捲土重来《けんどちょうらい》を期している。

その立山寅平の馬を預っているというのだから、さすがに西田孫吉は府中有数な西田厩舎の貫禄《かんろく》を持っている。西田孫吉は立山寅平の馬を持って阪神《はんしん》競馬に行ったというから、山崎とは会っていないのだ。つまり、山崎は、上衣《うわぎ》の背中に馬の寝藁《ねわら》の屑《くず》をくっ付けたが、西田には会わずに帰ったのである。

山崎が西田と会わなかったとなると、自分の考えていた線が少し崩れてくる。

底井武八は、山崎治郎が家を出るときに、今日と明日は泊まるかもしれないが、まだはっきりとは決まっていない、と妻に言い残した言葉から、山崎は誰かと外で会って、その話の結果によって予定を決めるつもりだったと思っている。

その外で会う人物を彼は西田と考えていたのだ。

しかし、山崎が西田孫吉と会っていないとなると、この線も消えてくる。

山崎が家を出かけるときに会おうとしていた人物は誰だろうか。

底井武八は、ふと、玉弥の顔を見た。

——もしや、それは、眼の前に坐《すわ》っているこの女ではなかろうか。

玉弥の旦那《だんな》は西田だ。すると、西田が玉弥を自分の代人とすることはあり得る。山崎は、あの朝、玉弥と外で会うつもりだったのではなかろうか。彼女と山崎とは、すでに神楽坂のレストランで話し合っている仲だ。

底井武八は玉弥にそれとなく探りを入れた。

「玉弥さん、ちょっと伺いますが、あなたが山崎と会ったのは、あの神楽坂のレストランのときだけでしょうか？」

「ええ、そうですよ。あら、どうしてですか？」

玉弥は底井の顔色に気づいて問い返した。

「いいえ、ぼくは何となく、あれから山崎があなたに会ったような気がするんですがね」

「そんなことは絶対ありませんわ」

彼女はむきになって言った。

「第一、そんな必要はないじゃありませんか。あのレストランで話しただけで、もう、わたしへの用事は済んでいたんですわ」

山崎は六月十五日午前九時二十分に大田区洗足池《せんぞくいけ》の自宅を出たままである。それは四日前である。

「これは、ちょっと参考までにお伺いするんですが」

底井は訊《き》いた。

「あなたは六月十五日にはどうしていたか、憶《おぼ》えていますか」

「え？」

玉弥は、そのきれいな眼を瞠《みは》った。

「どうして、そんなことをお訊きになるんですの？」

「いいえ、ちょっと参考までです。どうぞ気を悪くしないで下さい。もし、それが伺えたら、大へんありがたいんです」

「何のお話かわかりませんが」

玉弥は言ったが、

「月曜日でしたね？」

と訊き返した。

「そうです」

「心憶えがありますわ。というのは、月曜日は、毎週一度、清元のお稽古《けいこ》がお師匠さんのところであるんです。それが九時半からですから、そっちに行っていました」

九時半だというと、山崎治郎が自宅を出たのが九時二十分だから、会ってる時間はない。

「それが済んだのはいつごろですか？」

「清元のお稽古はお昼までに済みます。けど、つづいて、今度はお三味線の稽古があります。月曜日というのは、一週の中で一番忙しくて、このマンションに帰って来るのがいつも四時ごろになりますわ。それからあわてて支度をして置屋さんに行くんですから」

「なるほどね」

もし玉弥の言う通りを信ずれば、彼女も山崎治郎とは会っていないことになる。

もう、これ以上訊くこともないし、あまりねばってると、相手の顔もそろそろ不機嫌になりかかってきたらしいので、底井も退散することにした。

「どうもお邪魔しました。つまらないことばかりお訊きして、ごめんなさい」

「いいえ、何のお愛想もありませんでした。あなたもいろいろとご心配ですね」

玉弥の表情は、底井の挨拶《あいさつ》でほっとしたように見えた。

2

底井武八が社に帰ると、編集部は何となく騒然としていた。

「おい、底井君」

デスクが底井を見ると、眼をむいて近づき、口を尖《とが》らせた。

「きみを探していたんだ。どこへ行っていた？」

「はあ、ちょっと取材です」

底井は血相を変えたデスクの顔に、一瞬気を呑《の》まれた。

「何ですか？」

「何ですか、じゃないよ。エライことが起こった。山崎さんの死体が見つかったんだよ」

「え、死体ですって？」

底井は顔を石で殴られたようになった。多少の予感はあったが、実際にそう聞かされると、眼の先が傾いた。

「そうだ。午《ひる》過ぎに警察のほうから連絡があってね。山崎さんによく似た男が、福島県安達《あだち》郡本宮《もとみや》町荒井《あらい》の近くで、絞殺死体となって発見されたそうだ」

「絞殺？　そりゃ、ほんとうですか？」

底井は奇妙な声を挙げた。

「うむ、まだ、本人かどうかは確認できていないがね。それは、こちらから誰かが行って見なければ、向こうではっきりしないようだ」

「へえ、誰が行くんですか？」

「山崎さんの奥さんが先に現地に出発した。実をいうと、きみがいちばん山崎さんの仕事をしていたから、きみに行ってもらいたかったんだが、姿が見えないので、仕方なく奥さんがひとりで出発したよ」

デスクは今まで、どこでうろうろしたかといわんばかりに、底井をまじまじと見ている。

「どうも済みませんでした」

玉弥のアパートで愚図愚図していたものだから、こんなことになった。

「では、すぐぼくをやらせて下さい」

昂奮《こうふん》して言った。

「そのつもりにしている。すぐ発《た》ってくれ」

「ちょっと待って下さい。もっと委《くわ》しい事情を聞きたいんです」

底井はデスクの前に塞《ふさ》がった。

「一体、それはどういう状況で発見されたんでしょうか」

「まだ委しくは報告は来ていないがね」

デスクは言った。

「現地の警察から、死体を入れたジュラルミンのトランクが東京からの発送になっているので、被害者は東京の者ではないかといって、警視庁に照会してきたんだそうだ」

「何、トランク詰めですって？」

底井は二度仰天した。

「そうなんだ」

デスクも顔をしかめた。

「そのトランクは、田端《たばた》駅からの発送になっているらしい。そこで、現地からの照会を受けた警視庁では、管内の家出人や、行方不明人の届けを片端から調べたというわけだ。社には、警視庁と、奥さんからの簡単な電話があっただけでよく分らんが、君が現地に行けば、詳しい様子が分るだろう」

「それじゃ、これからすぐ向こうに行きます」

「そうしてくれ。本来なら、こちらから二、三人行かなければならないが、何しろ、人手不足だからね。悪いが、きみだけ行って、適当に取計らってくれ」

「わかりました」

底井はデスクから当座の旅費を渡された。

「向こうに着いたら、早く報告してくれよ」

デスクは念を押した。

「そうします。しかし、福島県の、その何とかいう……？」

「安達郡荒井だ」

「それは、どこで降りるんでしょう？」

「さあ、それは調べないとわからないな」

底井は、編集部備え付けの分県地図帳を取り出した。福島県の安達郡を見ていると、小さく名前が付いている。近くの駅は「五百川《ごひゃくがわ》」になっていた。

底井は上野《うえの》駅に駆けつけた。あと十分で出る準急列車があった。彼は郡山《こおりやま》駅まで切符を買った。郡山から二つ北よりが五百川だが、準急は停らない。

郡山まで四時間だった。上野を発つときすでに夕方だったが、郡山に着いたときは午後八時半になっている。

底井は、そのまま直ぐに郡山署に直行した。安達郡荒井という土地の所轄署はどこか分らないが、郡山から近いので、多分、ここの管内だと見当をつけたのだ。

警察署に行くと、建物には電灯があかあかと点《つ》いているが、係員が疎《まば》らに坐《すわ》っているだけだった。

「ああ、その事件なら」

底井の質問に巡査が言った。

「この裏のほうに行ってみなさい。捜査本部という貼札がしてあるから、そこに誰かがいる筈《はず》だ」

底井は、うす暗い電灯の廊下を奥へ向かった。狭い廊下の両端が幾つも小さな部屋に仕切られていた。

その端の部屋に、「トランク詰殺人事件捜査本部」と長い紙に墨で書いてある。部屋の中は明るい灯が映り、人の影がガラス窓にちらちらしていた。

山崎治郎が殺されたという実感が、はじめて底井の身体を圧迫した。彼は、そっとドアを押した。

「誰だ?」

内からワイシャツの袖《そで》を手繰った男が振り返った。

底井はそのまま部屋の中に連れ込まれた。

まん中の机に、肥《ふと》った四十年配の男が開襟シャツで不味《まず》そうに煙草を吸っていたが、係は底井をその前に伴《つ》れて行った。底井が名刺を出すと、肥った男も名刺を呉《く》れた。

「郡山警察署警部補　臼田与一郎《よいちろう》」としてある。

「わざわざ、遠いところをありがとうございました」

警部補のほうから礼を言った。

「今度の事件の捜査主任をやっています。まあ、どうぞお掛け下さい」

被害者の勤めていた社から来たというので、捜査本部もちょっと色めいたようだった。臼田主任の横には本部員が三、四人集まり、一斉に底井を見ている。

「ぼくには何が何だか、さっぱり分りません」

底井は蒼《あお》い顔になって言った。

「山崎さんがこの近くで絞殺死体となって発見されたというのを社の次長から聞いて、すっ飛んで来たのです。一体、それは本当に山崎さんでしょうか」

まず底井は訊《き》いた。

「それは間違いないでしょう」

肥った主任は答えた。

「奥さんが先ほどみえましてね。死体を確認してもらいました」

それなら本当だ。

「わかりました」

臼田警部補は横の部下が手渡した書類を取った。

「それでは、わたしのほうもいろいろお訊《たず》ねしたいことがあるので、ざっとご説明しましょう。その死体はかなり古いトランクの中に入っていて、十七日の午前八時ごろに発見されたのです。場所は荒井といって、この駅から二つほど福島寄りに当る五百川の近くです」

警部補は話してくれた。

「これが、その現場ですがね」

彼は分厚い封筒から写真を取り出して底井武八に見せてくれた。今朝撮影したらしい写真だが、すでに焼付けが出来ている。発見されたままのトランクが草むらの中に置かれている画面だった。近くは田圃《たんぼ》で、草むらの周囲は木立ちとなっていて、どこでも見かける田舎の風景だった。

こうして見ると、内容物が分っているだけに、平凡なトランクの写真は薄気味悪かった。

「こういう状態で、近くの農夫が発見したんですがね。おかしいというので届け出たんです。そこで、まず、駐在所の巡査が行って外見を眺め、われわれに報告してきたわけです。これが蓋《ふた》をこじ開けたときのトランクの状態です」

主任はもう一枚の写真を出した。そこには、一人の男が膝《ひざ》を曲げてトランクの中に押し込まれてある。無理やりに手足を折り曲げて詰め込んだような恰好《かっこう》だった。顔は横を向いている。

写真はその顔をどす黒く写しているが、間違いなく山崎治郎の人相だった。

「どうです、この人に間違いないですか？」

主任はすかさず底井の顔を掬《すく》い上げるように見た。

「はあ……間違いありません」

底井武八は呼吸《いき》を整えて答えた。

「では、念のためにこれをよく見て下さい」

主任は更に一枚を出した。

それはトランクから出した死体を、草の上に寝かせたものだ、被害者の顔が大写しになっている。

山崎治郎が苦しそうに顔を歪《ゆが》めていた。口がぽっかりと開き、歯の外から舌が垂れている。唇の端から黒いものが流れているのは多分血痕《けっこん》であろう。首に索条の跡が切り込んだように輪になっている。

底井武八はこの写真を長く見ていられなかった。吐気を感じた。

「この人です。山崎治郎さんに間違いありません」

狭い部屋で蒸し暑かったが、底井武八は額から冷たい汗が滲《にじ》み出ていた。

「これで被害者が完全に判明してありがたいです。いや、奥さんには直接に仏に対面していただきましたがね。同じ社にいるあなたが写真を見て、すぐに確認されたのですから、もう間違いありません。われわれとしては、被害者の身許《みもと》がわかるのが何よりです。こういうものは身許がわかりさえすれば、もう犯人《ホシ》が半分ワレたと同じことですよ」

主任が煙草ケースを出して、底井武八に一本勧めたが、彼はとても手を出す気持ちにはならなかった。

「そこで、ちょっと伺いますがね。あなた山崎さんがこのような目に遇《あ》う原因に心当たりがありますか？」

主任は機嫌のいい声で訊いた。

「いいえ、少しもありません」

底井武八は汚いハンカチで汗を拭《ふ》いた。

「こういうことは匿《かく》していては困るのです」

主任は煙を眼の前で散らした。

「亡くなった方に気の毒で事情を言うのを遠慮なさる人もありますが、それはざっくばらんに言ってもらわないと、かえって、仏が浮かばれないことになりますからね。あなたは毎日、被害者の山崎さんと一緒に仕事していたのでしょう？」

「はあ。それは毎日やっていました。山崎さんはぼくの上役ですから」

「それなら、いろいろなことをご存じのわけですね。奥さんからは聞けなかった面もあると思います。たとえば、男女関係といったものもその一つですがね。どうでしょう、一つ協力してくれませんか？」

「それはいくらでも協力しますが、山崎さんには、そんな関係はなかったと思います」

山崎治郎は玉弥と神楽坂のレストランで話し合っているが、もちろん色恋の関係ではない。彼が殺されたのは、やはり岡瀬正平の線を洗っていたことに関連がありそうだ。しかし、このことは絶対に口外できない。

「そうですか。まあ、ぼつぼつ思い出して話して頂くとして」

主任はあせらずに言った。

「こちらから事件のあらましをお話ししましょう。われわれがこのトランクを調べたのは、十七日の午前十時ごろでした。トランクには、ちゃんと宛先が札に付いているんです。送り人も受取人も同一名前でした。吉田《よしだ》三郎《さぶろう》となっています。送った駅は田端駅で、郡山駅止めとなっています。この荷物は前日の六月十六日に受け取られていますがね。……」

警部補は底井武八に話し続けた。

「トランクはかなり古いもので、旅行などに使い古したものを利用したといったような感じで、中を開けると、油紙が敷いてあったが、油紙も別に特徴はないのです」

「木札の吉田三郎という人の住所はどこになっていましたか？」

「それはですな」

警部補は書類に眼を落とした。

「東京都豊島《としま》区池袋《いけぶくろ》　八の五〇八となってますね。文字はすごく下手だから、あるいはわざと左手で書いたかもしれませんね。もっともペン字で馴《な》れたものも筆で書くと、ずっと下手になりますがね」

「死因は、やっぱり絞殺ですか？」

「そうです。頸《くび》に相当深い索溝が見られます。兇器《きょうき》に使った紐《ひも》が見当たらないが、おそらく、麻紐みたいなもので、三重ぐらいに捲《ま》きつけたんだろうと思いますがね」

「死後経過は、どうなんです？」

「解剖は、午《ひる》ごろに終わりましたが、所見によると、解剖時より約五十時間経っています」

「すると」

底井武八は暗算した。

「十五日の夜、ということになりますね？」

「そうです。もっとも、死後五十時間ぐらい経っていれば、細かい時間まで分りませんがね。五、六時間ぐらいの誤差は見込まねばならないでしょう」

「もちろん、この送り人の住所には、該当者はいなかったでしょうね？」

「ええ、いませんね。はじめ、警視庁に問い合わせて、調べてもらったわけですが、回答は、該当者なし、でした。わたしのほうは、そのあと、十八日の朝、本部員を東京に派遣しましたが、それらの報告でも、やはりデタラメだと分りました」

「しかし、郡山駅で、このトランクを受け取っている人間がある筈《はず》ですから、係員には、その人相や服装がわかっているでしょう？」

「さあ、そこです」

警部補は少し困った顔をした。

「荷物を引き渡した係員に訊《き》いてみたのですが、はっきりと憶《おぼ》えていないのですね。もっとも、荷物そのものを怪しんでいたわけではないから、引き取りに来る人間を、そういちいち気を付けて観察していませんからね。無理もないと言えるでしょう。しかし、その係員の朧《おぼ》ろな記憶によると、甲片を持って荷物を取りに来た人は、四十二、三歳くらいの男で、ハンチングを被《かぶ》り、レインコートを着ていたと言いました」

「顔の特徴は？」

「そこが厄介なところで、係員の記憶はひどくうすいのです。ただ、眼鏡を掛けていたということだけは憶えていますがね」

「荷物を取りに来た時間は？」

「十六日の午後九時ごろです。それは、荷物を引き渡したときの控がありますから正確でした。トランクの発見は、十七日の朝八時ごろでしたから、受け取ってから、恰《ちょう》度《ど》、十一時間目に見付かったわけですね」

「トランクの目方は、どうですか？」

「送状によると、七十二キロとなっています。被害者の目方は、六十一キロでした。つまり、十キロあまりが、トランクや詰めた物の重さということになりますね」

「田端駅では、このトランクが直接荷物係に持ち込まれたのですか？」

「そうです。運送屋扱いではありません」

「田端駅の荷物受付係は、荷物を送った人間の顔を、憶えていましたか？」

「それは憶えていました」

　ここで警部補はひどく複雑な顔をした。それは、困ったような、そして多少おかしそうな表情だった。

「それが大へん奇妙な話になるんですよ。こちらの本部員が聞いたところによると、いろいろと係員が人相を述べたのですが、それがどこか本部員の記憶にある顔なんですね。これは笑い話ですが、よく考えてみると、なんと被害者の人相なんです」

「えっ、何ですって？」

　底井武八はびっくりした。

「刑事もびっくりしましてね。被害者の人相を詳しく伝えると、係員が、そうそう、そういう顔だった、と証言したわけです」

「それ、本当ですか」

「実際、その通り言ったのです。それに、服装もかなり憶えていましてね。それだぞれだ、と言うわけです」

「すると、なんですか、トランクを送った山崎さん自身が、そのトランクの中に死体となって入っていたというわけですね？」

「そうなんですよ」

警部補は笑い出した。

「まるで魔術みたいな話ですが、しかし、係員の記憶が間違っているに決まっています。ときどき、こういうトンチンカンな証言があって困りますよ。もっとも、人間の記憶はアヤフヤだから、そう咎《とが》めるわけにもいきません。今までも、目撃者の話から、人違いの被疑者を追っ駆け回した例は幾らでもあります。それに、田端駅の荷物係は大そう混雑していますから」

「そのトランクを田端駅が受け付けているのは、何時ですか？」

「十五日の午後八時三十分です」

警部補は書類を見て答えた。

「わたしのほうで、その荷物が郡山駅に着く経過を調査したんですがね。すると、それは田端発午後九時三〇分の貨車に積み込まれています。そして、大宮《おおみや》で翌朝四時三〇分発の貨車に積み換えられ、郡山駅に十六日の一九時五分に到着しています」

「ははあ、つまり荷物を出した翌日の午後七時五分ですね？」

「そうです。受け取りに来た男が午後九時に現われていますから、郡山駅では、二時間ばかり置かれていたわけですね」

「妙なことを訊きますが、そのレインコートを着た受取人というのは、まさか山崎さんじゃないでしょうね？」

するど、警部補は笑い声を高らかに揚げた。

「こりゃ面白い。まるで怪談ですな。受け取りに来た本人が、死体となって、トランクの中から発見されたとなれば、奇想天外ですな……はは あ、あなたは、田端駅の荷物係にその荷物を出した送人が被害者に似ている、という係の証言に引っかかっているわけですね。話としては、スリラー的なナンセンスで、よく出来ていますがね……しかしですな、厳として動かせないのが死亡時間です。前にも言った通り、解剖の結果、解剖時より約五十時間以前と出ていますから、だいたい、十五日の夕方から夜にかけての犯行だと思われます。つまり、被害者は、郡山駅で荷物が受け取られたときよりも、まる一昼夜前に殺されています。まさか、被害者の幽霊が自分の死体の入ったトランクを引き取りに来たわけではないでしょう」

底井武八は警部補の言葉に笑ったが、少し後頭部が寒くなった。

「ところで、山崎さんの死体を解剖した結果、新しい発見はありませんでしたか？」

彼は別な質問に移った。

「べつになかったようですな」

警部補も煙草を指に挟み、肘《ひじ》を突いて答えた。

「外傷は全然なかったのです。内臓の故障も、毒物反応も出ていません。ただですな、被害者の胃袋の中から、かなり消化した食べ物が出ました。検査すると、それはライスカレーだったことが分りました」

「ライスカレーですって？」

「それも安物でした。材料が良くないんですね。それと、福神漬が少量一しょに出ました。ほら、安食堂なんかでよく出すライスカレーには、お新香の代わりに福神漬がちょっぴり添えてありますね。あれですよ……だから、被害者は、殺される数時間前にライスカレーを食べていたことになります」

「そのライスカレーを食べたのは、どこの食堂か分りませんか」

「さあ、そこは難しいとこですよ。こういう種類のものは、どこの大衆食堂や飲食店でも出していますからね。高級なものになると、高価な材料が使われているので、それが手がかりとなって探し出すことが出来ますが、こんなものになりますと、あんまりあり過ぎて分りにくいのです」

「消化の状態から見て、そのライスカレーを食べてから何時間ぐらい経っていましたか？」

「まず、五、六時間というところでしょうね」

「五、六時間ですか」

底井武八は、ここで考えた。山崎治郎が洗足池の自宅を出たのが、十五日の午前九時二十分である。

解剖医の鑑定で、殺害された時刻は、大体、十五日の夕方の六時ごろから十二時の間とすると、（トランクは八時三十分に田端駅に持ち込まれているので）このライスカレーは、正午ごろに食べたことになり、むろん昼食だ。

いずれにしても、安食堂で飯を食べたところは、いかにも山崎治郎らしかった。

「そこで、わたしたちが考えるのは」

警部補がつづけた。

「その食事は、山崎さんが独りで摂《と》っていたように思うんです。つまり、食事のときは、伴《つ》れはなかったのじゃないか。そして、そのあとで誰かの家を訪問したと思っています」

「誰かの家ですって？」

「そうなんです。絞殺だし、死体をトランクに詰めているのですから、屋外より屋内で行なわれた兇行《きょうこう》という可能性が強いのです」

「なるほどね」

「そこで、あなたに伺いますが、十五日に山崎さんが誰かを訪問する、というような予定を、前に聞きませんでしたか?」

警部補が反問した。

「いや、それは聞きませんでしたね。なにしろ、あの人は、部員にはあまり相談しないで自分勝手の決め方で行動する性質《たち》でしたからね」

「ああ、そうですか。警察としては」

警部補は言った。

「山崎さんが十五日の午前九時二十分に自宅を出てライスカレーを食べるまでの時間、どこでどのような行動をとっていたかということが、目下の捜査の中心になっています。われわれは、その間の山崎さんの行動が知りたいのです。目撃者があるといいんですがね。それも今のところ出てきません。現在、こちらの本部員を二人東京に派遣していますが、まだ芳しい報告はありません」

「被害者が山崎さんだとわかったのは、いつごろですか」

「先ほどからたびたび言うように、そのトランクが東京から発送されたので、当然、被害者は東京に居住している人間だと推定した。そこで、警視庁の協力で家出人保護願が出ているところを片っぱしから調べた。それがわかったのが今日の午《ひる》近くで、わたしのほうは、すぐに山崎さんの奥さんに連絡したのです」

底井武八は、それで経過が大体分った、と思った。

「ひとつ、現場をみせて頂けませんか」

底井武八が頼むと、警部補は、すぐに、承知した。被害者の関係者がわざわざ東京から来たというので、向こうでも、便宜を計ってくれ、署の自動車に乗せてくれた。

現場は車だと郡山から四十分くらいだった。五百川という寂しい駅から西に五百メートルほど離れているところがそうだ。現場写真で見たとおりの草むらだった。地形は、広い畠《はたけ》の中に木立があって、その下が草地になっている。駅のほうからきている小さな道が林の横を通って村に通じていた。

草地には、実地検証のときに張ったらしい縄の残りぎれなどがまだ散らかっていた。

底井武八はそこに佇《たたず》んで考えた。

死体詰めのトランクが郡山駅で受け取られたのは、十六日の夜九時である。ここで、近所の農夫がトランクを発見したのは、翌朝の八時だった。すると、そのトランクは、十六日の九時半から、発見された翌朝八時までの間に、何者かによって、ここへ遺棄されたことになる。

おそらく、この辺は夜になると真暗なのであろう。五百メートルばかり先に、五百川駅構内の灯があるが、とてもここまでは届かないに違いない。遠い畑の向こうに農家の灯がちらちらするだけで、この現場は全くの闇だったであろう。

底井武八は先ほど警部補から聞いた話を順序立てて思い出し、ポケットから手帳を出してメモしてみた。

それは次の通りになった。
○六月十五日。二十時三十分ごろ田端駅荷物係にトランクが運び込まれる。
○同日。二十一時三〇分田端駅発貨車でトランクは発送される。
○十六日。一九時五分、大宮でトランクが積み換えられた貨車は郡山駅に着き、トランクは下ろされる。
○同日。二十一時引取人が甲片を持って現われ荷物を引き取った。
○十七日。午前八時現場に遺棄されたトランク発見。
○同日。二十時解剖終る。
○十八日。郡山の刑事三名、東京へ。
○十九日。身許《みもと》判明。警視庁から社へ連絡がある。山崎の細君郡山へ発《た》つ。
これは、記憶のうすれない間に、メモしたものだ。何かの参考にはなると思った。

事実、それはあとで大へん役に立った。

「どうもありがとうございました」

底井武八は案内してくれた警官に礼を言い、再び郡山署に引き返した。

「やあ、ご覧になりましたか？」

警部補は愛想がいい。

「ちょうど今、被害者の奥さんがみえています。お会いになりますか？」

「もちろん、お会いしたいです」

「では、どうぞあちらへ」

底井武八は刑事の一人に案内されて応接間に入った。

底井武八は山崎治郎の細君を初めて見た。小柄な女で、凋《しぼ》んだように痩《や》せている。

昨夜はろくに寝ていないらしく、眼を赧《あか》くしていた。疲れた表情がいたいたしかった。

「山崎さんの奥さんですか。ぼくは山崎さんの下で働いていた底井というものです」

彼は鄭重《ていちょう》に悔みを言った。

細君は口数の少ない女だった。もっとも、こんな異常な場合だから、精神が激動していいるに違いなかった。ここで彼女の重い口から聞いたところによると、山崎が殺されるような原因には全く心当たりがないというありふれたことだった。

「遺体はこちらでお骨にして、東京にお帰りになりますか？」

「ええ、そうします」

解剖も終わっていたので、いつでも荼毘《だび》に付することができた。底井武八は社を代表した格で、妻君を庇《かば》っていろいろな手続きの世話をした。

しかし、その間にも底井武八の耳には、警部補から聞いた話がこびりついて離れなかった。それは、問題のトランクを田端駅の荷物係に持ち込んだ男の人相である。係員の証言によると、それは、被害者山崎治郎そっくりだったというのだ。

警察では、この証言を間違いだと一笑に付している。自分の死体の入るトランクを当人が駅に持ち込んだという結論になるので、そんなことはまるで怪談だと笑っているのだ。

しかし、警察で笑っても、底井武八は心から笑えなかった。己れの死体を入れるトランクを担いで田端駅に現われた山崎治郎の亡霊めいた姿が、底井武八の頭の中に妙に灼《や》きついていた。

3

山崎治郎は、いつ殺されたのか。

底井武八は前後の事情から計算して考えてみようと思った。

それには、まず、トランク詰めの死体が田端駅に運ばれてきた、十五日の二十時三十分を基点にすればいい。

もちろん、そのトランクはどこから運ばれたか分らないが、死体はそれ以前に詰められているのだから、殺人は二十時三十分以前となる。ただ、それが時間的にどれくらい前かということだ。

人を殺して、それをトランクに詰め、さらに駅まで運搬してくる……この手数には相当な時間をとるだろう。

殺害行為を入れて三十分や一時間で出来る仕事ではない。少なくとも二時間以上は必要だろう。すると、田端駅にトランクが運びこまれる三時間前の十七時三十分、つまり、午後五時半ごろが殺害時間と推定できそうだ。

もっとも、解剖した医者の所見では、解剖時より五十時間以前を死亡時に推定している。これが正確だとすると十五日の午後六時前後となって、まさに以上の推定とぴたりと時間が合う。

しかし、五十時間以上も経った死体は、六、七時間ぐらいの誤差は見込まなければならないからちょっと厄介だが、底井武八の推定と解剖所見の推定時間とは正しく符合するのだ。

次の問題は、山崎がどこで殺されたかという場所の問題にかかる。

被害者の胃袋から出たライスカレーがほとんど消化していることも、その死亡時間と大体符合するのだ。つまり、午後五時半ごろだと、昼飯は消化しているのが普通だ。山崎はそのころまで夕飯は食べていなかったことになる。多分、山崎治郎は殺されるときには空腹を感じていたと思える。

しかし、腹は空《す》いていたが、彼はまだ夕食を摂《と》っていなかった。このことは監禁状態を想像させる。すなわち、山崎はどこかの家に監禁されていたので、腹は空いても夕飯にありつけなかったのではなかろうか。

これについては、警察ではトランクを持ち込まれた状態を調査していた。

それによると、田端駅の貨物係の窓口では、荷物をひとりの人間が運んだことになっている。

しかし、そのトランクは七十二キロもあったから、とうてい一人で運搬することは不可能だ。二人以上の協力者がないとできない筈《はず》である。

警察ではこの点を重要に考えて、次の要領で捜索した。

①トランクは、田端駅へタクシーか他の運搬車で運ばれたのではないか。

②トランクは、リヤカーなどに積んで、駅まで運搬してきたか。

③トランクは、いずれかの方法でそれ以前に運ばれ、たとえば荷物一時預りなどに預けていなかったか。

④駅まで持ってきた荷物のトランクを、赤帽か何かが手伝って貨物受付係まで運びはしなかったか。

警察で調べた結果、①の場合はその形跡は摑《つか》めなかった。都内のタクシー業者を調べたが、該当のものを乗せたという運転手は名乗り出なかった。

②の場合は主に駅付近の目撃者に重点を置いたが、有力な証言は得られなかった。
③の場合は荷物一時預り所を調べたが、当日該当のトランクを受け取った者はいないし、また、それらしいトランクを預けた者はなかった。
④の場合も赤帽を調べてみたが、そういうトランクを手伝って貨物受付まで運んだ者はいなかった。
しかし、赤帽や、荷物の一時預り所の証言はともかくとして、それ以外の聞き込みはあまり当てにならない。目撃者の眼に触れなかった場合も考えられるからだ。――要するに、そのトランクがどのような方法で田端駅まで運ばれてきたかは不明だった。しかし、まさか一人で担いできたのではないことは確かである。

このことから、犯行現場は駅から近くではないかという想像もできた。これだと別に自動車に乗せることもなく、タクシーを利用することも必要でなくなる。田端駅付近一帯は、いかにもそのような犯行にふさわしげな場所もある。

警視庁では応援刑事をして、田端一帯の聞き込みにあたらせたが、これもすぐには効果がなかった。

それにしても、警察で分らなかったのは、山崎治郎がどのような原因で殺されたかである。まず、常識的に考えれば、怨恨《えんこん》関係、痴情関係が真先に泛《うか》ぶ。しかし、この線からの収穫もないのだ。

一番それを知っているのは底井武八だが、彼は黙っていた。警察に協力しないというのではなく、彼なりにこの事件をひとりで追ってみたかったのだ。山崎治郎を追及すると、当然岡瀬正平の殺人事件に突き当たってくる。この二つの殺人事件は切り離すことはできないものだが、警察ではそこまで気付いていない。

唯一の物的証拠といえば、トランクと、それについていた名札である。

「東北本線郡山駅止　吉田三郎様」の宛先と、「本人出」の文字は墨で書かれているのだが、警察側の一致した意見では、犯人は筆跡をごまかすために、これを左手で書いたと推定している。文字はそれほど下手糞《へたくそ》で、書体も乱れている。トランク自体はひどく古いもので、これにも手がかりになるような特徴はなかった。

山崎治郎殺しは、R新聞の特ダネの観を呈した。

もちろん、この殺人事件は他の新聞にも載っていたが、何といっても自社の編集長だから、R新聞が最も力を入れたのは当然だし、またそのことが一種の「人気」となって、夕刊紙は近来にない売れ方を示した。

死んだ山崎治郎は、岡瀬正平の公金拐帯事件のことでスクープすると言って張り切っていたが、奇《く》しくも自分が特ダネの本尊になってしまったのである。

R新聞では、山崎殺しについての記事は主に底井武八に書かせた。彼自身も現地に行っていることだし、前から山崎の命令で動いているので、編集部からは一番事情を知っている者と目されたのだ。

底井武八は原稿を書きまくった。ほとんど二日間の全紙を潰《つぶ》すぐらいに書いた。――しかし、例の要点だけはぼかしておいた。これだけは自分が従前通りに独りでやってみたい。

謎は、依然として山崎が十五日の午前九時二十分に自宅を出てからの行動に絞られている。警察でもさっぱり摑めない。

R新聞社では、山崎が十五日の午前九時二十分に自宅を出てから十七日の朝死体となって発見されるまでの、彼の生前の行動を知っている者があれば、新聞社宛に通報してほしい、通報者には相当な謝礼を呈する、という懸賞を出した。

と同時に、犯人を知っている人があれば、本人の秘密は絶対に守るということを条件に、その通報にも大々的な懸賞を出した。

もっとも、R新聞社の懸賞金だから、金高にしては大したことはないが、紙面の景気づけには大いに役立った。

しかし、社側の予期に反して、これぞと思うような投書はなかった。犯人を知っているという通報に至っては、明らかに悪戯《いたずら》と思われる投書以外は一枚もこなかった。

また、山崎が自宅を出てからの行動についても、目撃者がないのである。

ただ、それらしい人物が渋谷方面にタクシーで向かっていたとか、国電の中で見かけたとかいう報告はあったが、これもはっきりした裏づけは取れなかった。

するると、その記事が出てから三日目だった。一枚の葉書が新聞社宛に届いた。

「御紙に載っていた山崎編集長さんの写真を見て思い出したのですが、あの方に大へんよく似た人が、私の店で夕食をとられました。時刻は、たしか十五日の午後八時ごろだったと思います。その人はライスカレーを注文されたのですが、私がそのテーブルの当番だったので憶《おぼ》えています。写真を見て、あまりよく似ているので、お知らせします」

表書きには「田端駅前食堂幸亭　宮前《みやまえ》あや子」とあった。

新聞社の編集部は、この投書で沸いた。

場所が田端駅前食堂という点である。山崎治郎のトランク詰め死体は田端駅から発送されているので、場所からいえば極めて密接なつながりがある。

ただし、新聞記事に出ているので、山崎治郎がこれこれの食堂でライスカレーを食べていたという投書はかなりあった。しかし、それはいずれも場所的につながりのない遠方が多かった。中には、はっきりと悪戯と思えるようなものもあった。

しかし、この投書のように、田端駅だと明瞭《めいりょう》に言い、本人が食堂で働いている女の子だとなると、信憑性《しんぴょうせい》はかなり強くなる。

山崎治郎が死んだので、編集長の後任には、今までデスクをやっていた伊東秀夫《いとうひでお》がなっていた。

伊東新編集長は底井武八に、すぐ田端駅前の食堂に行ってみろと言った。

投書の「幸亭」というのは設備の大きい食堂だった。陳列窓には蠟細工《ろうざいく》の料理見本が出ているが、小判型に盛り上げた飯の上にどろっとかかっているカレーを見ていると、なるほど、山崎はこういうものをここで食べたな、という感じが底井武八に強く来た。

底井武八は支配人に名刺を渡して、宮前あや子に来てもらった。

頭に白い布片《きれ》を付けたウエイトレスが底井武八の前に顔を赧《あか》らめながら現われたが、宮前あや子は十七、八ぐらいの健康そうな少女だった。

「あなたがこの投書を呉《く》れたんですね？」

底井武八は葉書を見せた。

「はい、そうです」

彼女は自分の書いた葉書をちらりと見て、恥ずかしそうに眼を伏せた。

「どうもありがとう」

底井武八はまず礼を言った。

支配人の厚意で、裏手の従業員の休憩室を提供された。

話している間にも、調理場からは、皿の音や、注文の料理の名を言うカン高い声が絶えず伝わってくる。

「もっと詳しく話してくれませんか」

底井が頼むと、宮前あや子は問われるままに次のようなことを述べた。

「その人は、十五日の午後八時ごろに、わたしの受け持ちの十六番テーブルに坐《すわ》られました。新聞に出ていた写真の顔にそっくりでした。十五日というのは、わたしが十四日に公休を取りましたので、よく憶えています。そのお客さんは、ほかの客の間に椅子を一つ見付けて坐り、通りかかったわたしを大きな声で呼んで、チケットを渡しました。調理場が混んでたものですから、料理がなかなか出来ず、一度、催促されたのを憶えています。その人は、ライスカレーを食べると、煙草も喫《の》まないで、すぐに起《た》って出て行かれました」

「そのお客は、一人で来ていましたか？」

底井武八は質問をはじめた。

「はい、一人でした」

宮前あや子は大分馴《な》れてきて、小さい声だったが、はきはきと答えた。

「友達とか、伴《つ》れだとかいうような人はいなかったのですね？」

「はい、いませんでした」

「誰かを待ち合わせるというような様子はありませんでしたか」

「そんな風には見えませんでした。食事だけをされて、すぐに出られたのです」

「服装はどんなふうでしたか」

「洋服というのは憶えていますが、どんなものだったか、はっきりとわかりません。店が忙しかったので、細かいことには気が付かなかったのです」

「なるほど。スーツケースとかいうようなものは持ってなかったですか」

「それも気が付きません。……待って下さい」

宮前あや子は小首を傾けていたが、

「そういえば、脚の下に、何か小さい荷物を置いていたような気もします。店が混んでて、空いた椅子がないので、みなさん、荷物をみんな椅子の横か、脚のところに置いておられましたから、そんな気がします。でも、はっきりとはわかりませんわ」

「八時ごろということは確かですね？」

「はい、大体、八時から八時半ごろまでですわ」

「その客には、何か変わった様子はありませんでしたか」

「忙しいので、よく気を付けて見ていませんが、別段、変わったようなことはなかったと思います」

「途中で、料理が遅いので請求した、と言いましたね」

「ええ」

「それはどんな言葉でしたか」

「わたしがほかのお客さんの注文を取りに行ったとき、横から呼ばれたんですが、おい、料理はまだかい、時間がないので早くしてくれ、と、たしか、そんなふうにおっしゃったと思います」

「時間がない、と言ったんだね？」

「はい、そうです」

宮前あや子はうなずいたが、ここで彼女は註釈《ちゅうしゃく》を入れた。

「でも、みなさん、料理が遅いと、たいていそうおっしゃいます。そんなふうに言うと、わたしたちが料理を早く持ってくるように思ってらっしゃるのです」

「すると、その人は食堂にどれくらいいたのですか」

「そうですね、食事された時間は、せいぜい十分間ぐらいだったと思いますが、料理が遅くなっているので、三十分ぐらいではなかったでしょうか」

底井武八は、あとでまた訊《き》きに来るかもしれないが、そのときはよろしく頼む、と言って、宮前あや子に礼を述べ、

「もし、その人が本当に山崎編集長だとわかったら、あとで社からお礼を差し上げることにしますよ」

と言うと、宮前あや子は嬉《うれ》しそうに頰を赧くしていた。

そうだ、これが山崎治郎かどうかは分らない。山崎治郎にしては時間的には不自然なのだ。

山崎の死体が入ったトランクは、その晩の午後八時半には田端駅の貨物取扱所の受付に持ち込まれている。

すると、食堂幸亭に入った客が山崎だったら、彼は八時から八時半ごろまでかかってライスカレーを食べている。ところが、その直後の八時三十分には彼の死体の入ったトランクが貨物取扱所に受け付けられているのだから、宮前あや子の証言は時間的には全然合わなくなってくる。

警察の見込みでは、山崎治郎の死亡時刻は、その日の午後六時前後と推定している。その彼が八時ごろに食堂に現われる筈《はず》はないのだ。

底井武八は捜査本部に電話して、食堂の女の子の言ったことを一応主任に話した。

「そりゃ人違いだよ」

主任は一蹴《いっしゅう》した。

「そんなバカなことがあるもんか。第一、きみ、ライスカレーを午後八時ごろ食べていたら、解剖時にあの通り消化された状態で胃袋から出るわけはないよ。あの状態は、少なくとも食後五、六時間は経っている。するとだね、八時半ごろに食事が終わったとすれば、その晩の十一時か十二時ごろに殺されたということになる。こりゃナンセンスだよ。当人の死体は、八時半にはトランク詰めとなって駅に運ばれているんだからな」

そのとおりであった。

やはり、食堂の女の子の眼の迷いであろう。食堂はいろいろな人間が集まってくるから、その中に山崎治郎に似たような男がいても奇妙ではないのだ。女の子の思い違いは大いにあり得る。

しかし、底井武八は、宮前あや子の言ったことを、本部の主任のようには頭から切り捨てることはできなかった。

それは貨物受付係の証言だ。警察では一笑に付しているが、そのトランクを持ってきた人物が山崎治郎の人相とひどく似ていたという点である。

もちろん、もし当人が山崎だったら、これ以上荒唐無稽《こうとうむけい》な話はない。自分が持ち込んだトランクに死体となって入っていたのだから、怪談に仕立てればともかく、事実ではありようがないのだ。

しかし、もし、それが山崎だったら。——

底井武八は考えた。

午後八時に「幸亭」に入った山崎治郎が、三十分費してライスカレーを食べ、すぐに貨物取扱所にトランクを持って現われたとすれば、至極時間の辻褄《つじつま》は合うのである。——

五章　馬主と調教師

1

底井武八は、山崎治郎の行動を考えるには、もう一ど府中《ふちゅう》競馬場の調教師西田孫吉の線にかえらねばならないと思った。

山崎治郎は死ぬ前に西田孫吉に会いに行っている。しかし、そのとき、西田は馬主の立山寅平前代議士と大阪に行って留守だった。これは玉弥の話である。

だが、果して山崎は西田孫吉に会わないままに終わっただろうか。その後、山崎は帰京した西田に会ったかもしれないのだ。

底井武八は、また府中の競馬場へ行かなければならなかった。

厩舎《きゅうしゃ》はがらんとしていた。

「ごめんなさい」

彼は馬房のはしに付いている厩務員《きゅうむいん》の住居をのぞいた。簡単な階段があるが、馬が羽目板を蹴《け》る音以外には人の声はなかった。

「ごめんなさい、ごめんなさい」

底井武八は二階に向かって大きな声を出した。

しばらくして、二階の上がり口から人の顔が半分のぞいた。

「誰ですか?」

先方では上から訊いた。

「新聞社の者ですが」

「新聞社?」

ようやく、四十ぐらいの男が降りてきたが、汚れたニッカポッカを穿《は》いている。

「何ですか」

彼は階段の中途で足を停め、底井武八をじろじろと見ていた。

二階には微《かす》かに人の気配がした。察するところ、博奕《ばくち》でもしていたらしい。

「西田さんはいませんか?」

底井武八はわざと気楽に訊いた。

「いませんよ。先生はいま福島の競馬場に行っていますよ。何ですか?」

男は無精げに答えた。

「ちょっと話を聞きに来たんですがね……末吉《すえよし》さんは?」

「末吉も福島です。ここの馬が向こうに行っているので、ほとんど出張です。われわれは留守番ですがね」

「あなたもこの厩舎の方ですか」

「そうです」

「西田さんは、大阪からいつお帰りになりましたか？」

「今月の十三日です……そうだったな、おい」

と、その男は二階を振り返った。二階から、そうだ、という声が聞こえた。刑事でないと見て、彼らも安心したらしい。

十三日というと、山崎治郎が行方不明になる二日前だ。

この間に、山崎は西田孫吉に会ったかもしれない。

「ぼくはR新聞といいますが、うちの社の山崎という者が西田さんに面会に来たことはありませんか？」

「さあ、そんな様子はなかったようですよ」

「十三日に帰ってきた西田さんは、始終、この厩舎にいましたか」

「昼間は、馬の運動や、攻め馬などを見るからね、ずっといたけど、夜はほとんど出ていたようでしたな」

「ははあ、夜お出かけというのは？」

「福島競馬が迫っているので、馬主から相談を受けることが多いのです」

「その馬主の中には、立山前代議士さんも含まれてるわけですね？」

「そう。うちの大将は立山先生のところにはよく行ってましたな。立山先生の馬が二頭福島に行くので、その打合せか何かがあったようです」

「西田さんが福島に行ったのは、何日ごろですか」

「十六日だったように思いますな」

十六日というと、山崎治郎が行方不明になった日の翌日であり、彼の死体がトランク詰めとなって発見される日の前日である。

底井武八は、この十六日という日付けに注意した。この日の午後九時ごろに、郡山駅から死体の入ったトランクが引き取られているのだ。

「この十六日というのは、間違いありませんか」

「大将は十三日に帰ってきて、ここに三日しかいなかったから、間違いないと思いますよ。なあ、おい……」

また上へ向かって顎《あご》を反らした。

二階からは声が返っていたが、それは底井武八の耳に届かない。

「間違いないようです」

中年の厩務員は底井武八に眼を戻した。

「いまも上で言ってたんですが、大将は、立山先生と秋田で会って、その帰りに福島に寄る、と言っていたそうだからね。立山先生が秋田へ出発したのは十五日の晩だから、うちの大将が出発したのは十六日に間違いないですよ」

「立山さんは、十五日に秋田へ行ったんですか」

十五日という日付けがまた底井武八を刺戟《しげき》した。

「秋田とおっしゃったが、秋田にも競馬関係があるんですか」

「秋田には、そんなものはないですよ。盛岡だとか青森だったら牧場がありますがね」

「そうですか」

底井武八は考えた。

「すると、馬のほうは、西田さんより先に福島へ行っているわけですね？」

「そうです。開催日より一週間か十日ぐらい前から、こっちを積み出していますよ」

「末吉さんも馬に付いて行ったんですか」

「そうそう。末吉だけではなく、ほかの厩務員もみんな馬を連れて行っています。なにしろ、大事な生きものだからね」

中年の厩務員は早くも面倒臭そうな顔をした。どうやら、二階の勝負の続きを焦っているらしい。

「どうもありがとう」

底井武八は、立山寅平が十五日、西田が十六日、と口の中で呟《つぶや》きながら厩舎を出た。西田は十三日に大阪から帰って、毎晩のように馬主のところに顔を出していたというが、もちろん、立山前代議士と会っているのが一番多かったのではなかろうか。

底井武八は帰りの電車の中で考えた。開け放した窓からは、沿線の田を渡ってくる蒼《あお》い風が吹き抜けた。

——しかし、西田孫吉は、馬主の立山寅平と会うという口実で玉弥のところに行っていたのかもしれない。

それは彼女のマンションだったり、外部の旅館だったり、或《あ》るいはあの神楽坂《かぐらざか》の「宮永」だったりしたであろう。しかし、これは両人の秘密だから、玉弥に訊《き》いても正直に答えないだろう。

それは、まあ、いいとしても、立山前代議士は、なぜ、秋田くんだりに行ったのであろうか。その出発が十五日だったことに注意したのである。

底井武八は立山前代議士に手蔓《てづる》はなかった。しかし、新聞記者の有難さは、こういう場合に役に立つ。R新聞は夕刊専門の三流紙だが、とにかく政治家は新聞に弱いのだ。

底井武八は、立山寅平の事務所を電話帳で調べた。「東京都中央区日本橋《にほんばし》三の四八六宝国《ほうこく》ビル」とあった。

現代議士は衆議院議員会館の中に事務所をもつが、落選すれば自前の事務所を開設するしかない。

電話をすると、先方では秘書と称する人が出た。

「先生はいらっしゃいますか。こちらはR新聞の社会部ですが」

底井武八は事務的な口調で訊いた。

「どういう御用件でしょうか」

「今度、うちの新聞で、〝政界群像〟といったような企画を考えまして、その中に、ぜひ、先生を取り上げたいと思っています。そこで、外部からも聞いておりますが、ひとつ、先生自身のお話を承りたいと思いましてね」

「それは残念ですな」

秘書は答えた。

「恰度《ちょうど》、いま旅行中で、東京にはいないのですが」

「御遠方ですか？」

「ええ、東北地方を廻っています」

「いつごろ、お帰りになるでしょうか？」

「さあ、あと四、五日ぐらいはかかるんじゃないでしょうか」

「それは弱りましたね」

底井武八は溜息《ためいき》をついて言った。

「実は、これは大へん急ぐことなんで、それまで待てない事情にあります……どうでしょうか、先生がお留守なら、事務所の方にでもお話を聞きたいのですが」

「そりゃ構いませんよ。ぼくでよかったら、お話します」

「失礼ですが、お名前は？」

「桑原という者です」

「では、早速、伺います」

底井武八は、今度はタクシーを飛ばして宝国ビルの前に着けた。

ビルを見上げると、三階の窓に、「立山寅平事務所」というばかに大きな金文字が暑苦しそうに陽に輝いている。

三階に上がると、この事務所は二室続きだった。

受付の女の子が底井武八の名刺を握って、衝立《ついたて》で仕切られた応接間みたいな場所に通した。三階といっても地下室のように蒸し暑く、扇風機が懶《ものう》く回っていた、安ビルだから冷房の設備もない。

出てきた桑原という秘書は、三十四、五の、気障《きざ》な風貌《ふうぼう》だった。縁無し眼鏡を掛け、鼻の下に短い口髭《くちひげ》を蓄えている。

いかにも政治家の秘書といったポーズが、その身振りにも溢《あふ》れていた。こういう連中が、国会がはじまると議院の緋絨毯《ひじゅうたん》の廊下を闊歩《かっぽ》するのであろう。

「どういうことをお聞きになりたいのですか？」

桑原は肩をそびやかして椅子に坐《すわ》っている。

「先生についてはいろいろと外部から伺っていますが、じつは、それだけでは間違いもあり、誤解もあると思いますので、今日は、御本人が留守なら、その代弁者の方にお話を伺いたいと思います。こちらからお訊《たず》ねしますから、その項目について教えていただきたいのです」

「承知しました」

前代議士は、次の選挙にそなえて「宣伝」を忘れない。渺《びょう》たる夕刊紙だが、それでも秘書は愛想よく会ってくれている。彼はうすい唇を舌でなめ回して、滔々《とうとう》としゃべりはじめた。

内容は愚にもつかないことだった。ほとんど立山寅平のＰＲに終始している。しかし、底井武八は辛抱強くそれを聞いた。メモを取る恰好《かっこう》だけはしたが、実は何も書いていなかった。

話は次に聞きたいことをひき出すための便法にすぎない。

「いや、よくわかりました」

ようやく、二十分ばかりの退屈な傾聴のあとで、底井武八は軽く頭を下げた。

「お陰で、大分、資料が豊富になりまして……しかし、立山先生の口から直接伺えなかったのは残念ですね」

「そうなんです。そりゃわれわれとしても先生の口から言っていただきたかったんですがね。しかし、まあ、ぼくの話は、大体、先生の言わんとするところと同じだと思って下さい」

「それはよくわかります。どうも御苦労さまでした。先生は秋田のほうに御旅行だそうですが……」

「ええ、党の支部大会がありましてね。それに出席したのです」

「それは暑いのに御苦労さまです。御出発は？」

「十五日でした。急行『津軽《つがる》』で上野《うえの》を発《た》ちましたよ」

話は、底井武八が西田厩舎《きゅうしゃ》の留守をしている厩務員《きゅうむいん》から聞いたのと変わりはなかった。

「先生は秋田からすぐ東京にお帰りになるんですか」

「いや、それだったら、帰京がもっと早いんですがね……秋田の帰りに福島に寄るんです」

「福島に？」

口髭の秘書は微笑を見せた。お洒落《しゃれ》な金歯がチカリと光った。

「多分、御承知でしょうが、ウチのおやじは競馬が趣味でしてね。馬も四頭ばかり持っています。福島競馬には、そのうち二頭を出すものですから、その観戦に寄られるわけですよ」

「その二頭というのは、西田厩舎に預けてあるんですね？」

「ほう、あなたはさすがによく調べていらっしゃいますね。その通りです」

「いや、立山先生のことなら、かなりな程度まで調査してあります。実は、馬主としての立山先生の一面を知るために、西田厩舎に行ったのです。すると、西田さんも福島に行っているんですが、向こうの厩舎の人間の話によると、西田孫吉さんも秋田まで行って立山先生に会ったんだそうですね」

「ほう、それは、わたしなんか知りませんな」

秘書は少し不機嫌そうになった。新聞記者がそんなところまで手を回して調べたことが、少々不快そうだった。

「厩舎の者がそう言えば、その通りでしょうな。西田君は、おそらく、秋田まで行って先生に会い、出走馬の打合せをしたんだろうと思います。なにしろ、競馬は今日からまたはじまっていますからね」

今日というのは、六月二十七日だった。

福島競馬は、六月二十七日（土）、二十八日（日）、七月四日（土）、五日（日）のあと四日間だ。

「西田君も熱心な男だし、先生も馬が好きだから、そういう打合せが秋田であっても、不思議ではありませんよ。それに、馬主と調教師という関係は、日ごろから、馬に関してはいわば親類づき合いみたいなもんでしてね」

「相当親しいわけですね？」

「親しいと言っていいかどうか。とにかく、馬を中心にして人情的に交際がつながっているということは、たしかに言えるでしょう。こりゃ金銭ずくだけではありませんよ」

「立山先生の趣味は、競馬だけですか？」

「そうですな、まあ、馬、読書、旅行といったところでしょうか」

秘書は馬以外には平凡な答弁をした。

「そうすると、先生がお帰りになるのは、最終日の来月五日あたりになりますかね？」

「いいえ、そんなに悠々としていられません。なにしろ、身体が二つあっても足りないような忙しい人ですからね。明日の観戦が済んだら、二日ばかり、あの辺の温泉に休養したあと、帰京する予定になっています」

底井武八は、これ以上訊《き》くこともないので、礼を述べて、宝国ビルを出た。

底井武八は暑い舗道を踏んで喫茶店に入り、アイスクリームをなめた。

――立山前代議士と西田孫吉とが秋田まで行った理由は秘書の説明で分った。西田は秋田で馬主の立山前代議士と打合せを済ませると、そこから福島に引き返し、立山前代議士は初日のレースを観戦に後から福島に向かうというのである。

しかし、底井武八は前から持っていた疑問がある。

山崎の死体が東北本線で輸送されて、郡山《こおりやま》、福島間で遺棄されたことだ。この犯罪には、東北地方がかなり重要な意味を持っている。

岡瀬正平が殺されたのも、福島から近い飯坂《いいざか》温泉付近の先祖と亡母の墓地だった。岡瀬正平の隠し金を追っていた山崎治郎の死体が、同じ福島近くまで東京から送られたのも偶然ではなさそうだ。それぞれの用事を持ちながら、立山寅平も西田調教師も「東北」に向かっている。

冷たいクリームを舌の先にのせているうち、底井武八は、立山寅平が十五日に東京を発ったのは、実は、その日の午後九時四〇分発の急行「津軽」だった事実を思い出した。これは立山の秘書から聞いたことだ。

十五日という日付は、山崎治郎が失踪《しっそう》した日として注目していたのだが、今度は立山前代議士の出発の列車時刻が彼の新しい注意となった。

底井武八は店の女の子を呼んだ。ここに列車の時刻表はないかと訊くと、女の子は奥からくたびれたその一冊を持ってきてくれた。

底井武八はページを繰って東北本線の上野発の箇所を調べた。

すると、急行「津軽」は確かに上野駅を二一時四〇分に発車することになっている。

これをたどると、福島着が翌日の二時二一分、これから奥羽《おうう》線回りとなって、秋田着八時五〇分である。

つまり、立山前代議士は十六日の八時五〇分に秋田に着き、政党の支部大会に出席したことになるのだ。

一方、西田孫吉はその翌日の十六日に東京を発ち秋田に先着している立山寅平を追ったわけだ。

底井武八はテーブルに頬杖《ほおづえ》をついた。

彼の頭には、まだ山崎治郎に似た人物が、田端《たばた》駅にトランクを運んできたという小口貨物受付の係員の言葉が消えないでいる。

さらに、八時ごろ田端駅前食堂の「幸亭《さちてい》」で、山崎治郎らしい人物がライスカレーを喰《く》ったという女の子の証言も脳裏に残っている。

すると、これはどうなるのだろう。底井武八は、トランクを持った男が窓口に現われたという二〇時三〇分以後の、上野発東北方面行列車の発車時刻を調べてみた。

普通列車を除くと、次の通りである。

東北本線｛二一時四〇分（急行「津軽」）

　　　　　二三時三〇分（準急「いわしろ」）

常磐《じょうばん》線《せん》｛二二時五分（急行「いわて」）

　　　　　二三時（急行「おいらせ」）


その時刻表を見て、底井武八はぎょっとなった。

その男がトランクを持って窓口に現われたのは、十五日の二〇時三〇分ごろであった。ところが、この時刻表をみると、それから約一時間後の二一時四〇分には急行「津軽」が発車している。

「津軽」といえば、立山寅平前代議士が秋田に向かって旅立った列車だ。

これは偶然であろうか。――いやいや、そうは思われない。時間的にあまりに順序が合いすぎているのだ。

その男は二〇時ごろに、田端駅前「幸亭」でライスカレーを食べ、三十分後にトランクを貨物運送の窓口に託送し、それから一時間後に上野駅を発車する「津軽」に乗った――こう考えると、しごく滑らかにゆく。

しかし、底井武八も、その男が立山前代議士とは思っていない。第一、トランクを受け付けた係員の憶《おぼ》えている人相が違うのだ。まさか、前代議士ともあろう者が、七十二キロもあるトランクを担いで窓口に運ぶようなことはない。それは絶対に考えられぬ。

すると、立山前代議士が乗った「津軽」にその男も乗ったのであろうか。

この疑問を中心にして一応考えてみると、「津軽」は郡山駅には翌日、つまり十六日の午前一時二九分に着く。まさに深夜だ。

ところが、問題のトランクは、郡山駅で十六日の二十一時、つまり、午後九時に受け取られている。

もし、その男が急行「津軽」に乗って、郡山駅で自分の送ったトランクを受け取ったとすると、彼は未明の郡山駅へ降りて、夜の九時まで市内のどこかに休んでいたということになる。

これはどうも不自然だ。ただし、この考えはあくまでも単独犯の場合で、共犯者がいるとなれば、むろん、違ってくる。

次に発車する二三時三〇分発準急「いわしろ」は、郡山駅に十六日の午前三時四二分に着くから、不合理な点は「津軽」と同断である。

では、常磐線はどうか。

これは時刻表を調べてみたが、まるきり問題にならない。即ち、二二時五分発の急行「いわて」も、二三時発の急行「おいらせ」も、どちらも平《たいら》駅に真夜中に着いてしまう。ここから郡山に行こうとすれば、磐越東《ばんえつとう》線に乗り換えなければならないし、この線の初発は朝の六時二三分で、仮りにこの列車を利用したとしても、郡山駅には八時五六分に着いて、全く意味のない利用法となる。

やはり問題は、立山前代議士が乗車した二一時四〇分発急行「津軽」にあるように思われる。

一方、問題のトランクは、翌十六日の一九時五分に郡山駅に着いている。これは、底井武八が郡山署で聞いたところだ。

もし、トランクを託送した男と、これを郡山駅で受け取った男が同一人としたら、彼は郡山駅に荷物引取りに二十一時に現われているのだから、問題のトランクがすでに到着していることを予想していたと思われる。

もし、そうだとすれば、彼はなにもわざわざ十五日の「津軽」に乗ることはない。あまりに早く郡山駅に着きすぎるからだ。

ただトランクを受け取るという目的だけなら、彼は翌十六日の適当な列車で行けばいいわけで、時刻表を調べると、上野発一六時三〇分の準急「しのぶ」があるが、これは郡山に二〇時二五分に着くので、トランクを受け取る二一時には恰度《ちょうど》間に合う。

ただ、底井武八が十五日の「津軽」に気持ちを惹《ひ》かれているのは、単に立山前代議士がその列車を利用したという点だけである。

しかし、底井武八は、このような想像の一切を破壊するイメージをまだ持っていた。

それは、問題のトランクを託送した人物が山崎治郎に似ていたという窓口の係員の証言だ。

警察では一笑に付しているが、底井武八はやはりこれに執着を持っている。窓口の係員の眼が確かだとすれば、トランクを送ったのは、その中で死体となった山崎治郎自身だった。

だから、彼はどこかで自らトランクの中に潜り込んで殺されていたことになる。

この場合、トランクの重量に問題がある。託送されたときは七十二キロで、発見当時も同じ重量であったことは、捜査本部が試験したところだ。すると、山崎治郎の死体が途中からトランクにもぐり込んだとすれば、田端駅に託送されたときの七十二キロの内容は、死体ではなく、全然別個のものが詰まっていたことになる。重量を合わせるためほかの品が詰め込まれていたと考えなければならない。

では、その内容物と死体とがどこですり替わったかだ。生きた人間が田端に現われ、さらにそれが運送中に死体となって入れ替わったとなれば、こんなわけの分らない現象はない。

2

底井武八は、田端駅の貨物係に電話をしてみた。田端駅は貨物専用の発駅だった。

「お忙しいところ恐れ入りますが、東北《とうほく》線貨車が郡山駅に着く間の途中停車駅は、どこでしょうか」

「それはその列車によって違いますよ。客車と同じようにいろんなのがあるんです」

電話に出た駅員は答えた。

「ははあ。すると、各駅に大体何分ぐらい停車しますか？」

「そうですな。それもその列車によって違います。大きな駅でも止まらない場合もあるし、一時間以上止まることだってあるんです」

「その貨車内では、係の人が乗り込んでいて、始終、荷物の整理をやっているんでしょうね？」

「いいえ、貨車には誰も乗りこんではいませんが、貨物列車の車掌が送状を見ながら指揮しています」

「どうもありがとう」

それでも、問題のトランクの内容物が途中で人間の死体と入れ替わることは不可能だろう。その列車に乗っている専務車掌たちが全部共謀でやるなら別だが、まさか、そんなことは考えられない。

いや、百歩譲ってそれが可能だとしても、山崎治郎はトランクを送り出したあと、その貨物列車を追いかけて自分でトランクの中に入って絞殺死体となったことになる。入れ替えがどこの駅で行なわれたにせよ、彼は（もしくは彼の死体は）十六日の四時三〇分大宮《おおみや》発の貨車に間に合わなければならぬ。

（待て待て）

底井武八は、このトランクが、田端から大宮に運ばれ、翌十六日の四時三〇分の発車まで、大宮に残っていたことに気づいた。

そのトランクは十五日の夜一晩じゅう大宮駅に止め置かれていたことになるのだ。では、犯人がトランクの置かれている倉庫に忍び入り、問題のトランクを引っ張り出して、どこかで殺した山崎治郎の死体を運んできてその中に入れ替えたのであろうか。

これも不可能だ。

倉庫に忍び入ることはともかくとして、山崎治郎の死体をよそからどのような方法でそこまで運んでくるか、また、夜警の警備員に発見されることなく、トランクの内容物を入れ替えることが可能かどうか。さらに、その入れ替えが終わったとしても、前に詰めた六十数キロもの偽装内容物を誰にも見咎《みとが》められることなく構内外に運び去ることができるだろうか。

この設問は三つとも否であった。到底、そんなことは出来そうもない。

底井武八は、山崎治郎が荷物を駅に自ら運んだという想定を起点としてあらゆる可能性を検討してみたが、全部それが成立しないことが分った。

この点、捜査本部は気楽なものだ。トランクを持ってきたのが全然別人で、山崎治郎に似ていたという係員の証言をあたまから当人ではないと否定している。底井武八が独りで知恵をしぼっているのだった。

さて、捜査本部といえば、その後の捜査に見るべき進展がないらしく、何の連絡もかかってこない。――


底井武八は、六月三十日の朝、上野駅を発《た》って福島に向かった。着いたのが昼過ぎだった。

彼は駅前からタクシーで競馬場に直行した。

福島競馬場は街の中にあった。一昨日《おととい》で六日目が終わり、きのうから五日間の休みだった。しかし、競馬場の正面にはまだ旗が立っていたりして、観衆こそいないが、ひどく景気がいい。

底井武八は、目下福島にいる西田調教師に会いに来たのだ。彼はまだ一度も西田孫吉に会っていない。山崎の線を追う以上、どうしても一度はこの高名な名調教師に会う必要があった。

競馬場で、西田厩舎《きゅうしゃ》所属の馬はどこに入っているか、と訊《き》くと、若い厩務員《きゅうむいん》が、五番厩舎だ、と教えてくれた。そこは棟割長屋のように並んでいる厩舎のはしのほうだった。

底井武八は、青いペンキで塗られている厩舎へ向かって歩いた。

さすがに開催中だから人が多い。調教師、騎手、厩務員といった連中がうろうろしている。馬主らしい男や、新聞社の連中や、予想屋とも見える得体の知れない男たちが随所に徘徊《はいかい》していた。

ほうぼうで曳馬運動《ひきうまうんどう》が行なわれているし、馬場では五、六頭の馬が走っていた。攻め馬を見ている人の群れも、あちこちに集まっていた。

底井武八は、そんな光景を見ながら五号厩舎の前に着いた。

どこの競馬場も、厩舎となると同じような建物だ。

「こんにちは」

底井武八は厩舎の表から顔を出した。

中はガランとしている。馬もいなかった。西田孫吉はこの福島競馬に二頭持ってきたそうだが、その姿がないところを見ると騎手の攻め馬を見ているのかもわからなかった。

　それでも、彼の声をきいて暗い馬房から二十歳くらいの若い男が飼葉桶《かいばおけ》を抱えて出てきた。

「何ですか？」

　若い男はシャツに半ズボン姿だったが、騎手見習いかもしれない。

「西田さんはいませんか？」

「あなたは？」

　若い男は訊いた。

「東京のR新聞社の者です」

「ははあ、やっぱり競馬の記事を書きに見えたのですか？」

「ええ、まあ、そういったところです……西田さんにぜひ会いたいのですが」

「先生はいませんよ」

「どこかお出かけですか？」

「馬場じゃないですか。先ほど攻め馬を見に出て行ったようですからね」

「では、そっちのほうに行ってみましょう……ときに、立山先生はまだこっちですか？」

「立山先生なら一昨日の夕方、東京に帰られましたよ」

「そうですか、レースを見て帰られたわけですね。わかりました。どうもありがとう」

底井武八は行きかけたが、思いついてまた振り返った。

「末吉さんも、たしか、こちらでしたね?」

「ええ、来ていますが、やっぱり馬場のほうだと思います」

「どうも」

今日も強烈な太陽がふりそそいでいる。馬場の砂が眩《まぶ》しいくらいに白く光っていた。その中に三頭の黒い馬がばらばらに走っていた。

底井武八は、柵《さく》の横に立っている五、六人の男たちに近づいた。彼らは一心に馬の疾走を眺めている、ストップウオッチを持ち、手帳を構えている人間もいた。

底井武八は西田に会ったことがないのでその顔が分らない。

「失礼ですが、この中に西田さんはいらっしゃいませんか?」

彼はみなに訊いた。

「いないよ」

予想屋のような、きたないハンチングを被《かぶ》った男がそっけなく答えた。もっとも、ほかの者は素知らぬ顔をしている。そんなことよりも、いま走っている馬に眼を奪われていた。

「いい時計が出るな」

一人が言っていた。

「ヒノデカップは、大ぶん仕上がってきたな。さすがに西田だね」

「ハロン・タイムはいくら出ている？」

「三十七・二秒だ」

ストップウオッチを持った男がいった。

「これは、馬ナリだからね。強目に追ったらすごい脚だろう」

底井武八は「西田の馬」と聞いて、そこに佇《たたず》んだ。

眼をやると、走っていた馬は並足に戻りかけている。

「ヒノデカップの馬主は立山寅平だったな。一昨日、スタンドに顔が見えていたよ」

「あの馬には、立山も西田も力を入れている。この秋の菊花賞を狙っている」

「しかし、ここに送られて来る途中、ちょっと病気になったらしいな。いま見ると、そんな気配は全然感じられないがね」

「そうかい。どこが悪かったんだ？」

「ジステンパーの疑いだったそうだ。厩務員が心配して獣医さんを呼んだりなどして騒いだそうだが、この調子では完全に元気になっているね」

疾走を終わった馬は、ゆっくりと陽の輝く馬場を歩いていた。騎手がその首を叩《たた》いたりしている。

その正面にも三、四人の人影がかたまっていた。底井武八は、その中に西田孫吉がいるような気がして歩き出した。

近づくと、さきほどの馬から騎手が降りて、二、三人の男と話している。四十二、三歳くらいの大きな体格の男がいたが、底井武八は、それが西田だろうと思った。

が、すぐには声がかけられなかった。西田は何やら相談の最中である。

ふと、後から厩務員が一人、歩いてくるのが見えた。強い陽射しで帽子の下の顔が黒くなっているが、その身体の特徴で、すぐに末吉だと分った。

「やあ、末吉さん」

底井武八は声をかけた。

末吉は足をゆるめて怪訝《けげん》な視線を彼に向けていたが、すぐに、いつか府中に訪ねてきた新聞記者と分ったらしく、

「やあ、こんにちは」

健康な歯をみせて笑った。

「暑いのに、ご苦労さまですな」

底井武八は愛想よく言った。

「いや……あんたこそ、こっちまでわざわざやって来たんですか?」

「競馬が好きですからね。ほかの取材があって、仙台まできたので、帰りに寄ってみる気になったんですよ」

「一昨日《おととい》のレース、見たの？」

「それが、残念ながら、いまこっちに着いたばかりでね。仕事の都合で」

「そうそう、あんたはウチの大将に会いたがっていたね。いまそこにいるよ。会ったんですか？」

末吉のほうから訊いた。

「ええ、何だか、お話し中のようだから遠慮しているんです」

「なに、内輪同士だから構わないよ。何だったら、ぼくが口を利いてあげようか？」

「ありがとう。でも、もう少しあとにしましょう……末吉さんは、あのヒノデカップの世話を受け持っているのですか？」

「そう」

「さきほど、人が話していましたが、すごく調子がいいんだそうですね」

「まあ、どうにかね」

「輸送途中で、ジステンパーの疑いがあったということですが、その方の心配はなかったわけですね」

「ああ、おかげさまでね」

末吉はちょっと帽子をかぶり直すようなしぐさをした。

「獣医さんに来てもらったりして、何とか大事に至らずに済んだがね。一昨日まではそんなことがあって、大事をとって勝負に出さなかったが、来月のレースにはウチの大将もヒノデカップを走らせるらしいね」

3

西田と男たちの相談が終わったらしい。ヒノデカップの手綱をもった騎手も四、五人の集まりから離れた。

「そいじゃ、これでごめん」

それを見た若い厩務員《きゅうむいん》の末吉は、慌てて底井武八の傍から馬のほうへ小走りに歩いた。手綱は末吉が騎手から受け取った。彼は馬を曳《ひ》きながら馬場を通って厩舎《きゅうしゃ》のほうへ向かった。馬の背中は六月の太陽を受けてビロウドのように光っている。

底井武八は、今度こそ西田孫吉のまん前に進んだ。

「西田さんですね？」

西田孫吉は、底井武八の顔を帽子の廂《ひさし》の下からじろりと見た。

「はあ、西田ですが」

高名な調教師だけに、西田孫吉はさすがに貫禄《かんろく》があった。がっしりした両の肩の間に猪首《いくび》が坐《すわ》っていた。四十二、三と聞いたが、実際より皺《しわ》が多いように見受けられた。

「ぼくはこういう者です」

底井武八は名刺を出した。

西田孫吉はそれでも人気商売人らしく、その名刺を戴《いただ》くようにして見ていたが、すこし乱視でもあるのか、活字に眼をしかめた。

名刺には社名が入っている。西田がもし山崎編集長に会っていれば、新聞社の名前は記憶にあるはずだ。底井武八は彼の表情を窺《うかが》ったが、べつに変わった動きもない。知っているのか、知らないのか、それとも、とぼけているのか、よく判断がつかなかった。

「東京からわざわざみえたのですか？」

西田孫吉も末吉と同じようなことを訊《き》いた。

「はあ」

「そりゃ御苦労でした。やはり馬の取材でしょうね？」

「いや、今日は少し違うのです。ほかのことを訊きたいと思ってきたのです」

「馬のことじゃないんですか？」

西田は妙な表情をした。ちょっと意外という面持ちだった。

「では、何ですか？」

陽がじりじりと上から照りつけた。白い砂が下から照り返しているので、余計に暑かった。

「まあ、ここに立っていては暑いから、歩きながら話しましょう」

西田孫吉は脚を前に動かした。

「実は、妙なことを伺うのですが」

底井武八も彼と肩を並べた。

「西田さんは、ぼくの社の山崎という編集長をご存じでしょうか？」

「山崎さん？」

問い返しておいて、首を捻《ひね》った。

「さあ、知りませんね。どういう人ですか？」

「たしか、前に西田さんを府中にお訪ねしたことがあるはずです。本人はそう言って社を出たことがありますからね」

「いつごろですか？」

「最近です。といっても、一と月ぐらい前ですか」

「ああ、そいじゃ、わたしが大阪に行った留守じゃなかったかな」

「留守番の方からそのことをお聞きになったんですか」

「いや、そうじゃないんです。そういう話は初めて聞いたんですが、先月の半ばごろというと、そのころはわたしが府中にいなかった、というだけです」

西田孫吉はそう言いながら不思議そうな顔をした。

「その山崎さんが、どうかしたのですか？」

底井武八は、西田がとぼけているのではないかと思った。トランク詰めの死体のことは、東京の新聞にも出ているし、この地元の新聞はもっと大きく騒いだに違いない。全然出ないはずはないのだ。とかく地方紙は、東京のことだとわりと詳しく載せる傾向がある。

だが、どこか大人風な顔付きをした西田は、はっきりとした変化を現わさなかった。

底井武八は、一応、山崎の殺害された話をあと回しにすることにした。

「ぼくは、てっきり、西田さんがうちの編集長に会って下さったものと思っていたんです。そうでしたか。お会いにならなかったんですね？」

「そうなんですよ。わたしは全然憶《おぼ》えがありません。一体、山崎さんはわたしに何の用事があったのですか？」

「うちの編集長は、あなたに岡瀬正平さんのことを訊きに行ったのだと思います」

「岡瀬正平ですって？」

「ご存じでしょう。例の公金つまみ食い事件の主人公ですよ。そして、この先の飯坂温泉近くで殺された男です」

「その人の名前なら知っています」

西田はうなずいた。

「あの公金費消事件は有名ですからな。それに、あの人の最期があんな風ですから、余計に印象に残っています……で、岡瀬さんのことを調べていたその山崎さんが、なぜわたしのところへ見えたのですか？」

「はあ。それというのが、西田さんが岡瀬正平をご存じだと思ったからです」

「わたしがですか？」

西田厩舎主の茫洋《ぼうよう》とした顔は、ここで初めてびっくりしたような表情を浮かべた。

「そりゃ無茶ですよ。わたしは岡瀬さんという人の名前だけを知ってるんですからね。個人的には何の関係もありませんよ」

「本当ですか？」

思わず底井武八は訊いた。そんなことはあり得ない。やはり西田がとぼけているとしか思えなかった。

「嘘は言いませんよ」

西田孫吉は答えた。

「そりゃね、岡瀬という人が、当時、うちの厩舎にちょいちょい姿を見せていたことは知っています」

「やっぱりそうですか？」

「誤解されては困ります。それは、わたしに会いに来たんじゃないですよ。厩務員の末吉のところに、ちょくちょく脚を運んでいたのです。ふるいことですよ。まだあの人の、例の事件が発覚せずにいたころですからね」

二人はゆっくりと厩舎に向かっていた。

うしろから、四、五人の男づれが二人を追い越した。やはり競馬関係者らしく、専門語を混じえながら声高に馬の話をしていた。

「そのころ、岡瀬君は、何の用事で末吉君に会いに来ていたんですか」

底井武八は西田孫吉と歩きながら質問をつづけた。

「馬ですよ。馬の情報を聞きに来たんです」

西田は陽を眩《まぶ》しそうにして答えた。

「どういうきっかけで末吉と知り合ったか知りませんが、競馬がはじまると、岡瀬さんはさかんに彼のところに来ていたようですな。それに、岡瀬さんは気前がよくて、謝礼のつもりか、末吉にかなりの小遣いをやっていたようです。末吉の情報であの人が儲《もう》けたかどうかは知りませんがね」

「末吉さんにだけ会って、あなたには会わなかったのですね？」

「とんでもない。わたしはあの人を警戒していましたよ。それというのが末吉の話だと、えらく馬券を買うんですね。当時はまだ二十一、二歳ぐらいだったでしょうね。そんな若い人が大きな金で馬券を買えるはずはない。末吉に訊くと、N省の官吏だそうで、これは面白くないことをしていると思いましたな」

「なるほど」

「競馬では、将来性のある若い人が身を亡ぼしています。大てい、会社の金の使い込みですな。わたしも末吉から岡瀬さんのことを聞いて、こいつはいけない、役所の金を誤魔化していると、すぐぴんと来たんです。だから末吉に、お前、いい加減にしろよ、と何度も注意してやりました」

「そうですか」

「末吉の奴、わたしの前では言うことを聞くような振りをしていましたが、やはり相当な小遣いにありつくもんですから、岡瀬さんがくると対手《あいて》になっていたようです。なあに、末吉みたいな男に確実な予想がつくもんですか。そんなのを頼りにしてたら負けてしまうに決まっています。いや、これは末吉だけじゃありませんよ。競馬場の人間が勝負の結果を見通せるんだったら、とっくにブルジョアになっています。素人の人は、その辺を錯覚するんですな。案の定、すぐそのあとで、岡瀬さんの犯罪が新聞にでかでかと出ました」

「ははあ」

「わたしは、自分が関係したのではないが、やはり厩舎《きゅうしゃ》の若い者が余計なことをしたと思ったら、寝ざめが悪くてね。当時、末吉をうんと叱ったくらいです。そんなわけで、岡瀬という人は、わたしは直接には知らないが、普通の世間の人より、わりと身近には感じていましたよ」

「岡瀬君は刑務所を出てから、末吉さんのところにこなかったですか」

「いいえ、知りませんよ。そんなことはないでしょう」

「いや、実は、やっぱり末吉さんに会いに来ていたんですよ。どの程度に通ったかは知りませんがね」

「え、そりゃ本当ですか？」

「末吉さんがそう言うのだから、間違いありません」

「あいつ、しょうのない奴だな」

西田はむずかしい顔をして舌打ちをした。

「いや、これは末吉さんに内緒にして下さい。あまり叱らないで下さいよ。岡瀬君は御承知のようなことになって、もう、二度と末吉さんに会いにくることは出来なくなったんですからね」

「そりゃそうですな」

西田は苦笑した。

厩舎の建物が近くなってきた。

「つかぬことを訊《き》きますが、西田さんは立山前代議士の馬を預っていらっしゃるそうですね？」

「ええ。立山先生とは旧《ふる》いつき合いです。いま、わたしのほうに預っているのは、ヒノデカップという馬と、ほか二頭ですが、その前には、京都で優勝したミンドニシキという馬も預っていました」

「そうですか。ぼくは、いま、その辺に立って人の噂を聞いていたんですが、ヒノデカップというのは優勝候補だそうですね？」

「さあ、どうでしょうか。これぱっかりは走らせてみないとね。まあ、そう惨敗はしないつもりですが」

「立山さんは一昨日《おととい》、東京に帰られたそうですね？」

「ええ。先生は、秋田のほうの会の帰りに、馬の調子を見にこられたんです」

「やっぱり先ほどの人の話ですが、ヒノデカップは、こちらにくる途中、ちょっと調子が悪かったそうですね？」

「そうなんです。わたしはあとからこちらへ来たので、着いてから聞いたのですが、厩務員《きゅうむいん》の末吉が大分心配したようです。でも、それは別段のことはなかったので、わたしも安心しました」

底井武八はおやっと思った。

いま、西田孫吉は、あとから福島に来た、と言った。そのことは確かに前にも聞いている。西田は立山前代議士のあとを追うように十六日に東京を出発して秋田に向かったはずだ。

十六日。——

これは問題だぞ、と心の中で緊張した。

「西田さん、あなたは十六日に秋田にいらしたのですか？　それは上野を何時の汽車にお乗りになったんですか？　いや、こんなことをお訊きするのは、実は、ぼくも近いうちに東京から秋田に行くことになっているので、便利な汽車を知りたいのですが」

底井武八はそんなふうに訊くと、西田孫吉は答えた。

「そうですね。東京から秋田に直行だと、立山先生がお乗りになった二一時四〇分の急行『津軽』が一番利用されているようですね。これは翌朝の八時五〇分に秋田に着きます。わたしの乗ったのもそれです。上野を朝の九時三五分に発車する急行『鳥《ちょう》海《かい》』もありますが、これだと、夜の八時一五分に着くのです。直行にしても、ちょいと便利の悪い列車ですね」

　底井武八は、西田が十六日の急行「津軽」を利用したのを確かめた。が、万一、急行「鳥海」であったとしたら山崎治郎のトランクの輸送とどう関連してくるか、あとで時刻表を調べてゆっくりと検討することにした。

「底井さん、一体、あなたは何を訊きにぼくのところに見えたのですか？　その山崎さんという編集長の人がどうかしたのですか？」

　西田にとっては、もっともな疑問だった。

「実は、その山崎が殺されたんですよ」

「何ですって？」

「新聞でご覧になりませんでしたか。トランク詰めの死体となって、郡山近くの田舎で発見された事件で、いま大騒ぎになっているんです」

「ああ、そういえば、この間、そんな記事が出てましたな」

　西田は思い出したように言った。

「あれが山崎さんでしたか。いや、わたしは忙しいので、ロクに内容を読んでいませんが、見出しだけは憶《おぼ》えています……そうでしたか、あれが山崎さんという人でしたか」

　西田は、いまさらのように眼をむいていた。

「そうでしたか。しかし、お気の毒ですがいまも言う通り、わたしは山崎さんには会ったこともありませんからね」

彼は俄《にわ》かに警戒したようだった。

「どうも失礼しました。西田さんはこの競馬が終わると、すぐ東京に帰られるのですか？」

「七月五日が最終日ですが、馬の輸送の問題もあったりして、あと一日くらいはこちらに残ることになるでしょう」

「ご苦労さまです。いろいろなことをおたずねして済みませんでした。では、失礼します」

「そうですか、ご免なさい」

西田は帽子の廂《ひさし》に手を当て、愛嬌《あいきょう》よく頭を下げた。

底井武八はひとりになって、厩舎から門のほうに歩いた。末吉にももう一度会ってみたい気持ちもないではなかったが、いま忙しそうだし、必要があればあとでも出直せると思った。

折りから三人の厩務員風の男が話しながら通っている。

「お前のとこの馬は、貨車が取れたかい？」

「手配だけはすませた。勝負に見込みがないから早いとこ東京へ帰《け》えすことにしている。明後日《あさって》あたり馬を積み込むよ」

「お前がついて行くのか」

「そういうことになるだろうな」

底井武八は、この会話を何気なく聞いているうちに、はっと足をとめそうになった。

（そうだ、馬は貨車で輸送することもある。馬には厩務員がつきそって一しょに貨車に乗り込む。現に、末吉はヒノデカップが輸送途中で調子が悪くなって、ひどく心配したといっていた）

いったい、ヒノデカップはいつごろ東京を積み出されたのだろうか。

底井武八は横を歩いている三人づれの厩務員に声をかけた。

「もしもし」

その中のひとりが立ちどまってくれた。

「つかぬことを伺いますが、西田厩舎《きゅうしゃ》のヒノデカップはいつ東京から送り出されたかご存じないでしょうか」

三人の厩務員は、顔を見合わせていたが、ひとりの背の高い男が答えた。

「ヒノデカップは、たしか、うちの馬を出した翌日に積んだと言っていたから、十五日の朝の貨車だと思いますよ」

東京に帰った底井武八は、列車について二つの調査をした。

一つは、西田孫吉が挙げた急行「鳥海」のことだ。

時刻表を見ると、この列車は上野駅を九時三五分に発車している。これは宇都宮に一一時一八分、白河《しらかわ》に一二時四四分、郡山一三時二二分、福島一四時九分と、それぞれ到着する。

問題の郡山駅には一三時二二分に着き、一三時二五分に発車している。

この駅で、山崎の死体を詰めたトランクが何者かに受け取られたのは、その日の二一時である。

この間、約八時間の余裕があるのだ。

もう一つは、末吉がつき添って福島に向かった馬の輸送貨物列車である。

これは田端駅から出ていることが分った。

この貨車は、十五日の二〇時五〇分に発車している。もっとも、馬はその日の朝すでに積み込まれている。田端駅で訊くと、その貨車は各駅停車になっていて、十六日の二三時五〇分に福島駅に着いている。

「田端駅を十五日に出て、十六日に福島に着いたとは、ずいぶん、長いことかかったもんですね？」

底井武八がおどろくと、牛、馬、豚などを積んだ貨車は、停車中に水を与えたり、カイバをやったりするので、ひどく時間を要するという駅員の話だった——。

六章　工　作

1

底井武八は、福島競馬に出場するヒノデカップを乗せた貨車が東京田端《たばた》駅を六月十五日の二〇時五〇分に発車しているのに、翌日の十六日二三時五〇分にやっと福島駅に着いたという事実にひっかかった。

競馬場関係の厩務員《きゅうむいん》たちに確めると、家畜輸送車は、それに積んだ牛、馬、豚などに停車中水を与えたり、カイバをやったりするので輸送時間が長くかかるということだった。殊に競馬ウマは大事に取り扱われるので、付添人の鄭重《ていちょう》な世話のもとに送られる。それで、カイバをやるにしても、水を飲ませるにしても、普通の家畜以上に鉄道のほうも便利を図ってくれるということだった。

しかし、それにしても遅すぎる。急行列車とは比較にならないが、急行だと東京から福島の間は約五時間である。一方は約三十時間もかかっている。

底井武八は、そのことを府中《ふちゅう》の競馬関係者に訊《き》いてみた。

「それはちょっとかかり過ぎていますね」

その人も首をひねっていた。

「いくら遅くても、もう少し早く着くと思いますがね。何か途中で事故でもあったんじゃないでしょうか」

事故？

そうだ、それはあった。──

厩務員の末吉の話だと、ヒノデカップは、輸送途中で病気になったと言っていた。福島競馬場では、ほかの厩務員たちが当の末吉にその調子を訊《たず》ねたりしていた。

ヒノデカップは調教師の西田孫吉が馬主の前代議士立山寅平から預っている。これはサラブレッドの四歳馬で、これまで中山《なかやま》競馬と中京《ちゅうきょう》競馬で二回優勝している。西田厩舎《きゅうしゃ》の中でも指折りの駿馬《しゅんめ》だ。

その世話をしている厩務員の末吉は、しかし、馬の病気は結局大したことはなかったとも言っていた。

だが、輸送途中の馬が故障を起こしたのだから、末吉は万全の処置をとったのだろう。或《ある》いはその手当てのために家畜輸送車が遅れたのではあるまいか。

その家畜輸送車の専務車掌に会って当時の話を詳しく聞いてみよう、と底井武八は考えついた。

一方、トランクを積んだ貨車は、彼は福島県警捜査一課の臼田警部補から聞いている。捜査本部になっている郡山《こおりやま》署での話だ。貨車の番号一九一であった。六月十六日四時三〇分大宮《おおみや》発である。

この事件は一挙には解決できそうにない。一つずつ不審なところを片づけてゆくとだ。地道にやろう。たとえ目算がはずれても、がっかりしないでつづけてゆこう。

底井武八は、その日、田端駅の車掌区事務所に訊ねて行った。事務所は普通の駅から少し離れたところに建物があるが、機関庫があるので、あたりには線路の数が夥《おびただし》い。機関車が単独で走っていたり、車庫から引き出されていたりしている。うかつに歩いていると、不意にうしろから走ってくる機関車に轢《ひ》かれそうな錯覚が起きる。

車掌区事務所のあたりをうろうろしている車掌の一人を底井は捕まえ、こういうことを聞きに来たんだが、誰に訊ねたらいいかとたずねると、それなら二階に行ってくれ、という。底井武八は階段を上がった。

二階は事務所になっている。ここはさすがに机がずらりとならび、制服の駅員がそれぞれ事務を執っていた。

その中の年輩らしい男のところに底井武八は頭を下げて近づいた。

「六月十五日当駅二〇時五〇分発の貨車ですね？」

背の高い男だったが、底井武八の質問をメモに書いて、

「ちょっと調べてみましょう」

席を起《た》って行った。見ると、壁際に置かれてある戸棚の前に行き、戸を開けて何やら探している。

底井武八はぽつねんと待って煙草を吸った。窓の外には暑そうな空がひろがり、ガラス戸越しに絶えず列車の警笛が聞こえてくる。

しばらくしてその人は戻ってきた。

「わかりましたよ。勤務表を見ましたところ、その貨物列車の専務車掌は横川修三という男でした」

「どうも……その方はいま出勤していらっしゃいますか？」

「いや、いま出勤簿を見たんですが、今日は非番になっていますよ。多分、家にいるでしょう」

「お宅はどちらですか？」

すると、その人は、自分の席から四つぐらい先のほうにいる駅員に腰を浮かして呼びかけた。

「おい、中村《なかむら》君。横川修三の家は、たしか、きみの家の近くだったな？」

若い駅員が上体をこちらにねじ向けた。

「はあ、そうです」

「どこだい？　いま人がみえて横川君の家を訊かれているんだが」

「あいつの家だったら、鬼子母神《きしもじん》の近くですよ。雑司ケ谷《ぞうしや》の鬼子母神です。大きな榎《えのき》が境内にありますが、それを目じるしに、そこから左に曲がると、小さな路地があります。その辺に行って青葉荘《あおばそう》と言えば、すぐにわかります。奴はその二階の３号室に住んでいますから」

「どうもありがとうございました」

底井武八は叮寧《ていねい》に礼を述べて、二階から土足で汚れた階段を降りて行った。

また歩いて田端駅に出たが、雑司ケ谷に行くには池袋《いけぶくろ》駅で降りるのが便利だ。国電で同駅まで行き、駅前からタクシーで鬼子母神の近くに走らせた。歩くとかなりな距離だ。あの駅員の言ったように、大きな榎の木が見えた。

教えられた通り、榎を目標に左の路地に折れると、まさにその言葉の通り「青葉荘」という標札のかかっている古いアパートの前に出た。二階には階下《した》の土間から直接に上がれるようになっている。底井武八は靴を脱いで蒸れた靴下のまま階段を上がった。細長い廊下がすぐにつづいているが、３号室は角から二つ目だった。標札はないが、ガラス戸の中で人の影が動いている。

「ごめん下さい」

ノックして声をかけると、二十五、六ぐらいの女が顔を出した。

「こちらは横川さんでしょうか？」

「はあ、そうですが」

まるい顔の女は底井武八の顔を不審そうに見上げた。

「ぼくはこういう者です」

まず、名刺を出しておいて、いま車掌区でこちらのことを聞いてきたのだと付け加えた。

細君は奥へ行って何か話している。男の声が聞こえていた。奥といっても二間しかなく、入口から見えないようにカーテンが長く垂れ下がっていた。

「どうぞお上がり下さい」

そのカーテンを開けて細君が戻ってきた。

底井武八が、失礼します、と言って細君のあとにつづくと、窓際に近いところにかたちばかりの応接セットがある。彼はその一つに腰を下ろさせられた。

間の襖《ふすま》を開けて二十八、九ぐらいの、背の低い、色白の青年が浴衣がけで団扇《うちわ》を使いながら底井武八の前に出た。

「横川です」

「どうも突然に伺いまして」

底井武八は、自分の職業を名刺の通りに述べて挨拶《あいさつ》をした。

開け放たれた横の窓からは屋根の照り返しのむし暑さだけが入ってきて、風はちっとも当たらない。デパートの屋上の上にアドバルーンが茹《ゆだ》ったように静止していた。

横川修三は新聞社の取材で記者が来たように思い、怪訝《けげん》そうにしているので、

「いや、今日は個人的なことで、ちょっとお伺いに上がったのです」

底井武八はまず対手《あいて》を安心させた。

「ははあ」

「実は――」

と底井武八は切り出した。

「ぼくは、競馬関係もちょっとやっておりますが、六月十五日の二〇時五〇分に田端を発車した貨物列車は、横川さんが専務車掌をやっていらしたそうですね？」

「ええと、ちょっと待って下さい」

横川修三は頭を傾けて思い出すようにしていたが、

「列車番号は忘れましたが、確かに、十五日の二〇時五〇分発貨物列車は、ぼくが専務車掌として勤務していました。それはおぼえています」

と明言した。

「そうですか。では伺いますが、実は、福島競馬に行く馬が輸送されていたんですが、ご記憶がありますか？」

「ああ、思い出しました。確かに、競馬の馬がつながれていましたね」

「その馬に付いて行った厩務員《きゅうむいん》は、府中《ふちゅう》の西田厩舎の末吉というんですが」

「さあ、名前は忘れてしまいましたがね……その末吉という人は、三十七、八くらいの背のずんぐりした、頑丈な身体の人じゃなかったですか？」

「その通りです。それが厩務員の末吉君です」

「それでますますはっきりと記憶に出てきましたよ。ずい分馬を可愛がる厩務員さんだと思いましたからね……で、それがどうかしたんですか？」

「ええ、いいえ。大したことではないんですが、個人的に知りたいことがあって参ったのです。どうぞ教えて下さい。その貨物列車は福島に着いたのがひどく遅れたそうですが、事実ですか？」

「そうです、本当です」

横川車掌はすぐに肯定した。

「なにしろ、あれは予定通りに走れば、福島に着くのが十六日の一三時だったんですからね。それが、えらく遅れて二三時五〇分に着いたんですから、大へんな遅れでした」

「何か、事故でもあったんですか？」

「いや、事故といえば事故ですが……実は、こういう次第です」

細君が冷たいジュースを運んできた。横川修三はそれを飲み乾《ほ》して言った。

「その競馬ウマに付いていた厩務員は、そう、末吉さんといったと思いますが、ちょうど宇都宮辺りを発車したときでした。末吉さんがぼくのいる後尾の車掌室に連絡にきましてね。いま馬の調子が悪いから、獣医さんを呼びたいというんです。しかし、獣医さんを呼ぶといっても、どこかの駅に長く停らなければできないことだし、ぼくは一応断わったんです。すると、その厩務員さんはえらく憤《おこ》りましてね。普通の馬と違って、一億円もかかっている競馬ウマだから、それくらいは便利を計ってくれというんです。まあ、いろいろのやりとりはありましたが、結局、厩務員の勢いに負けて、ぼくは獣医さんに診て貰《もら》う間、三、四十分くらいならよかろうと妥協したんです。これがいけなかったわけですよ」

「なるほど」

「獣医さんをどの駅で呼ぶかということになりますと、もう宇都宮を過ぎたのだから、あとは小さな町ばかりで、とてもそんなところに獣医さんがいるとは思われません。ぼくがそういうと、いや、矢板《やいた》駅に少し長く停ってくれたら、土地の獣医さんを呼んでくるというんです。末吉さんは、矢板の町には附近の田舎に馬市などがあったりして、そこに獣医さんが必ずいるはずだといって譲らないのです。ぼくは不案内だから、では、最大限四十分間だけ特別に矢板駅の停車を延長させましょう、その間に、獣医さんを呼んできて治療をすませてくれと頼んだんです。ところが、問題はその時刻です。宇都宮を出たのが午前三時五分で、矢板駅に着くのが五時一〇分になります。ところで、いくら獣医さんが矢板の町にいるとしても、そんな早朝に果して来診してくれるだろうかというのがぼくの疑問でした。すると、末吉さんは、いや大丈夫だ、獣医さんがいれば叩《たた》き起こして事情を話し、必ず連れて来るようにする、競馬ウマのことだから、獣医さんもよく分っているはずだといいました。一体馬の病気はなんですかと訊《き》くと、どうも胃腸を害したらしい、いまのうちに治療しておかないと、今度の福島競馬に出せなくなる、悪くすれば薬殺だ。そうなると、馬に付き添って一しょに乗っている自分の責任になるというわけです。事実、蒼《あお》い顔をして神経質になっている厩務員さんの困った表情を見ると、ぼくも、とうとう断わりきれなくなったわけですよ」

「それで、獣医さんを呼んできたわけですか？」

「呼んできました。矢板駅に着くや否や、すぐに末吉さんが外に駆け出しましたよ。獣医さんというのは六十ばかりの老人で、真白い口髭《くちひげ》を生やしていました。そう、瘠《や》せた人でしたね。懐中電灯で末吉さんが案内し、その家畜車の中に入ってきたのです……ところが、ぼくは四十分間の停車と決めていたのに、獣医さんを呼んでくるのにまず、三十分近くかかり、それから治療で一時間です。いらいらするけれど、まさか途中で発車するわけにもいかず、結局、なんだかんだで一時間半ほどかかりました」

「ははあ」

「三、四十分くらいの延着だったら、わざわざ福島の車掌区や機関区に断わらなくともいいのですが、こんなに遅れると、やはり詳細な連絡をとっておかなければなりません。ほかの列車のダイヤとぶつかるからです。結局、一時間半の遅れが、大そうな狂いとなって、ほかの予定列車を通す関係上、とうとう矢板駅を発車したのが、その日の午後三時一〇分でしたよ」

「へえ。そうすると、十時間も矢板駅にエンコしてたわけですか？」

「そうなんです。ぼくは、お蔭《かげ》で車掌区の主任さんからえらいお目玉を喰いましたよ」

「それはお気の毒でしたね」

「しかしですね。どうも、厩務員の人が一生懸命に馬を介抱しているのを見ていると、ぼくも打たれました。あれが人間以上の愛情というんでしょうか、徹夜で馬の看護してるんです。その厩務員さんはずっと睡《ねむ》らないままでいましたよ。あれくらいの愛情を馬にもっていないと、まず厩務員という商売は勤まらないでしょうね。いや、ほんとに、あの尽くし方には感激しました。ぼくが病気になっても、ウチの女房なんか、あの半分も世話してくれるかどうかわかりませんよ。馬のほうが羨《うらや》ましくなりました」

横川車掌は口を開けて笑った。

「で、その馬は癒《なお》ったんですか」

「さいわい、何ンでもなかったようです。獣医さんも帰るときには、これしきのことでおれを呼びに来るなんてひどい奴だと厩務員さんに憤っていましたよ」

府中の競馬関係者が首をひねるくらい遅れた貨物列車の原因はこれで分った。また、馬の故障の一件もはっきりとした。

「その獣医さんの名前は何というのですか？」

「さあ、それは聞いていませんから分りません。しかし、矢板の町は小さなところだし、獣医さんといえば、どうせ一軒くらいだろうからすぐ分るんじゃないですか？」

「そうですね、いや、どうもありがとう」

底井武八は頭を下げて起《た》ち上がった。

2

底井武八は栃木県矢板駅まで行くことにした。

厩務員の末吉が馬の不調子でその介抱をしたために貨物列車が遅れたことは、専務車掌の横川修三の言葉で具体的にはっきりした。今度は当時の状況を知ってみたい。そのためには、矢板の町から末吉が呼んできたという獣医に会ってみたいのだ。

横川車掌は列車の最後尾にいることになっているので、いつも末吉と馬のいる家畜車をのぞきに来たわけではあるまい。彼が感激した末吉の介抱ぶりも、暇をみてのぞきに来ただけだろう。本当のところは獣医から正確に聞かなければならない。

底井武八は上野《うえの》を発《た》った。矢板駅は宇都宮から六つ目で、上野からほぼ二時間四十分ぐらいのところだ。

矢板の淋《さみ》しい駅に下りた。駅前広場には「鬼怒川《きぬがわ》温泉行」「烏山行《からすやま》」「塩原《しおばら》温泉行」などのバスがならんでいる。底井武八も、少し暇になったら、こういう温泉にゆっくり浸りに来たいと、バスの標識を羨しそうに眺めた。

底井武八はこの事件の調べに専念しているが、新聞社では自分のところの編集長だった山崎治郎が被害者なので、現在のところ何んとか給料だけは呉《く》れている。しかし、小さな新聞社だから、いつ何どき、そんな暇な調べは打ち切って帰社しろと言うかもしれないし、悪くすると馘首《くび》になるかもしれない。絶えず生活をうしろに背負っての調査だから、余裕のある気持ちなどは起こりはしなかった。

当の獣医はすぐに分った。やはりこの町では一軒しかないので、最初訊《たず》ねた人間はその道順まで教えてくれた。名前は佐座《さざ》家畜病院というのだった。

駅前から八百メートルくらいある。なるほど、この距離なら、末吉が貨車の停っている駅から往復するのにかなりの時間がかかるはずだと思った。佐座家畜病院は表構えだけは青ペンキか何かで立派そうに誤魔化しているが、田舎のことだから極めて貧弱な安建築だった。

底井武八が入って行くと、看護婦のような女が顔を出した。眼の吊《つ》り上がった中年女だ。

先生にお目にかかりたいと言うと、すぐに応接間にあげてくれた。生ぬるい扇風機が回っている。そんな風よりも、開け放たれた窓から青田を渡ってくる大きな風のほうがよほど涼しかった。やはり田舎の景色だ。

白い上張りを着た老人が入って来た。横川車掌の言ったように白い口髭を生やしている。顴骨《ほおぼね》の張った痩《や》せた小男で、眼がくりくりしている。血色はいい。

「こういう者です」

名刺を出すと、獣医はそれを受け取って、上張りのポケットから老眼鏡を取り出して眺めた。

「なるほど、東京からおみえになったんで？」

「そうです」

「まあ、どうぞ」

腰を下ろしたところに看護婦がサイダーを持ってくる。

「実は妙なことをお訊ねにきましたが」

底井武八は用件を早々に切り出した。

「といったようなわけで……」

長い話を終わった彼は泡の立っているサイダーのコップに口を付け、

「そのとき馬を診にこられたのはやはり先生ですか？」

「そうです、私です」

佐座獣医はこっくりとうなずく。痩せているので咽喉《のど》の皮がたるみ、筋ばかりが浮いていた。

「それはたしかにわたしが診たのですよ。お話のように……さあ、日にちははっきり憶《おぼ》えていないが、たしかそのころの朝早くのことでした。そうですな、やはり六時ごろでしたか、表の戸をどんどんと叩く人がいるので、わたしは窓から首を出したんです。獣医というのは内科と違って急患があるではなし、早朝に起こしにくるのは珍しいわけです。訊いてみると、あなたがおっしゃったような事情を言い、ぜひ、駅に停っている家畜車まで馬を診に来てくれ、と言うんです。わたしは夜があまり睡れない性質《たち》なんで、寝不足だったが、差し当たりの道具を鞄《かばん》に詰め込んで、その厩務員《きゅうむいん》の案内で駆けつけたわけですよ」

「馬の状態はどうでしたか？」

「はじめ、その厩務員の言うには、自分の護送している馬の調子がどうもおかしい。ひどく疲れたような恰好《かっこう》で元気もない。カイバもあまり食べないようだ。それにいつものようにおとなしく言うことを聞かず、よく跳ねる。便もどうやら柔らかいようだ。大へん心配だから診てほしいというんですよ。馬は福島の競馬に出すつもりだが、病状によっては出場を取り消さなければならない。そんなわけだからぜひにと頼まれたんですよ」

「ははあ。それはどういう馬の症状でしたか？」

「わたしは馬を診る前、厩務員の口からそれを聞いたとき、もしかすると大腸カタルか、胃カタルをやったんじゃないかと思いましてね、その用意のものを持ってゆきました」

「馬も人間と同じ病名ですね？」

「おんなじですよ。で、まあ、行って診たところが、何んのことはない、ちっとも悪いとこなんかないんですよ。その厩務員が神経質すぎて、余計な取り越し苦労をしたんですね。わたしが、こりゃ大丈夫じゃないか、どこも悪いとこはないよ、と言ったら、厩務員がきかないんですね……」

佐座獣医は当時を思い出したように顔をしかめた。

「厩務員は、この馬のことなら自分が一ばんよく分っている。なにしろ、仔馬《こうま》のときに岩手の小岩井《こいわい》牧場から買ってきて、明三歳で初出場させて二着になった。自分はずっと親身になって見てきているから、この馬のコンディションはよく分っている。この馬はもしかすると伝貧《てんぴん》に罹《かか》ってるんじゃないかと思うから、よく診てくれと、こう言うんです。まあ、厩務員の気持ちは分らないことはないが、こっちは専門家ですよ、伝貧に罹ってるか、大腸カタルになっているかは、診れば分ります。伊達《だて》に四十年も獣医はしていませんよ。ところが、その厩務員は、先生、よく見て下さい。馬の眼が赤いでしょう。脚の上げ方も重いでしょうと、まるでわたしが藪医者《やぶいしゃ》か何かのように言うんです。まあ、福島競馬の勝負が眼の前に控えているので、厩務員の心配も無理はない。もし、伝貧や大腸カタルのひどいのに罹ってると、一億円もする馬もあたら薬殺ですからね。そこで、わたしは持ってきた黒鞄を開けて気休めに注射を打ってあげましたよ」

「厩務員は喜びましたか?」

「いや、あまり喜びませんでしたね」

「ほう、どうしてですか?」

「注射がまだ足りないと言い出したんです。もう少しいろいろ打ってくれとねだるんですな。わたしもしまいには腹が立ちましてね。何んともない馬に薬ばかり打ったってしようがないじゃないかとキメつけると、今度は厩務員も眼の色を変えて、もし、あんたの処置が悪くて薬殺でもしなければならない状態になったらどうするんだ、と詰め寄るんです。その場はちょいとした喧嘩《けんか》になりましたよ」

「ほほう、そりゃまたムチャクチャを言うもんですね」

「全くムチャです」

佐座獣医は苦笑した。

「そんなことで、到頭、そこに小一時間ぐらいねばりましたよ。厩務員がわたしを帰さないんです。わたしもいろいろと馬を診たが、あんな厩務員は初めてでした」

「その厩務員の名前を憶えておられますか？」

「ええと、何とか言いましたっけ……」

「末吉という名前じゃなかったですか？」

「そうそう、それです」

獣医は膝《ひざ》を叩《たた》いた。

「たしか末吉という名前でした。わたしはああいうことがあったので、福島競馬がはじまってから新聞を気をつけて読んでみると、ヒノデカップは一着を取ってるじゃありませんか。ばかなもんですよ、厩務員なんていうものは。馬のことは自分が一ばんよく知ってると、自分を買被《かいかぶ》るわけですね。それとも向こうでは、あの田舎医者に注射をさせたら馬の調子が回復したとでも思ってるかもしれませんな」

獣医は歯の抜けた口で大笑いした。

「そうすると、先生、そんなことがあったから貨物列車の出発が遅れたんですね？」

「そうなんですよ。素直に注射だけ打たしてくれたら、すぐに済んだことです。専務車掌さんが心配しましてね。時計を見ながら何度ものぞきに来ましたよ」

「そうですか」

底井武八は腕を組んだ。

この獣医の話で初めて末吉の作為が分った。末吉厩務員は病気にもなっていない馬にこと寄せてわざわざ獣医を呼び、しかも喧嘩を吹っかけて小一時間も獣医を家畜車の中に引き留めたのだ。その目的は言うまでもない。横川車掌が四十分ぐらいならと便宜を図ってくれた余裕時間を末吉は大幅に引き延ばしたかったのである。

底井武八は矢板駅のベンチに戻った。

外にはかっと暑い陽射しがあるが、ここは涼しい。都会と違って田舎の駅だから、途中で遮るもののない風は、野放図に吹き流れてくる。

(厩務員の末吉は貨物列車の出発を何のために遅らせたのだろうか)

普通なら十五日の二〇時五〇分に田端駅を発車したその列車は、福島には翌十六日の一三時に着くはずである。これは専務車掌の横川修三から聞いたことだ。

そうすると、貨物列車で普通十六時間かかるところを、その遅延のために福島着が十六日の二三時五〇分になったので、約二十七時間も要している。差引十時間の大遅延である。

では、例の死体詰めのトランクが発見された五百川《ごひゃくがわ》駅では何時の到着になっているだろうか。大体の見当では、十六日の十一時半ごろ着が正規のダイヤ時間だろう。それが以上のように遅れているから、実際は二十一時三〇分ぐらいになったと思う。

では、死体入りトランクを受け取った郡山駅では何時に着いたのだろう？　正規ダイヤでは、まず十一時ごろではあるまいか。しかし、以上の遅延によって、実際は二十一時ごろに到着したように考えられる。

例のトランクを何者かが受け取ったのは二十一時だ。これははっきりしている。末吉の乗った貨物列車の郡山到着が二十一時前後、郡山駅の荷物係からトランクを受け取った時間が二十一時。――底井武八は煙草を吸いながら胸がどきりとした。

この時刻の一致は何を意味するか。山崎編集長の死体詰めトランクが受け取られた二十一時に時間を合わせるため、末吉がわざと列車を遅らせたようにも考えられるのだ。そのための工作が馬の仮病であり、獣医との不必要な言い争いだ。こう解釈できないだろうか。

仮りに死体詰めトランクが受け取られた二十一時の前にその貨物列車が郡山駅に着

いていたとすれば、末吉は停車時間中に貨車から出て、荷物の引渡所からトランクを受け取り、それを担いで再び家畜車に戻ることが可能である。

さらに、貨物列車が動き出して何十分かののちに五百川駅に到着すると、そこでも長い停車時間を利用して、またトランクを担ぎ、家畜車から出て荷物を棄てに行くことができる。死体詰めのトランクは五百川駅からあまり離れていない所に棄てられてあったではないか。

底井武八は、これはもう一度五百川駅に行かねばならないと思った。それから郡山駅も詳しく調べなければならぬ。

彼はベンチから起《た》ち上がった。窓口の上の時刻表を見ると、あと十分で下り普通列車が入ってくる。郡山まではおよそ三時間である。

底井武八は、その列車の中で考えた。座席は空《す》いている。両方の窓は開け放されているから、入ってくる風まで真青に感じられた。

彼は手帳にメモした。

郡山駅で調べること。——

①家畜車を連結した貨物列車は六月十六日の何時に郡山駅に到着し、何時に発車したか。

②駅からトランクを受け取った男の人相は末吉に似ていなかったか。前回は手がか

りがなかったから比較はできなかったが、今度は末吉の人相を詳しく言って当時の係員に訊《き》いてみること。

③末吉がそのトランクを受け取った当人だとすれば、彼は家畜車から出て荷物の受取窓口まで歩いて行かねばならない。果して末吉は家畜車から出たかどうか。それを目撃した人間はいないか。

④そのトランクは次の駅の五百川附近で棄てられているので、郡山駅で受け取った物を家畜車に運び込まなければならない。トランクを担いだ人間が郡山駅ホームを横切って停車中の家畜車に入って行った姿を見た者がいないか、当夜勤務した郡山駅員全部について訊くこと。

⑤五百川駅で調べること。——もし、末吉が家畜車からトランクを担ぎ出して発見現場まで棄てに行ったとしたら、トランクを担いだ彼の姿を誰かが見ていたかもしれない。その目撃者について当たってみること。

彼は自分のメモをひと通り眺めて、少しばかり満足そうな顔をした。

ただ、ここで以上の推定を根底から覆す時間的条件がある。

それは、郡山駅の窓口からトランクを受け取った人間が現われたのは二十一時だとはっきり分っているので、末吉の乗った貨物列車はそれ以前に郡山に到着していなければならないことになる。もし、トランクを受け取った時間のあとに貨物列車が郡山駅に入ったなら、以上の構想はすべて崩壊する。

底井武八は沿線を眺めながら、どうか、その貨物列車が二十一時より前に郡山に到着した事実が出るようにと祈りたい気持ちだった。

しかし、もう一歩だ。もう一歩で、山崎編集長が田端駅へ担いで行って託送したトランクに、自分自身が死体となって入っていた怪談が解けそうであった。

3

底井武八は郡山駅に着いた。

郡山駅のホームは長い。ここからは、福島県平《たいら》方面と会津若松《あいづわかまつ》方面とが岐《わか》れている。

せっかく涼しい列車で来たのに、またごみごみした構内を歩くので暑くなってきた。

しかし、彼はそれを感じないくらいに期待に燃えて貨物係のところに急いだ。

厩務員《きゅうむいん》の末吉が競馬馬ヒノデカップと一しょに乗った家畜輸送車が、六月十六日の何時に郡山駅に到着したかだ。

即ち、この日の二十一時には、同駅の窓口から山崎治郎の死体を入れたと思われるトランクを何者かが受け取っている。底井武八は、それを末吉と推理しているのだ。ただ、この場合の致命的な推理の不足は、そのトランクの中にどうして山崎編集長が死体となって入りこんでいたかだ。

底井武八には一つの考えがあるが、それはまずあと回しとして、問題は、そのトランクを受け取った時刻以前に輸送車がこの郡山駅に到着していなければならないことだ。でなければ末吉が同駅からトランクを受け取ることは絶対に不可能だ。

貨物係主任は、底井武八が新聞社の名刺を出したものだから、気軽に会ってくれた。その人は、三十二、三の、よく肥えた、人のよさそうな人相をしていた。あまりに頸《くび》が太いので、制服の襟のホックがはまらないままになっている。

底井武八は、質問の要点を、まず、家畜輸送車の郡山駅到着時刻に集中させた。これが主要な目的で、あとの質問は、いわば付け足しのようなものだ。これが崩れると、あとの問い合わせもほとんど無用になってくる。

「ええと、待ってくださいよ」

貨物係主任は赤鉛筆で紙片にメモした。

「六月十五日二〇時五〇分田端発の家畜輸送車ですね？」

「そうなんです」

「家畜輸送車というと、それは何が乗っていたのですか？」

とここまで訊いて、主任は自分で気がついたように、

「ああ、福島競馬の出走馬ですね」

と言って笑った。

「そうです」

彼も競馬が好きらしい。この日付けでちゃんと福島競馬を連想している。

「いま調べてみます」

主任は、自分の机に戻って、何やら探していた。その動作は底井武八のいる所からよく見える。机の上や、横の整理棚には一ぱい書類が積み上げられてあった。主任はそれを掻《か》き回《まわ》していた。

底井武八の耳には、絶えず列車の通過する音が聞こえる。貨物引込線が近いので、運送トラックのエンジンにまじって人夫たちの話し声も高くしている。ホームのアナウンスも聞こえる。

「――郡山、郡山。磐越西《ばんえつさい》線乗り換え。会津若松・新津《にいつ》方面は乗り換えです。あと十五分の待ち合わせ。一応、待合室のほうにお入りねがいます。郡山、郡山。磐越西線乗り換え……」

底井武八は、わくわくした気持ちでそれを聞いている。主任の返事を早く聞きたい。その家畜輸送車は間違いなく二十一時以前に着いていると思うのだが、聞くまでは不

安だ。彼は、書類を探し出している主任のうしろ姿から眼を放さなかった。

するとと、彼は堆《うずたか》く積んだ紙束の下から黒表紙のうすっぺらな綴込《とじこ》みを取り出し、ひろげてしばらく眺めていた。どうやら目的のものが見つかったらしい。

主任は、にこにこしながら底井武八の前に戻ってきた。

「わかりましたよ」

彼は、指で挟んだ頁《ページ》をそこでひろげた。

「その家畜車を連結した貨物列車はですね。十五日の二〇時五〇分田端駅をたしかに発車していますが、当駅に着いたのがすごく遅れて……」

「はあ」

底井武八は固唾《かたず》を呑《の》んだ。

「当駅には翌十六日の二一時一〇分に到着しています」

「何ですって?」

貨物主任の返事に、底井武八は跳び上がりそうなくらい仰天した。

「二一時一〇分ですって?」

「そうです」

主任は、底井武八がびっくりして眼を剝《む》いているので、自分ももう一度検《あらた》めるように綴込みに視線を落とした。

二一時一〇分だと、例の死体詰めトランクが駅の窓口から受け取られた二十一時より十分も遅れて末吉の家畜車はここに到着したことになる。

二一時ぎりぎりに到着しても、末吉が貨車から降りてトランクを受け取りに行くまでの所要時間を入れると、間に合わないくらいなのに、貨車そのものが十分ものちに到着したのではお手上げだ。これでは末吉が駅の窓口に二十一時に現われる可能性は絶対にない。

底井武八は、いままですっかり積み上げられた自分の推理が他愛なく崩れ落ちるのを知った。

「その到着時刻は」

彼は喘《あえ》ぐように訊いた。

「絶対に間違いはないでしょうね？」

「間違いはありません」

主任はまるい顔に余裕のあるほほえみを見せた。

「わたしが見てるこの書類は、過去三か月間における当駅の貨物列車出入表です。ダイヤとは違って、実際にその列車が構内に入った時刻と、出て行った時刻とが記録されてあります。現場の者がいちいち確認して書いたのだから、間違えようがありませんん」

底井武八は力が抜けた。

彼は付け足しに次のことを訊《き》いたが、も早、十分の決定的なズレが分った以上、その質問はまるきり生気がなかった。

「その家畜車が当駅に着いたとき、駅員の方で、誰かその家畜車から線路に飛び降りて歩いているのを見かけた人はないでしょうか？」

「さあ」

主任は太い頸をかしげて、

「どうでしょうかね。……しかし、家畜車は、付き添いの人が馬の水を汲《く》みに出たり、自分の買物で売店へ行ったりするから、やっぱりそのときも人が降りたでしょうね」

「そこンところをもっと詳しく知りたいんです」

「どういうことをお調べになるんですか？」

主任は、底井武八があまりしつこく訊くものだから、ふしぎそうに訊き返した。

底井武八は、ここで実際のことが言えないのが残念だった。例の山崎編集長の死体詰めトランクはこの駅で受け取られているのだから、もちろん、主任はそれを知っている。いや、知っているどころか、そのことで調べに来たと言えば、大騒ぎになりそうだった。底井武八は、なるべくこっそりと調査したいのだ。

彼は、適当な口実で濁した。

貨物係主任は、持ち場を離れてどこかに出て行ったが、二十分ばかりして戻ってきた。小肥《こぶと》りの彼は、帽子を取った額や首筋に汗を流している。

「どうもすみません」

底井武八は恐縮した。

「いや、暑いですな」

主任はハンカチで顔中をぐるぐる撫《な》で回して、

「当駅に停車中の家畜車から人間が降りなかったか、というさっきの質問ですがね」

「はあ」

「いま、当時勤務していた駅の連中に訊いてみたんです。すると、その家畜車をよく憶《おぼ》えている男がいましてね」

「ほう」

底井武八は、ひと膝《ひざ》乗り出した。

「人間は誰も降りなかったそうです」

「それは、確実ですか」

「確実だと言っています」

主任はうなずいた。

「それは係に特別な印象があったんですよ。というのは、その家畜輸送車は当駅に約二十分ばかり停っていたんですが、その間、扉が全部閉まっていたんです。……ですから、中から人が出るわけがなかったのです」

「全部閉まっていたというのは、どういうことでしょうか？」

「多分、もう、中で介添えが睡《ねむ》っていたんでしょうな。なにしろ、こちらに着いたのが午後九時一〇分ですから」

底井武八の持っている推測は、この答えを最後に完全に崩壊してしまった。

従って、彼が質問としてメモにつけていた③の項「末吉がそのトランクを受け取った当人だとすれば、彼は家畜車から出て荷物を受取窓口まで歩いて行かなければならない。果して末吉は家畜車から出たかどうか。それを目撃した駅員はいないか」の確認も、ここでは無駄となってしまった。

底井武八は、とにかく、トランクを受け取った男の人相を確かめてみなければならなかった。皮肉なことに、今度は逆に受取人が末吉とは違った人間でなければならぬ。前に推定した線では末吉がトランクを受け取ったことになるが、今度は受取人が末吉であってはならないのだ。一つの線が狂うと、こんなふうに物事が逆さまになってくる。

駅の荷物引渡所は、そこからすぐだった。

底井武八は、やっぱり名刺を出してトランクを渡した係の人を呼んでもらった。東京からわざわざ来たと言ったので、ここでもわりと好意をもたれた。

その係はまだ二十五、六の男だったが、

「いや、あの事件が起きてから、何人も新聞社の人が来て同じことばかり訊かれました」

若い駅員は言った。

「もう、ほとぼりがさめたと思って安心していたら、今度はあなたが東京から見えたわけです」

「どうもすみません」

底井武八は、大体のことは新聞記事で読んだと言い、なおも新聞に載らなかった詳しいことを聞かしてほしいと頼んだ。

「新聞に載った以外には、あまり参考になるようなことはありませんよ」

駅員は面倒臭そうに言った。

「その男は、ハンチングを目深にかぶり、ネズミ色のレインコートをきていました。年齢は四十をちょっと越したように思います」

「人相はどうですか？」

「それがちょっと記憶にないので、ぼくも新聞社の人に訊かれて困ったのです。あとで考えると、その男は、わざとハンチングを目深にかぶって顔の特徴を見せまいとしたわけですね。体格が頑丈だったことは確かです。レインコートの肩が、丁度、衣紋《えもん》竹《だけ》に掛けたように怒っていましたからね」

それだと末吉の特徴だった。年齢といい、身体の具合といい、末吉以外にない。

底井武八は、わけが分らなくなった。ここに末吉が現われては、かえって不合理になるのだ。

念のために、自分の記憶にある末吉の顔を駅員に言った。

「そうですな、そう言われると、どうも、その人に似たような顔でしたよ」

駅員のほうがあっさり同意した。

受取人が末吉であることは、も早、確定的といえる。

しかし底井武八は、前のような喜びは味わえなかった。トランクを受け取った二十一時よりも十分遅れて郡山に到着した家畜輸送車だ。それに乗っていた末吉が、その時間、この窓口に現われることは絶対にあり得ないのだ。

底井武八は、そこから離れて郡山駅の構内を出た。駅前には飲食店がならんでいる。咽喉《のど》が渇いていた。

彼は、そこで青いソーダ水を二杯もつづけて飲んだ。火照っていた頭が、それでいくらか冷えたように感じた。

彼は手帳を出して、もう一度、この死体詰めトランクの発着と、家畜輸送車の発着とを一瞥《いちべつ》してみる。
○六月十五日　二〇時三〇分ごろ、田端駅荷物係にトランクが運びこまれる。
○同十五日　二一時三〇分、田端駅発貨物列車でトランクは発送された。
○十六日　一九時五分、その貨車は郡山駅に着き、トランクは降ろされる。
○同日　二十一時、受取人が現われてトランクを引取った。
○十七日　八時、現場に遺棄された死体発見。
○十五日　二〇時五〇分、田端発の家畜輸送車は、十六日二一時一〇分に郡山駅到着。トランク引取と家畜輸送車の到着時刻に十分のズレ。
底井武八は、この整理されたものをみつめて、たっぷりと三十分は考えこんだ。

表には、福島や、水戸《みと》や、近郊行のバスがひっきりなしに出ている。バスガールが笛を鳴らしていた。

すると、まるで天啓のように閃《ひらめ》いたことがある。先ほど郡山駅で聞いた、家畜車の戸が密閉していたことだ。

時刻が時刻なので、その中にいるはずの末吉が睡っていたかもしれないという考えが大きな誤りであることが分った。なんという甘い考えをおれは持っていたのだろう。

郡山駅へ着いたときは、すでに家畜車の中には誰も居なかったのだ。人間が居ないから馬の乗っている車輛を密閉したのだ。

なぜ、人が居なかったか。

言うまでもなく例のトランクを取りに行くためだ。それは郡山駅でなく、もっと前の駅で家畜輸送車を降りて郡山駅へトランクを取りに行ったのではないか。トランクを引き渡した係員の証言は見事に末吉の風貌《ふうぼう》を描写しているから、これは絶対に間違えようはない。だから、あとはいかにして彼がそれを取りに行ったかだ。

思うに、末吉が、あとで調べられたとき、郡山駅に停車中、自分が家畜車から出て行ったことが分れば、計画が失敗すると思って、あらかじめその裏を考えていたのである。

どこまであの男の知恵が働いているか分らなかった。

ところで、家畜車から脱《ぬ》け出て郡山駅に二十一時にトランクを取りに行くとしたら、末吉はどのような乗物を利用したのだろうか。すでに夜も遅いことだからバスもないだろうし、東京のように流しのタクシーが走っているわけもない。

「きみ、きみ」

底井武八は店の女の子に時刻表を持ってこさせた。駅前の店だから、それは備え付けがあった。

彼は、震える手先で東北本線の部分をひろげた。小さな数字の欄を追っているうち、彼の眼は灯を点《つ》けたようにぱっと輝いていた。

それは上野発一六時三〇分の準急「しのぶ」の発見だった。これは郡山駅に二〇時二五分につく。まさに二十一時のトランク引取時間には十分に間に合う。

この列車の郡山駅着の前は、須賀川《すかがわ》駅着二〇時一三分である。

一方、家畜輸送車のほうは各駅停車で来ていても、須賀川駅には準急よりもっと早い時刻に着いている。つまり、末吉は、家畜輸送車から降りて、ホームで二〇時一三分到着の準急を待つことも不可能ではない。

末吉は、郡山に二〇時二五分に到着し、例のトランクを二十一時に受け取り、構内の暗い所を人に気づかれぬように歩いて、あとから到着する家畜輸送車(それは十分後に来る)に担ぎこむ。その車輛《はこ》の鍵《かぎ》は彼が持っているから開閉自在だ。

こうして家畜輸送車の中の死体詰めトランクを一たん隠して、それが次の五百川駅に二一時五〇分に到着すると、再びその停車時間を利用し、トランクを駅から少し離れた発見場所に棄ててくる。このときは停車時間の余裕が少なかったから、あまり遠くには持って行けなかった。トランクが線路脇の草地に遺棄されてあったのも、この理由からである。――

底井武八は、思わず手を叩《たた》いた。

ここまでは、とにかく、末吉が死体詰めトランクを受け取った時間的なトリックの発見だった。

この次は、いよいよ、このトランクの中に山崎編集長がどのようにして死体となって入っていたかだ。当人は、そのトランクを上野駅に担いで行っているのだ。発送した人間が死んでそのトランクの中に入る。この難物といよいよ取り組まねばならなかった。

だが、末吉が家畜輸送車から途中で降りて、次に来る準急に乗ったというトリックが分れば、この奇々怪々な、生きた人間が担いできたトランクの中に死体となって入り込むというトリックが多少わかりかけてくる。

ここで底井武八は、もう一度、紙の上に列車の時刻表をグラフ式に書いてみた。

山崎編集長が乗った列車は、次の表でも分る通り、十五日二一時四〇分上野発の急行だ。これは小山《おやま》駅に二二時五一分着となり、福島駅着は翌日の二時二一分である。終着駅秋田は八時五〇分だ。

馬を乗せた貨物車は、田端駅を二〇時五〇分に発《た》って小山に二二時五〇分に到着している。

小山駅——これがクセモノだぞ。

小山駅で家畜輸送車が「津軽」とほぼ同時刻に到着していたという事実は、底井武八の眼を光らせた。これは全く、末吉が須賀川駅で次の準急「しのぶ」を待って、それを利用した条件にどこか似ている。

家畜輸送車は、「津軽」が出たあともまだ小山駅に停車していた。

そうすると、このような推定はできないか。

すなわち、山崎が停車中の「津軽」の座席に坐《すわ》っているとき、待避線に入っていた家畜輸送車から末吉がひょっこりと現われてホームを歩いて近づいてくる。

山崎は、前にこの事件で末吉を訪ねているから、お互いに顔を知り合っている。末吉は山崎を誘って自分の車輛《はこ》の中に伴《つ》れこむ。

その口実は、今度の岡瀬正平が殺されたことについて重要なヒントを洩《も》らすとかいう巧《うま》い誘いがあったに違いない。もともと、山崎編集長は単独でもそれを調べたいと思っていた矢先だから、喜んで末吉の密告を信じて彼の誘いに乗せられた。

山崎は、家畜車の中に設備されている末吉の居場所に入りこむ。それは、馬に付き添っている介添人のため貨車の中に僅《わず》かばかりの余裕が取られてある。

家畜輸送車は発車する。

末吉は、頃合いをみて山崎をいきなり絞殺してしまう。多分、小山駅を出てから淋《さび》しい場所を走っている途中であったであろう。

ところで、トランクはどうなるか。そのトランクは、前の表でも分るように、山崎が十五日の二〇時三〇分ごろ田端に託送し、それを乗せた大宮《おおみや》発一九一列車は、郡山には十六日の一九時五分に着いている。ここでトランクが降ろされて小荷物係の手に

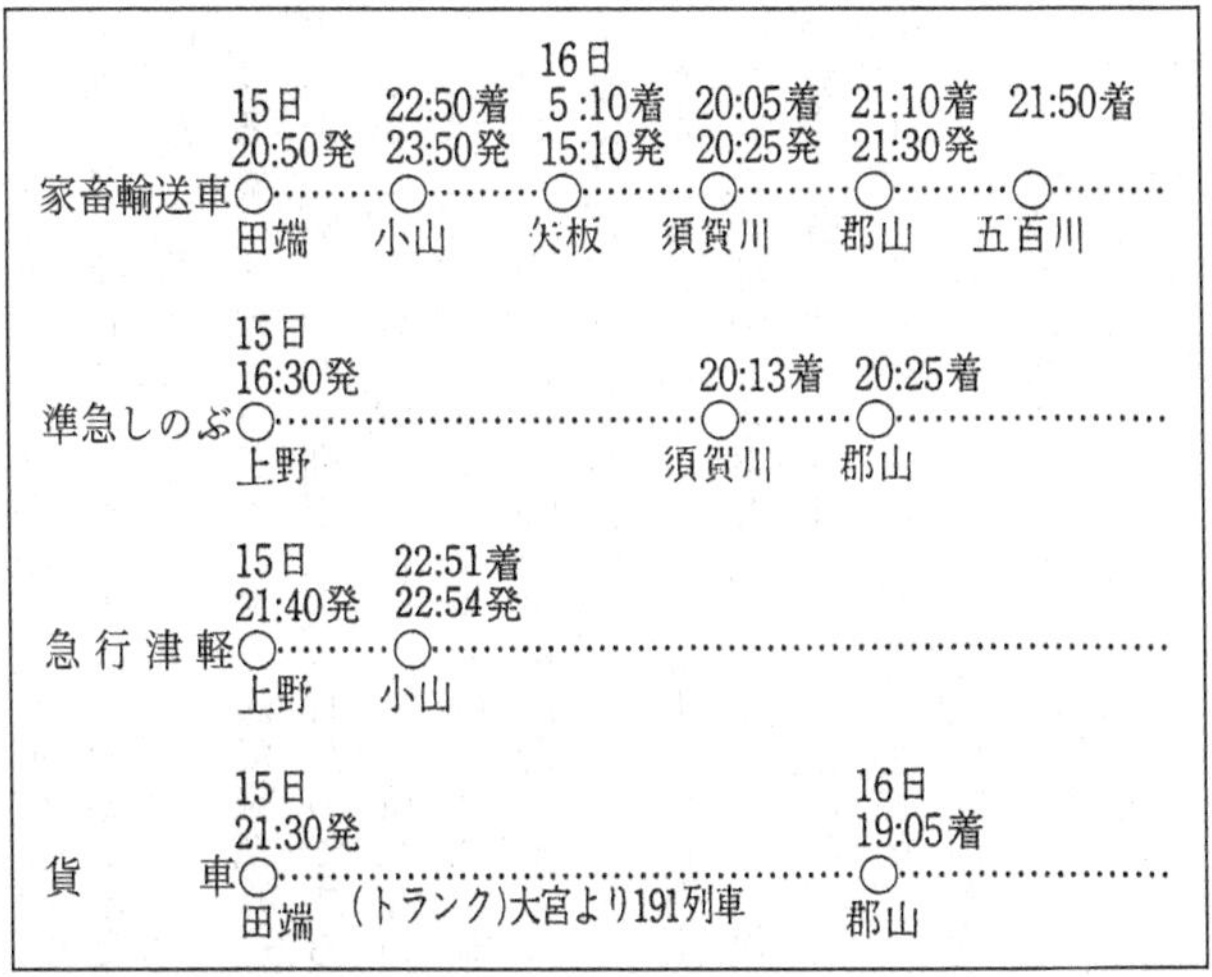

渡り、同夜の二十一時に末吉らしい男が受け取ったのは何度も考えた通りだ。

　それでは、家畜輸送車と、この大宮発の一九一列車がどこかの駅で一しょに停り、貨車の中に積まれていた問題のトランクが末吉の手によって出され、それを家畜輸送車に積み込んで、すでに死体となっている山崎を詰め込んだとしたらどうか。

　しかし、これは全くあり得ないことだった。なぜなら、家畜輸送車こそ末吉の自由になるが、トランクを積んだ貨車はそうはいかないからだ。おそらく、それはほかの荷物と一しょに積み上げられていたのであろうから、直ちにそのトランクを引き出すことはできない。仮りにそれを取り出せたとしても、この貨車のほうは専務車掌の眼が光っているので、鍵を持たない彼がそれを壊して入ったとすれば、すぐに犯行が分ることだ。現に専務車掌は、何回かこの貨車を見回った、と言っている。

するとそのトランクはどこかで家畜輸送車に積まれ、山崎の死体を詰めて、再びどこかの駅で一九一列車に戻されたのであろうか。

しかし、これも同様、貨車の鍵を持たない末吉には、不可能事だった。

では、郡山からトランクをうけとって、家畜輸送車の中で死体を詰めたらどうか。トランクの内容は、人間の重量に合わせてほかのものが詰まっていたと思われるから、正確には死体の入れかえだ。

だが、これもありえない。郡山から五百川駅はすぐで、家畜輸送車も二十分で到着している。郡山の停車も短かった。この時間に、トランクを運び入れ、そのトランクの結束を解いたり、死体を入れかえたり、また縄がけをする余裕はない。それに、現場にトランクを捨てにゆく時間も必要だ。

弱ったことになった、と底井武八は頭を抱えた。しかし、このトランクには一つの手品が行なわれている。その手品のタネはどのようなことだろうか。底井武八は、前に書いた各列車のグラフをみつめて唸《うな》った。

すると、彼は今まで見逃がした一つの疑念にぶつかった。

それは、急行「津軽」に山崎編集長が必ず乗っていることがこのトリックの前提になっていることだった。もし、山崎がほかの列車を利用したら、この計画はあり得ない。

こうなると、山崎が「津軽」に乗ったのは彼だけの気儘《きまま》な思いつきでないことがわかる。必ず「津軽」に乗らなければならない必須《ひっす》の条件を誰かと取り交していた。でなければ末吉が小山駅で山崎を家畜車に誘い込む計画はないことになる。

あれは、末吉が偶然に山崎を見つけ、偶然に家畜車の中に誘い込んだのではない。あらゆる綿密な計画がなされてから、その行動になったのだ。その計画の必須前提条件となるのは、山崎が急行「津軽」の客になっていることだ。

ここで、底井武八は、山崎がその「津軽」に乗った事情を振り返ってみる。

山崎が出勤すると言って家を出たのは十五日の午前九時二十分ごろだった。それ以来、死体となって発見されるまで、どこに行ったか分っていない。しかし、彼が急行「津軽」に乗っていたとすれば、以上の推理で極めてスムーズに解ける、山崎がその列車に乗ったのは、福島へ行くためだろう。即ち、彼は例の岡瀬殺し事件を調べるのに底井武八だけでは心許《こころもと》なしと思い、単独で出かけたのであろう。そのことは、彼が府中の競馬場から馬の寝藁《ねわら》の屑《くず》を上衣《うわぎ》につけて帰ったことでも分る。

すると、彼が「津軽」に乗ったことは誰かと打ち合わせができていたのだ。

誰だろう？

ここで底井武八は同じ日と翌日に秋田に出かけている前代議士立山寅平と、調教師西田とを想い出す。たしかに岡瀬正平は、入獄前にN省からくすねた大金を立山前代議士に預けている形跡がある。彼が立山寅平の出入りする神楽坂《かぐらざか》の料亭に再三出かけたのも、その「貸金」の催促ではなかったか？

岡瀬の死のうしろには、立山の黒い影がある。その影は、今度はそれを調査に出かけた山崎の上にも動き、彼の生命を奪った。――ということは、山崎が岡瀬殺し事件の的確な証拠を握っていたわけだ。

その証拠は何だろう？

底井武八は、山崎が無事に福島に到着したと仮定して、その十六日の立山前代議士と、西田調教師の所在を調べてみなければならないと思った。

厩務員《きゅうむいん》末吉の行動も徹底的に洗わなければならぬ。勿論《もちろん》、その前に「トランクの手品」のタネを見破る必要があった。――

七章　推理と現実

1

底井武八は、真直ぐに秋田へ向かった。前代議士立山寅平と調教師西田孫吉とが秋田で会っているから、まず、このことを調べてかからねばならないと思ったからだ。

つまり、立山は十五日に急行「津軽《つがる》」で秋田へ向かい、西田は馬主のあとを追って十六日に出発している。立山が秋田に行ったのは党の地方大会に出席するという名目だったのは、東京の彼の事務所で聞いたことだ。また西田が十六日にそのあとを追ったというのも、これまた府中《ふちゅう》で耳にしたことである。

だが、これはみんな他人の言葉だ。自分で納得がいくように調べてみなければ気が済まない。

秋田には夜中近くに着いた。

ここで、立山前代議士が党の地方大会に来たときどこの旅館に泊まったかを知りたい。

駅前には、遅い到着列車を待って旅館の客引らしいのが三、四人法被を着てうろうろしていた。

「ちょっと訊《き》きますがね」

彼はその一人に近づいた。

「六月十七日に、こちらで××党の地方大会がありましたね?」

「はい、ありました。東京からいろいろな政治家が来たはずですが、その人はどこ」

「そのとき、東京から立山寅平という前代議士さんが来たけな」

の旅館に泊まったか知りませんか?」

「んだすね、あのときは大部分三沢《みさわ》旅館さ泊まられたようだす。この旅館はここで一ばん大きくて立派だすものね。立山前代議士がそこさ宿泊されたかどうかは分らねけどもなす」

「どうもありがとう」

底井武八は、駅前に待っているタクシーに乗って三沢旅館に行かせた。

旅館はもう表の戸を閉めかけるところだった。繁華街の中にあったが、なかなか立派な構えだ。商店もほとんど灯を消している。

「夜遅く着いてすみませんが、どこか部屋が空いていますか」

戸を閉めかけた女中がちょっといやな顔をしたが、

「あのお泊まりだけだばございます。ただ、夕食はもう調理場が終わってお出しできませんけんど」

「いや、飯はいいんです。途中で食べてきましたから」

「それでは、まんずどうぞ」

底井武八は、女中のうしろに従《つ》いて玄関を入った。それでも、そこにいた四、五人の女中が膝《ひざ》を折って出迎えてくれた。

「どうも遅く着いて迷惑をかけます」

彼は小さくなって二階に上がり、一間に通された。八畳ぐらいで、思ったより立派な座敷だ。

床の掛軸などを見ているうちに、女中が茶と菓子とを運んできた。

「どうもどうも」

底井武八は愛想よく言って、用意していた五千円札を一枚、す早くその女中の手に握らせた。

「あんら」

女中は困ったような顔をしたが、すぐに帯の間に挿《はさ》んで、ご叮寧《ていねい》にどうもと、手をついてお辞儀をした。

まだ二十二、三の顔だが、大柄な女だった。

彼女は夜具を運んで、そこにのべながら言った。

「ずいぶん遅いお着きだすね」

「いろいろと用事があって遅くなっちゃったんだ。ご迷惑かけるね」

「いいえ、わたしたちも商売だすもの」

先ほどの心づけが急に効いてきたようだった。

「ちょっと、あんたに訊きたいんだけど」

床をのべ終わり、枕もとのスタンドを点《つ》けたところを底井武八は呼んだ。

「何ンでしょうか？」

「六月十六日に、ここには東京の大そう偉い政治家が泊まったそうですね？」

「はいはい。十七、十八、十九の三日間が××党の県支部大会でして、たくさんおみえになったすよ」

「その中で立山寅平という前代議士がいましたか？」

「はい、いらっしゃいました。恰度《ちょうど》、わたしが係だったすもの」

「えっ、あんたが係？　それは好都合だ」

底井武八は喜んだ。

「その前代議士さんも、ちゃんと十九日までここに逗留《とうりゅう》したんですか」

「はい、みんなどご一しょにご滞在してました」

「その人のところに、東京から西田さんという客が会いに来ませんでしたか？　そうですね、その西田さんは十六日の夜行で東京を発《た》っているから、こちらに入るのが翌《あく》る朝でしょうね」

「それでしたら、急行『津軽』で、おみえになったんだど思いますね。『津軽』はこっちさ翌日の午前八時五〇分に着きますから、朝のお客さんです」

「そうです、そうです。身装《みなり》は背広だったかもしれませんが、もともと、競馬ウマの調教師ですからね」

「さあ」

女中は首を捻《ひね》って考えていたが、

「ああ、馬の話ばっかりお話していらしった、あの方でねべが、背の高い、四十五、六ぐらいの人だすが」

「そうです。やっぱり来ていましたか？」

底井武八は、何となくがっかりした。

「はい。今度の福島競馬に立山先生の馬が出るとがで、そのことばっかり話し合っておられましたねは」

「うむ、なるほど」

調教師の西田孫吉が、十六日に「津軽」で東京を発ったのは間違いなかった。彼の行動は、ここで完全に証明されたのである。

「その人は、ここに一泊しましたか？」

「いいえ、馬が気になるとが言って、すぐ帰られるようなお話でございました。ただ、昼食だけは召上がって出られましたけんど」

「それに、そんなに混雑しては部屋も無かったでしょうしね。ほかの旅館に行ったかもしれないな」

「はい。それは大へんでした。十六日だば、予約のすっぽかしが、一つあったんですけどね」

「予約のすっぽかし？」

「その方も立山先生に従いてこられるはずの新聞記者の方でしたがねは」

「なに、新聞記者？」

底井武八はどきりとなった。

「それは何という名前の人ですか？」

「さあ、わたしが受けたのでねがら分らないけんど……」

「なんとか名前が分りませんか」

「それでは、階下《した》で訊いてきます」

女中にはまだ五千円のチップが効いているとみえる。

底井武八は胸がどきどきした。立山寅平に従いてくるはずの新聞記者といえば、もしや、それが山崎ではなかろうか。山崎の行動は一切分らないが、彼が問題のトランク（その中には自分が死体となって入り、のちに発見された）を担いで田端《たばた》駅に行っているから、もしやと思うのだ。

女中が上がってきた。

「やあ、ご苦労さん。どうだったね？」

底井武八は笑いながら訊いた。

「その方だば、山崎さんとおっしゃる方だそうです」

やっぱりそうだった。底井武八は、急に興奮を覚えた。

「その予約は、本人から言ってきたんですか？」

「そうなんです。十四日に東京から電報が来ましてねは、ぜひ一部屋頼むと言ってきたんです」

「その電報は、まだこちらにとってありますか？」

「いいえ、そんなものはとっくに反古《ほご》にしました」

底井武八は手帖《てちょう》を出してメモしたものだから、女中は眼をまるくした。

「あの、何かそのことでお調べなんですか？」

不安そうに訊《き》いた。

「いや、山崎というのは、ちょっとぼくの知り合いでね。帰ったら、こちらに迷惑をかけたことをとっちめてやりますよ」

「もう、いいですわ」

女中は、やっと安心して微笑した。

「ところで」

底井武八は女中の一重瞼《ひとえまぶた》と上に向いた鼻とを見ながら訊いた。

「山崎君が部屋の電報を寄越《よこ》したとき、どうして彼が立山前代議士の伴《つ》れだということが分ったんですか？」

「それは電報さ書いてありました。立山先生の知り合いとしてあったすもの」

「あんたは、それを立山さんに言いましたか。つまり、山崎が予約をすっぽかしたことです」

「はい。お昼過ぎまで待ってもみえねもんですから、お客さんは混むし、立山先生さ伺ってみたんです。そすと、先生は、そんな奴はアテにならないから、構うことはない、ほかの客を入れなさい、とおっしゃいました」

「ほほう。立山さんは山崎君がこちらにくることを知っていたんですね？」

「そうらしいね」

「べつに意外そうな顔もしていませんでしたか？」

「はい、普通のお顔でしたが、ただ、そんな予約の電報が来ていたのがと、まんず意外そうに訊き返されました」

底井武八は煙草を取り出した。女中がもぞもぞしながらもマッチを擦ってくれる。彼は自分の考えを追った。

（山崎編集長は立山前代議士と同行して秋田にくるつもりではなかったのだろうか。立山は十五日の「津軽」に乗っている。山崎がトランクを抱えて田端駅に行ったのも同じ十五日だ。「津軽」は上野《うえの》駅を二一時四〇分に出発する。山崎がトランクを田端駅に委託したのは二〇時三〇分ごろである。

してみると、山崎はトランクの委託を済ませて「津軽」に乗るということもありうる）

そうなると、立山前代議士が彼の予約すっぽかしをそれほど意外に思わなかったらしいというのは、同行することを知っていたということだ。と同時に、すっぽかしたことも彼は当然と思っていたのだ。

それよりも、女中の言葉で一ばん注目すべきは、予約の電報が来たと聞いて立山前代議士がちょっとおどろいたということだ。

これは大事なところだぞ。

すぐに手帖にメモをしかけた。

ふと見ると、女中が睡《ねむ》そうな顔をしている。

「やあ、失敬失敬。もういいから、どうぞやすんで下さい」

「んだすか。それではおやすみなさいませ」

大柄な女中はそこに三つ指をついてお辞儀をし、静かに部屋を出ていった。

底井武八は、床の中に入って腹這《はらば》いになりながら、スタンドの下でメモをひろげた。
①山崎編集長は立山前代議士と同行して「津軽」に乗り、秋田に行くつもりだった。
(旅館宛の電報がそれを証明している)
②彼は「津軽」から消えた。それは郡山《こおりやま》駅でトランク詰め死体となって出て来た事実ではっきりしている。一体、山崎はどこで消えたのか。
③立山前代議士は予約のすっぽかしをべつに愕《おどろ》いていなかったから、山崎が列車中から消えたことを知っていたとみなければならない。では、代議士はトランク詰めの一件に関連があるのか。
④西田は十六日の「津軽」で上野を発っているが、これも山崎殺しに関係があるだろうか。
底井武八は頭の中を整理しながら、これだけのことを箇条書に書いてみたが、最後の④に至ってはっと気づき、急いで起き上がって鞄《かばん》の中から列車時刻表を取り出した。繰ってみると、急行「津軽」の前には準急「しのぶ」が出ている。これは上野駅を

一六時三〇分に発車して福島に二一時二五分に着く。福島止まりである。

郡山を見よう。「しのぶ」は郡山駅着二〇時二五分。

この列車の存在は、大へん彼の参考になった。

もし、推定通り山崎が十五日の急行「津軽」に乗っていたとすると、どこでそこから消え、死体となって郡山駅からトランク詰めで引き取られたかだ。はっきり分っていることは、それが上野と郡山駅間だということである。しかし、上野を出てすぐに消えたとは考えられない。郡山駅ではすでに死体となっているのだから、もう少し距離を縮めなければなるまい。

ここで、急行「津軽」が上野駅を発して郡山に着くまでの駅名と発車時刻表とを調べてみよう。

大宮《おおみや》、二二・一一。小山《おやま》、二三・五四。宇都宮、二三・二三。黒磯《くろいそ》、〇・二四。白河《しらかわ》、〇・五三。郡山到着、一・二九。

ついでに、準急「しのぶ」を見よう。

大宮、一六・五九。小山、一七・四〇。宇都宮、一八・〇七。西那須《にしなす》、一八・五五。黒磯、一九・一六。白河、一九・四五。須賀川《すかがわ》、二〇・一三。郡山到着、二〇・二五。

しかし、この場合は二〇時五〇分に田端駅を発した家畜輸送車に問題の焦点を合わせるので、「津軽」に限定される。つまり、家畜輸送車が小山駅についたのは二二時五〇分であり、そのあと、ほんの一分遅れで「津軽」が小山駅のホームに入り、家畜輸送車より先発している。この間に、山崎編集長が末吉厩務員《きゅうむいん》によって家畜車に誘いこまれたのではないか、という疑惑は、底井武八が前に考えた通りである。

しかし山崎が立山前代議士の秋田行に同行していたとなると、少し、話が違ってくる。この同行の件が確実かどうかは、明日の朝になってみればはっきりと分ることだ。底井武八は、次第に睡くなってきたので、枕に頭をつけると、重い掛け蒲団《ぶとん》を頭の上にひっかぶった。

——翌朝は、八時すぎに眼がさめた。いつもは十時近くまで寝る習慣だが、気がかりなことがあると、やはり早く眼が開くものだ。

昨夜の女中が出てきて、朝食のサービスをしてくれた。底井武八が五千円の心付けをやったのは、思わぬ収穫を聞かせてくれた礼心であった。

宿を出た足で、すぐに郵便局に向かった。

電報係は、彼の頼みをきいて、受信簿を繰ってくれた。

「ああ、ありましたよ」

顔の長い係員は発見を告げた。

「三沢旅館宛のその電報は、六月十四日の午後五時三十二分に受けつけています。一六ビヘヤタノム、タテヤマゼンダイギシトドウコウ、ヤマサキ。……これでねすか？」

「そうです、そうです」

立山前代議士と同行、と山崎編集長ははっきり電文に書いている。

「発信局は？」

「飯田橋《いいだばし》だす。午後三時四〇分の受けつけだす」

「なに、飯田橋局？」

底井武八は思わず北叟笑《ほくそえ》んだ。

「発信人の住所氏名は分らないでしょうな、頼信紙に書き添えてあるはずですが」

「それは飯田橋局に問い合わせねば分りませんが、三時間ぐらいかかるでねべが」

「それなら結構です」

そこまで調べる必要はない。山崎治郎が打っていることは間違いなかった。

電報が飯田橋局から発信されているのは大いに意味がある。飯田橋に近い神楽坂《かぐらざか》には立山寅平も出入りしている「宮永」というお茶屋があるではないか。

――山崎治郎は、恐らく十四日に「宮永」に玉弥《たまや》を訪ねたに違いない。そこで立山前代議士と会い、何らかの話し合いがあった結果、山崎が立山に同行して秋田に行くことになったのだろう。前に、山崎が西田と会ったかどうかを気にしたことがあるが、それは山崎が立山に遇《あ》ったと分れば問題ではなくなる。立山前代議士こそ、この事件の奥の院だからだ。

山崎が電報で三沢旅館に部屋の予約をしたのは、その話し合いが急に決まったことと、「宮永」を出たのが発信の直前であったことを示す。同家から飯田橋局までは歩いて十分一寸《ちよつと》である。

山崎は十五日の午前九時二十分ごろ、大田区洗足池《せんぞくいけ》の自宅を出たまま行方不明になったのだが、すでに「津軽」に乗る覚悟ができていたのだ。問題は彼が送ったトランクだ。彼自身が死体となって入る運命にあったそのトランクの荷札の文字は左手でわざわざ筆蹟《ひつせき》がかくされているので、誰が書いたか分らないが、なぜ、彼がそれを自分で発送しなければならなかったのか。朝九時二十分に自宅を出て、トランクをもって夜の八時ころに田端駅に現われるまでの間に、そのトランクの準備があったのだろうか。

いずれにしても、十四日に山崎が立山前代議士と会っているのだから、山崎はその話をおれに言うべきではないか。——と底井武八は思う。

——いやいや、山崎がそれを言うはずはない。おれにかくれて、こっそりと府中競馬場に行き、上衣《うわぎ》の肩に厩舎《きゆうしや》の寝藁《ねわら》をくっつけて帰ってきたような男だ。立山との話し合いも内緒だったのだ。

なぜ、山崎はそれを秘密にしていたのか。

おそらく、山崎は自分でこつこつ調べてゆくうちに、公金つまみ食いの元N省役人、岡瀬正平殺しの真相を嗅《か》ぎつけたに違いない。彼が、それを新聞にも出す意志がなく、ひとり占めにしていたのは、脅迫して金でもせしめるつもりだったのではないか。それ以外には考えられないのだ。

すると、岡瀬正平殺しには、案の定、立山前代議士が関連している。いや、岡瀬だけではない、山崎殺しも同前代議士が関係している。――山崎が消されたのは、岡瀬殺しの事実を彼に知られたため、その秘密の防衛が目的だったと考えられる。

底井武八は、九時前の列車で秋田を発《た》ち、午後三時すぎには福島競馬場に足を踏み入れていた。

厩舎のならんでいる方へ歩いていると、競馬開催が済んで間がないので、あたりは厩務員たちの姿がかなり見えていた。

底井武八は、その中で、寝藁を干している三十四、五くらいの厩務員の横に歩み寄った。

「西田厩舎の馬なら、ウチのすぐうしろの厩舎に入っていたので、よく知ってますよ」

と、その厩務員は底井武八の質問に答えた。人の好《よ》さそうな人相をしている。恰度《ちょうど》、退屈しているところに話しかけられたので、かえって喜んでいる風であった。

「西田孫吉さんは、いつごろこっちの厩舎に入りましたか？」

底井武八は西田のファンのような顔をして、愛想よく訊《き》いた。

「そうですな。たしか十七日だったと思いますな」

十七日といえば、西田が秋田に着いた日だ。彼は、その日に福島に来たとみえる。

「それは間違いありませんか？」

「間違いないですよ。競馬のはじまる十日前でしたからな」

競馬開催日を基準にすれば確実であろう。

「馬主の立山さんとこちらに来ましたか？」

「厩務員の末吉君の話だと、立山先生は、飯坂《いいざか》温泉に泊まっているようなことを話していました」

すると、前代議士は県支部大会を済ませて飯坂入りをしたのであろう。

「そうそう、末吉君といえば、彼はいつごろ馬を持って来ましたか？」

底井武八は煙草を吸いながら、わざとのんびりとした調子で訊いた。答える方の厩務員も、それにつられたように、作業を休んで一服つけた。

「そうですね。彼は十七日の午後二時ごろに裏の厩舎に馬と一しょに入りました。西田さんが来た日でしたから、間違いありません」

厩務員のほうから念を入れた。

「十七日とは、えらく遅れたものですね」

底井武八は言ったが、家畜輸送車が郡山を十六日夜九時半に出ていることが分って いるので、福島競馬場に入るのは、そのくらいだろうと計算していた。

「そうなんですよ」

体格のいいその厩務員は言った。

「ぼくも、えらく遅れたじゃないかと末吉君に言ったんです。すると、彼が言うには、馬が途中で病気をして、その治療にひまどりこんなにかかったと言ってました。末吉君はえらくこぼしていましたよ」

それは末吉の芝居だということが底井武八には分っている。

「その馬がヒノデカップですね？」

競馬ファンらしい顔つきで言った。

「そうです」

「で、こちらの勝負でも、ヒノデカップは不調でしたか？」

「いいえ、それがね」

厩務員は赤ら顔を苦笑させた。

「末吉君が馬の病気のことを言い触らしたもんだから、みんな本気にしてたんです。ぼくはヒノデカップを見て、おかしいなと思いましたよ、すごく元気がいいのですね。

やっぱり、あれは末吉君の三味線だったんですな。いざ、走らせてみると、とても調子がいいんでね。時計（ハロン・タイム）は十二秒ですよ。出走日には優勝する始末です」

「ほほう」

「馬券でも穴が出ましてね。予想屋が憤《おこ》ってましたよ。末吉君の言ったのを信用して情報にしてましたからね」

「なるほど。いや、いろいろとあるもんですね」

底井武八は当たり障りのない挨拶《あいさつ》をした。

末吉は、延着理由のニセ病に便乗して宣伝し、馬券でも他人《ひと》に頼んで買ってもらったのかもしれない。転んでも、タダでは起きない男だ。

「末吉君は、あとでどんなふうに言ってましたか？」

「頭を掻《か》いていましたよ。こんなに早く癒《なお》るとは思わなかったといって首を傾げていました。なに、初めから故障じゃないんだから、癒ったも糞《くそ》もありませんよ。……さすがに体裁が悪くなったのか、ぼくたちにも夏ミカンをご馳走《ちそう》してくれました」

「夏ミカン？」

「ええ、馬主さんの立山先生のお土産のお裾《すそ》分《わ》けだといって三個くれました。どういうわけか、それには砂が少し附いていました。ほかの者にもそれくらいやっていましたがね」

「砂？」

立山前代議士は中部地方の選出だから、お国のものをくれたのかもしれない。しかし砂がついていたのはどういうわけだろう？

「それは西田さんがくれたのではなく、末吉君がくれたのですね」

「そうです。彼が来てからくれたのです」

「東京に帰るのも一しょでしたか？」

「いや、西田さんは、競馬の最終日が済むと翌晩の列車で東京に帰りました。末吉君は貨車の都合で三日遅れて馬と一しょに帰りましたよ」

ほかに訊くことはないように思われた。

「どうも、ありがとう」

底井武八は、この厩務員《きゅうむいん》に礼をいってそこを離れた。

彼はその晩の最終夜行に乗った。福島の呑《の》み屋《や》でひっかけた酒が意外に利いて、座席に坐《すわ》るとすぐに深い睡《ねむ》りに落ちた。やはり疲れていたのだ。

それでも、耳もとに、

「小山、小山」

駅員の連呼を聞いて、ふいと眼がさめた。あとで考えてみて、やはりえらいものだと思う。小山駅のことがよほど頭の中にあったのだろう。

窓の外を見ると、乳色にうす明るくなっていた。まだ四時半だというのに、夏の夜は明けやすい。

その薄明の中に、駅のホームが白く見えていた。それとは対照的に真黒い貨車の影が向こう側に伸びている。

（あんなふうに「津軽」がこっちに停車中に、家畜輸送車がホームの向こう側に待避していたのだ。――）

底井武八は外を見つめて思った。

（山崎が停車中の「津軽」の座席に坐っているとき、待避線にある家畜輸送車から末吉がひょっこり現われてホームから窓ガラスでも叩《たた》く。山崎が気づくと、末吉が、おいでおいで、をする。山崎が西田厩舎《きゆうしや》の厩務員と分って、つい、汽車から降りる。彼は、前に、厩舎を調べに行ったとき、末吉にも会っているのだ。寝藁《ねわら》の屑《くず》が肩についたのも、そのときである）

ここまでは前に考えた通りなのだが、これから先が少し違う。それは秋田で得た情報で事情が分ったからである。

（山崎が立山前代議士と同行していたのは、岡瀬正平殺しの真相を知り、その話の結着を秋田でつけようとしたのであろう。つまり、立山の秋田行は県支部大会出席という避けられない予定のスケジュールがあったため、東京で未解決の話し合いを、秋田まで持ち越し、結論をつけようとしたのだ。要するに、山崎の脅迫的な要求、それが金銭にしても、別な条件にしても、あまりに過重であったため、立山の考慮が長びいたのだ。そのためにこそ、山崎が最後の話合いに秋田まで付いて行ったのだろう）

ここまで考えた底井武八は、待てよ、と思った。

（ホームに立っている末吉に窓ガラスを叩かれたとき、山崎治郎は立山前代議士と一しょに乗っていたわけだ。立山はどうしたのだろう、末吉が山崎を呼ぶのも、山崎がそれに応じて、ちょっと降りるのも、見て見ぬふりをしていたのであろうか？）

これはちょっとおかしい。末吉と立山とに連絡があれば、立山の前ではそんなことはせぬはずだ。

（そうだ、同行したといっても、立山と山崎とが必ずしも隣合った座席にいたとは限らない。離れて坐ってもいられるし、別な車輛に乗っていたとも思われる。この場合は、むしろ、山崎だけが次の車輛に乗っていたと解すべきではなかろうか。なぜなら、立山前代議士の乗っていた車輛は、県支部大会に出席する党のお偉方や、取り巻き代議士たちが多かったからだ。当日は、いわゆる党の実力者が三人は出席している。陣《じん》笠《がさ》連中は十二、三人くらいお供をしている。立山寅平は現職代議士時代は党の中堅どころだった。落選の身だが彼の席の周囲は陣笠代議士たちによって占められていたに

違いない。……すなわち、山崎は立山と同じ車輛に乗っていたとしても、ずっと離れたところか、次の車輛にいたのである）

そうだ、だから、立山の目の前でなく、末吉は山崎を呼び出せるのだ。

山崎は、ふらふらと降りる。「津軽」の停車時間は三分間だ。山崎はその間に乗るつもりで、末吉と話し合った。

（山崎がそのとき、末吉から岡瀬正平殺しの真相を教えてやると言われて、貨物に誘いこまれた、と前に考えたのは間違っていた。彼は、末吉から聞かなくても、真相は自分で知っていたのだ。それに、彼には三分間後に発車する「津軽」の座席に帰らなければならないという決定的な気持ちがあった。……だから、山崎がホームに降りたのは、末吉からもっと有力な情報を取ろうと考えたからだろう）

そうだ、きっと、そうなのだ。

（山崎のその助平根性が生命《いのち》取りになったのだ。山崎が末吉の前にくると、末吉は、ちょっとこっちに来てくれ、とでもいって、秘密を明かすかのように家畜輸送車寄りのホームの端に歩む。停っている客車からなるべく離れて立つのは内緒話として恰好《かっこう》である。夜の十一時近くだから、ホームには灯の谷間もできている。その暗いところで、末吉が、突然、刃物でも山崎の脇腹につきつければ、山崎は口も利けずに無抵抗になる……）

よろしい。それから？

（それから、なにしろ対手《あいて》が悪い。厩務員だから、山崎は本気に対手が刺すかもしれないという恐怖に駆られて、末吉の言うなりに家畜車の中に入ったのではなかろうか。尚《なお》も脅かされて口も利けないで動かずにいる山崎を置いてけぼりにして、「津軽」は発車して行く。山崎は家畜車の中に閉じこめられて、末吉と一しょに残る……）

まあ、そういったところだ。これが事実ではなかろうか。

（末吉は、その家畜車の中で山崎を絞殺したのだ。それが、末吉自身の意志であろうと、また、立山や西田に依頼されたことであろうと、山崎を直接に殺した犯人は厩務員の末吉に違いない。……）

すると、残る問題が三つある。

①末吉が山崎を絞殺したのは、どの駅あたりを走っているときであろうか。——停車中ではあり得ない。なぜかというと、停車中には専務車掌がのぞきにくるかもしれないし、駅員の眼も警戒しなければならない。

②末吉自身による犯行か。それとも共犯、又は教唆による殺人か。

③一九一貨物列車にある山崎発送のトランクの中に、山崎の死体がどうして入っていたか。——これが最重要な謎である。

まず、①について考えると、むろん、小山駅発車以後ということは分るが、あとは矢板《やいた》駅までの途中であろう。

その理由は、末吉は矢板駅で馬の病気を言い立て、専務車掌を呼んでいる。山崎が生きていれば、こんな芸当はできないはずだ。死体となっていれば、隠蔽《いんぺい》しておくことはできる。家畜車には、道具が一ぱい置いてあるからだ。たとえば、馬にかける衣裳《いしょう》を死体の上にかぶせても、車掌の眼は十分誤魔化せるであろう。

従って、山崎は小山を出てすぐに殺されたとみるべきだ。犯人の心理として、厄介なものは、早く片づけたほうがいいからである。

ただ、死後経過の推定時間だが、以前には、十五日の夕刻と考えたことがある。(それは山崎がトランクを送りに来た事実が分る以前)だが、解剖所見の推定時間は絶対的ではなく、かなりな幅をもたせてあるし、誤差もあることである。

2

底井武八は上野駅に五時半に着いた。早朝なので、食堂は開いていない。彼は売店のパンと牛乳とを立ち喰《たぐ》いした。

さて、これからどうしたものか。夜汽車でくたびれているから、アパートにまっすぐに帰って一寝入りすべきか、それとも……

そうだ、家畜車を福島まで引張って行った専務車掌の横川修三にもう一度会おうと思いついた。これは彼から前に聞いたことを確かめ、補足的なことを訊《き》いて完全にするためであった。

朝が早いから、彼の出勤前に会えるだろう。もっとも、運悪く乗務していれば別だが、何だか今朝は彼が家にいるような気がした。

上野から山手線《やまのて》に乗り換えて池袋《いけぶくろ》駅に降りたのは六時半ごろだった。すっかり明るくなっている。早出の勤め人の姿もかなり多く見かけられた。冷えた空気が皮膚に快い。

鬼子母神社《きしもじんじゃ》の近くまで行くと、涼しい境内に犬を連れて散歩している男の浴衣姿がどうも見覚えがあるので、近づくと、果して、横川修三であった。

「やあ、お早う」

底井武八は挨拶《あいさつ》した。横川車掌は、一瞬きょとんとして彼の顔を眺めていたが、すぐに思い出したらしく、

「やあ」

笑って、じゃれつくスピッツの頭を押さえた。

「この前はどうも」

横川は、スーツケースを提げている底井武八の手を眺めて、

「どこかにご旅行ですか？」

ときいた。

「いま、福島から帰ったばかりです。あなたにもお伺いした例のことを調べに行ったんですよ」

「へえ、それはご熱心ですな」

「矢板にも降りて、あなたから教わった獣医さんにも会って来ましたよ」

「ほう」

「ところで、もう一ぺんお伺いしますが、あなたが末吉厩務員《きゅうむいん》に馬の病気のことで連絡をうけたのは宇都宮駅停車中でしたね？」

「そうです」

横川車掌はうなずいた。

「あなたが、その家畜車に入ったとき、特に気のつく荷物はありませんでしたか？」

「さあ、馬の道具などが一ぱいありましたからね、たとえば鞍《くら》だとか、飼葉桶《かいばおけ》とかバケツとか、薬函《くすりばこ》とかそんなものが散乱していて、それに馬がつながれているものだから、足の踏み場もないくらいでした。それに、馬の病気だというので、ぼくも馬にばかり気をとられていたから、荷物のことはあまり……」

「そうですか。そういう場合、馬の附添人はどういうところに寝るんですか？」

「片隅に寝るんです。寝藁《ねわら》の上に横になる人もいれば、トランクのようなものをならべて毛布をかけ、即製寝台にして寝るのもいます」

「末吉君はどうしていましたか？」

「その即製寝台のほうだったと思います。もっとも、末吉さんは、馬の介抱で一睡もしてなくて、一晩中、起きてたようですがね」

「小山駅あたりで、あなたは家畜車をのぞいてみましたか？」

「いいえ」

横川は、また飛びかかってくる犬をなだめて答えた。

「小山駅では見に行きませんでした。ぼくは列車の最後部の車掌室で仕事をしていましたからね。宇都宮駅で、末吉さんの連絡をうけ、そこをのぞきに行ったのです」

「ふうむ、田端駅では見ているでしょうね？」

「そりゃ、仕事ですからね、各車輛とも一応点検して回りました。そのとき、末吉さんは馬の傍で駅弁を食べていて、よろしくお願いします、とぼくに挨拶されました」

「なるほどね」

――さて、聞くことはこれだけか。考えたが、別に思い浮かぶことはないので、

「いや、どうもありがとう。また、何かあったら、訊きに来ます」

「どうぞ」

「折角の散歩のところを済みませんでしたね」

「いいえ、ちっとも」

浴衣姿の車掌は笑って頭を下げた。

底井武八は池袋のほうへ歩いた。商店も、ぼつぼつ店を開けている。果物屋の前では、店員が到着した箱を釘抜《くぎぬ》きで開けていた。見ると、籾殻《もみがら》の中から夏ミカンが頭を出していた。

(福島で末吉から厩舎《きゅうしゃ》の者に与えた夏ミカンについていた砂は何だろう)

彼は、また思った。

底井武八は、アパートに帰って一睡《ひとねむ》りした。眼が醒《さ》めたときが午後一時だった。独り者だから邪魔する者がないかわり、ほうっておけば夜まで眠りかねない。一時に眼が開いたのは、まだ心が緊張しているからだ。

彼は冷い水で顔を洗って気分をさっぱりとさせ、クリーニング屋から届いていた半《はん》袖《そで》シャツをきて、府中の競馬場に向かった。末吉に遇う決心は、横川車掌と別れた直後に起こっている。

新宿からの京王線の電車に揺られながら、末吉に遇《あ》ってからのこちらの態度を研究した。対手は、何しろ、殺人犯人だ。うかつなことは訊けない。しかも、こっちは何も気がつかないふりをして、彼から重要な話を聞き出そうというのだから厄介であった。それに、十分要心もしなければならぬ。末吉の甘言に誘われて、一人きりで彼についてどこかについて行ったら、山崎編集長の二の舞にならぬとも限らぬのだ。しかも、あまり、びくびくしていては、末吉に感付かれる危険があるから、これは微妙なところだった。

府中競馬場に入った。

そのまま西田厩舎のほうに行く。太陽が真上から灼《や》きつけてくる。この炎天では、さすがに各厩舎とも人影がなく、夏の昼下りの森閑としたけだるさに満ちている。西田厩舎の入口からのぞくと、暗い馬房につながれている馬どもも暑さにげんなりとなっていた。どれがヒノデカップか、素人の底井武八には鑑別のしようもない。人影は一つもなかった。

底井武八は、この前に来たときを思い出し、厩舎の端にある階段の下に立った。この二階が厩務員部屋になっているのだが、耳を澄ますと、どうやら人声も聞こえる。足もとには、四、五足の靴や下駄が脱ぎすてられてあるから、上でまた博奕《ばくち》でもやっているのかもしれない。

「ごめんなさい、ごめんなさい」

底井武八は仰向いて呼んだ。

上の人声は急に止んだが、しばらくして、十八、九歳くらいの下乗り騎手の見習いらしい背の低い、ずんぐりした少年が降りてきた。

「何ンですか？」

階段の途中で、怪訝《けげん》そうに底井武八を見下ろしている。警察の者かと思って要心しているのかもしれない。

「末吉さんに遇いに来たのですが、居たら、ちょっと呼んでくれませんか？」

底井武八がなるべく柔和な顔つきになって頼むと、

「末吉さんですか。末吉さんなら、もう、この厩舎にはいませんよ」

少年はぶっきら棒に答えた。

「え、居ない？ どうしたんですか」

「一週間ばかり前にやめて郷里《くに》に帰りましたよ」

あっ、と思った。まさか、末吉が辞めて居なくなっていようとは予想もしなかったのだ。

「郷里は何処ですか」

「何ンでも、四国の宇和島《うわじま》の田舎と聞きましたがね。詳しい住所は分りませんよ」

「末吉さんからは、手紙が来ませんか？」

「まだ、来ていません」

「西田さんは、いま、いらっしゃいますか」

「先生は、箱根《はこね》の強羅《ごうら》ホテルに行きました。立山先生がそこに滞在しておられますからね」

若い下乗りは、少々、面倒臭そうにいった。早く上に戻りたいらしい。

そこに、ふらりと四十ばかりの髭面《ひげづら》の男が、半裸姿で入ってきた。

彼は、問答の最後を耳にしたらしく、底井武八に向かって訊《き》いた。

「末吉君を訪ねてみえたんですか」

親切な男らしい。下乗りは、それを幸いに、二階に上がってしまった。

「そうです」

底井武八は、新しい男に頭を下げた。

「末吉は辞めましたよ」

「そうだそうですね。今、聞いてびっくりしました。どうして、急にやめたんですか?」

「この商売が厭《いや》になったんでしょうね」

髭面の男は笑った。

「わたしは、すぐ前の千倉《ちくら》厩舎の厩務員ですが、末吉は、よく話していました。もう、いい加減にやめて、郷里《くに》に帰って百姓をしたいってね」

「末吉君は馬が好きではなかったのですか?」

「それは好きでしたよ。好きだからこそ、こんな仕事をつづけてきたんですがね。わたしも同じですよ。彼の場合は、四国の田舎に女房子供がありながら、百姓仕事は女房に任かせて、こっちに出てきていたんでさ」

「しかし……末吉君が辞める決心になったのは、何かあったんでしょうか？」

ここが大事なところなので、底井武八も慎重に訊いた。殊に、この男は隣の厩舎の人間なので、公平な言葉を吐くに違いなかった。

「それはね」

髭男《ひげおとこ》は、半ズボンのポケットから、吸い残りの短い煙草を口にくわえて話した。

「末吉が馬を持って福島競馬に行く途中、小山駅前で中村《なかむら》という、これも府中で厩務《きゅうむ》員《いん》をしていた男とひょっこり遇ったのが動機でしょうね」

「小山駅前で？」

「そうです、あすこで、貨車が一時間ぐらい停っていますからね。馬さえ大丈夫なら、脱《ぬ》け出して一ぱい飲むくらいはできますよ」

「ははあ」

底井武八は、全身の注意力をその話に傾けた。

「これは、末吉が福島競馬から帰ってわたしに話したので分ったことです」

髭男はつづけた。

「で、その中村という男は、ひどくさっぱりとした身なりをしている。よほど金回りがいいに違いないと思い、末吉が訊くと、いま、小山で土地のブローカーをやってひどく景気がいいというのです。中村は、わたしも彼がここにいたとき、知っているが、なかなか利口な男でしたよ。それを見て、末吉も、思い切って厩務員をやめる決心になったといってました」

末吉のその話は事実だろうか。府中から遁《に》げるための口実ではなかろうか。が、いまはどちらとも、底井武八には判断がつかなかった。

「その中村さんという人が、末吉君に遇ったのは、十五日の遅い夜でしょうね？」

底井武八は家畜輸送車が小山駅に到着したのは、十五日の二二時五〇分と記憶している。だから、中村が末吉に遇ったのは、十一時以後でなければならない。

「そうです。十一時二十分ごろだといっていました」

「十一時二十分ね……」

それでは、山崎編集長を家畜車内で絞殺して、すぐに外出したのであろうか。随分、大胆な行動だ。もっとも、人を殺したという衝動で、酒でも飲みに出かけなければやり切れなかったのかもしれない。

「中村さんとの話は長かったのでしょうか？」

「さあ、それはどうかな。長いはずはないでしょうね。一時間ぐらいしか停車時間がないのだから」

末吉は、中村と一しょに酒を一ぱい呑《の》んで家畜車に帰り、山崎の死体を適当に匿《かく》しておく操作を終わり、宇都宮駅についたとき、横川車掌に病馬のことで連絡した、という順序になりそうである。

「あなたも福島競馬に馬を連れて行かれましたか？」

「ええ、わたしも行きましたよ。貨車の都合で、十六日の夕方、田端を出ました」

「なに、十六日？ それでは西田さんが出発したのと同じ日ですね？」

「そうです。西田さんは十六日の『津軽』に乗られたそうですがね。恰度《ちょうど》、わたしが三時ごろ厩舎《きゅうしゃ》を出るとき、外から帰ってくる西田さんに遇《あ》いましたよ。おう、今からかい、と西田さんに声をかけられましたがね」

「外から帰ったというと、西田さんは外出していたんですか？」

「大きな声ではいえないが……」

髭男は鼻に皺《しわ》をつくってにやりとした。

「西田さんは神楽坂に好きな妓《こ》がいるんです。どうやら、前の晩は彼女のマンションに泊まって来たらしいですな。福島に行くので、別れを惜しんで来たのでしょう」

「ははあ、なるほど」

底井武八は調子を合わせて笑った。——十五日の晩は西田は玉弥のもとに泊まっていたのだ。

「末吉さんは中村さんに遇って、厩務員を辞める決心をして郷里《くに》へ帰ったわけですな？　四国の宇和島の田舎だと、いま聞いたんですが……」

「そうです。福島から帰ってすぐでした。わたしのところにも別れの挨拶《あいさつ》にきましたよ。まだ、郷里《くに》に着いたというハガキは来ませんがね」

「その郷里の住所は正確に分りませんか？」

「さあ、それは聞いたこともないから知りませんよ」

それでは、末吉が実際に郷里に帰っているかどうか分らないわけだ。いや、恐らく帰っていないであろう。危険を察知して逃走したと思える。

これは、立山か西田かの命令だと思えるから、相当な資金が立山から出ているはずだ。末吉の行方はこの両人しか知らないであろう。

だが、もしかすると、中村という元厩務員が知っているかもしれないという気もした。末吉の最後に遇った人間だから、或《ある》いは、とも思う。

「その中村さんという人は、小山のどの辺に住んでいるのでしょうか？」

「駅前通りで、野州不動産商事という看板を出しているのですぐ分る、と末吉がわたしに言ってましたよ」

「いや、どうも、いろいろとすみません」

底井武八は叮寧《ていねい》に礼を言った。そこを出るとき、もう一度、二階を見上げると、花札を叩《たた》く音が聞こえていた。

小山は、列車で上野から一時間一寸《ちょっと》で到着する。底井武八が着いたのは夕方であった。駅前を歩いていると、昼間の熱気が溜《たま》っていて汗が首筋に流れてきた。

「野州不動産商事」は間口二間ばかりの小さな建物だが、看板だけがいやに大きい。主《あるじ》の中村は、前に厩務員をしていたとは想像もできぬくらい恰幅《かっぷく》のいい男だった。

底井武八は、ここでも競馬ファンのような顔をして、自分は西田厩舎の末吉と親しかったが、いま、あすこを辞めて郷里《くに》に帰っているということだが、正確な住所を知らないか、と訊いてみた。

窓際の椅子に坐《すわ》らされたのだが、西陽が窓ガラス越しに首筋を刺すように射る。

「さあ、それはぼくも知りませんね」

中村は社長然とした鷹揚《おうよう》な態度で答えた。

「末吉とは、夜、駅前の飲み屋の前でひょっこり出遇いましてね。どうした、ときくと、いま福島に馬をもってゆく途中で、ちょっと時間があるから、一ぱいひっかけに出たというのです。それでは、という訳で、一しょに呑んだのですが、そのとき、末吉がぼくの近況をきくので、まあ、厩務員をしているよりはましだと答えたんです。彼も、つくづく厩務員稼業がイヤになったと述懐していましたよ。そういえば、日ごろの彼に似合わず、そわそわと落ちつかなかったですよ」

「それは貨車の停車時間を気にしたんじゃないでしょうか？」

「いや、ぼくも初めはそうかと思って心配しました。ところが彼が言うには、いや、まだいいんだ、あとの客車で貨車を追いかけて行くというんです」

「あとの客車で？」

「ええ、貨車は遅いですから、次に急行でも来れば追いつけますから、それは構わないですがね。心配なのは馬ですよ。まあ、わずかの留守時間ですが、あれほど馬の好きな末吉がそんな無責任なことをするのは、よほど厩務員がイヤになったんだなア、と思って、彼の顔を見ていたことでした」

「そうですか」

——あとの客車だと、どの列車のことだろう、それはどこの駅で追いついたのだろう、と底井武八は思い、あとで時刻表を調べてみることにした。

「そのほか何か変わった様子はありませんでしたか？」

「さあ、彼が腐っている様子なので、あまり深いことも訊《き》きませんでした。……そうですか、末吉が辞めたとなれば、ぼくに遇ったときに踏ン切りをつけたのでしょうな。郷里の女房のところに帰って、百姓でもしているのでしょう、少しばかりの田を持っているといったが、食うのには困りませんからね」

「末吉さんは、馬と一しょに、福島に夏ミカンを持ってゆくようなことを話していませんでしたか?」

底井武八は、思いついて訊いた。

「夏ミカンですって?」

中村は妙な顔をした。

「いや、そんな話は聞きませんでしたよ」

「そうですか。いや、どうもお邪魔をしました。もし、末吉君から便りでもありましたら、その住所をぼくに知らせてくれませんか?」

「承知しました」

中村は、底井武八の名刺をもう一度のぞきこんだ。

しかし、恐らく末吉からは一通の通知も来ないであろう。末吉は郷里にまっすぐに帰ったのではなく、相当な資金をもらって、当分はどこかにかくれて様子を見ているような気がする。最近は、底井武八は不動産屋を出て、近くの喫茶店に入り、ゆっくりと時刻表を調べた。ポケット時刻表を片時も身体からはなしていない。

すると、果して、有った。「いわしろ」という準急だ。これは上野を二三時三〇分に出る。小山が〇時四九分の着である。宇都宮到着が一時一八分だ。

だから、夜の十一時すぎに小山駅前に遊びに出た末吉は、「いわしろ」が来るまで一時間半近くも呑み屋でゆっくりと出来たわけだ。これでは、彼があわてなかったはずだ。

つまり、末吉は小山、宇都宮間を馬だけの車輛で走らせ、自分はあとから「いわしろ」に乗って宇都宮駅に降り、待避線に入る家畜車に乗りこんだのである。

そこで、彼は「馬の調子がおかしい」ということにして、専務車掌の横川に連絡したのであろう。――即ち、末吉が横川車掌に連絡したのが宇都宮駅だったことには、それだけの必然性があったわけである。

それから、彼が矢板駅で獣医を呼び、貨車の延着を図ったことは、前に考えた通りだ。

底井武八は三十分ばかりそこにいて、いろいろ思案したが、どうも、ふっきれないところがある、何となくすっきりしない感じがしてならないが、それがどことといって自分で指摘できない。

彼は帰り列車に乗った、外は、すでに暗くなっている。今朝は、ここを夜明けに通り、いまは、また夜を走る。調査の仕事も楽ではなかった。

闇の中に流れる灯を見つめているうちに、底井武八は、中村のいった言葉が、ふと耳に蘇《よみがえ》ってきた。

（あんな馬好きの男が、そんな無責任なことをするのだから、よほど厩務員《きゅうむいん》がイヤになったのですな）小山から末吉が馬だけの車輛を走らせたことをいっていたのだ。

——あんな馬好きな男が。

そうだ、末吉は馬が好きであった。横川車掌も、末吉の病馬の看病ぶりを見て感心していた。たとえ、あの病気のことは末吉の偽工作であるにしても、馬を愛していたということは分るのだ。

その末吉が、小山、宇都宮間を馬だけにして置いたというのは、どういう訳か。それを「厩務員がイヤになった」という末吉の中村に語った言い草だけで理解できるであろうか。

これは、何かあるな、と思った。

つまり、小山、宇都宮間はその車輛に馬だけで人間が居なかったという事実だ。いや、もう一つ、山崎治郎の死骸《しがい》が隅に寝かされてある！　底井武八は、走る暗い窓を凝視しながら、煙草ばかりを喫いつづけていた。味も何も分らない。車内の乗客の話し声も耳に入らない。思考の集中が感覚の全部を奪っているみたいだった。

（小山・宇都宮間に人が乗っていなかったのでなく、人が乗っていたら？）

そういう仮定もあり得るではないか。

横川車掌は田端を発《た》ってから、末吉に呼ばれて宇都宮ではじめて家畜車の中を見たという。だから、小山・宇都宮間で家畜車の中に、馬だけがいたのか、人間も一しょに乗っていたのか分りようがない。人間が同車していなかったという証明の方法もなければ、一しょにいたという確証もない。しかし、末吉は、小山駅前の呑《の》み屋《や》で貨車発車後の時間も呑んでいたのだから、人間が同車していたとすると、それは絶対に末吉ではない。ほかの人物だ。

つまり、小山に家畜車が停っているとき、その人物と末吉とが交替して乗ることである。さらに、宇都宮駅についたとき、あとから「いわしろ」で来た末吉ともう一度交替して、その人物が家畜車から降りることである。

こんな仮説も存在するではないか。——

このような仮説が成立すると、これまで考えてきた推定は、大きく変貌《へんぼう》を遂げてくる。

第一に、山崎治郎を車内で絞殺したのは、末吉でなくなってくる。彼と交替して乗りこんできた人間こそ山崎殺しの犯人である。この殺人行為は、以前の考えに戻って、小山駅を発した列車の進行中に行なわれたと見るのがやはり自然でもある。末吉がホームに降りた山崎を停車中の家畜車の中で殺すのは大胆すぎるし、その死骸をそのままに置いて、駅前に呑みに行くのも無神経すぎる。

そうすると——そうだ、そうなれば、山崎を誘いこんだのも末吉ではあり得なくなる。これも別人だ。しかも、山崎を殺した同じ人物だ。その人物は家畜車には乗っていなかった。田端から小山までは末吉だけが馬と一しょにいた。

　では、その男はどの列車に乗って来たのか。考えるまでもない、十五日の「津軽」である。即ち、立山前代議士が乗っていた列車であり、山崎が乗っていたと思われる列車である。

　おそらく、その人物と、山崎とは一しょに席を取っていたのではなかろうか。立山前代議士一行とは別な車輛《はこ》である。

　たとえば、こういう場合も考えられる。

「津軽」が小山駅に到着したとき、その人物が窓の外を指して、あすこに停っている貨物には、ウチの馬が積んである。一つ、三分間の停車時間を利用して、様子を見に行こうじゃありませんか、と誘う。

　山崎が、その言葉に乗って、何気なくホームに降りる。扉の開いている家畜車の中に二人は入る。突然、その男は扉を閉め、山崎に襲いかかる。膂力《りょりょく》の強い男に違いない。――このときは、末吉は早くも下車して駅前に飲みに行き、車内にはいなかった。

　勿論《もちろん》、その人物と末吉との事前の打ち合わせができていたのである。だから、あとの宇都宮駅に停車する家畜輸送車を末吉が、「いわしろ」で追ってきて交替乗車することも、その人物と相談ずくである。

　したがって、馬の病気を口実にして、家畜車をつないだ貨物列車の到着を遅延させたのも、その人物と末吉との打合せ済みの上である。

——ここまで考えてきて、底井武八はひとりで昂奮《こうふん》してきた。

だが、これだけでは、問題の全部の解決にはならない。最も肝腎《かんじん》なこと、別な貨車、一九一列車で送られた山崎発送委託のトランクの中に、どうして彼自身の死体が入っていたか、である。

なるほど、山崎が殺された現場も、犯人の見当もついた。しかし、このトリックの裏側が分らない。

犯人が、山崎の死骸と一しょに、小山・宇都宮間で家畜車の内に閉じこもったままでいたのでは、全く一九一貨物列車の中にあるトランクの中に死体を入れることはできないからである。

これは分らない。分らないことは後回しだ。

さて、末吉と交替して宇都宮で家畜車を降りたその人物はどうしたか。このときは、一時半ころになっている。彼はその晩、宇都宮に泊まっただろうか。いや、泊まる必要はない。その人物は、そのまま東京に引き返したものと思う。

ところで、それに適合する列車があるだろうか。——時刻表を見よう。

すぐには連絡がない。一時間ぐらい待って、宇都宮発二時四〇分の普通列車（一一二列車）がある。これだと上野に四時三〇分に着く。つまり、十六日の午前四時半だ。

早すぎる。府中に戻っても六時ごろだから仕方がない。朝帰りにしては早すぎるから、かえって人の眼に妙に思われる。そこで、女のマンションに寄って午《ひる》すぎまで睡《ねむ》り、午後三時ごろに厩舎《きゅうしゃ》に戻った、という順序に違いない。その人間に、山崎治郎を殺す動機はある。少なくとも、厩務員の末吉よりは密着している……。分った。ここまでは解けたぞ。

——汽車が上野に着いたので、底井武八はふらふらと改札口を過ぎた。うしろから改札係に怒鳴られた。切符を渡すのを忘れたのだ。出口も間違えた。人間、思考を追っているときは、放心状態になるものだ。

——家畜車を連結した貨物列車は、田端を二〇時五〇分に出ているが、大宮発の一九一貨物列車とは、どこかの駅で並行して停車することもあり得る。

しかしたとえそうだとしても、家畜車から、その人間が山崎の死体を担いで、貨車の中に入り、山崎発送のトランクの中に詰め替えるということは到底出来る芸当ではない。貨物車には錠がかけてあるし、第一、どの車輛に目当てのトランクが積まれているか、分るはずはない。

詰め替える——底井武八は、はっと息を呑んで、思わず立ち止まりそうになった。

一体、山崎が田端駅にもち込んだトランクの中味は荷札の名記通り衣類だったのだろうか。仮りに「衣類」だったとしても、自分の死体が輸送中に入るためには、その内容物を取り出さねばならない。重量七十二キロというから相当な重さである。

トランクのその内容物は、山崎の死体が入ったとき、どう処理されたであろうか。これは前から考えた疑問であったし、警察当局も、当時、沿線を調べているが、それらしい遺棄物は発見できなかったのだ。

その疑問が、いま、底井武八にもう一度大きく逼《せま》ってきた。

底井武八が眼をむいて見ているのは、果物屋の店先に、水々しい色で盛り上げられている夏ミカンであった。

その店の裏には、同じような夏ミカンの箱がいくつも積み上げられている。

「判った！」

底井武八が思わず声を上げたので、近くを通っていた人が妙な眼つきを向けて過ぎた。

福島で配った夏ミカンに砂粒がついていたのも解けた。底井武八は競馬の出走馬が優勝のたびにハンデキャップをつけるために重量をふやすことを知っている。これを競馬用語で「カンカンをふやす」といっている。重量をふやすためには騎手が鉛入りのチョッキを着たり、馬の鞍《くら》に、砂袋をつけたりする。

つまり、あの夏ミカンは、重量をふやすために砂袋と一しょに詰められていたのだ。

——

彼は、昂《たか》ぶっている気持ちを静めるため、うす暗い喫茶店に入り、冷いオレンジ・ジュースとアイスクリームをとった。

額に流れている汗を拭《ふ》いた。

トランク詰めのトリックは、やっと分ったにしても、まだ解けないのは、山崎が不運な最期を遂げる動機となった経緯だ。

山崎は、岡瀬正平殺しの真相を探知して対手《あいて》を脅迫したので逆に殺されたと思うのだが、では、山崎の摑《つか》んだ筋というのは何か。

それは、岡瀬がなぜ殺されたのかに関連がある。

岡瀬正平は、五億円に上る公金を費消して懲役に行ったが、出所して間もなく、府中の西田厩舎に行ったり、神楽坂の料亭「宮永」へ、前の彼の女の玉弥をこっそり訪ねて行ったりしている。これは底井武八自身が張り込みをやったり、追跡をしたりして目撃しているから、何よりも判然としている。

山崎は、あたかもそのことがあるのを予期しているかのように、底井武八に命じて、新井《あらい》薬師《やくし》の岡瀬の叔父がやっている雑貨屋の前の菓子屋の二階を岡瀬正平監視の場所とした。そのために、日ごろは取材費が渋いのに、この件では、たくさん費用を使ってくれと言い、ウイスキーの陣中見舞までしてくれている。

つまり、山崎治郎は、この事件の最初から深いところを知っていたのだ。分らなかったのは、底井武八だけである。

3

二十五歳の岡瀬正平が五億円も役所の金を使い込んだことは、当時、世間を驚倒させた。しかし、若い役人に分不相応の権力を与えすぎていることと、盲判行政による官庁機構の現在を考えれば、別におどろくに当たらない。上司の判コさえベタベタならべれば行政事務が完全だと信じこんでいる役人の事大主義的な愚かな考えこそ嗤《わら》うべきであろう。

岡瀬正平は五億円の大半をインチキ事業会社と女との遊興に費消したが、検事の自供によれば、一億円ほど辻褄《つじつま》が合わない。つまり、使途不明の金である。

岡瀬は、持ちつけぬ金を夢中で費《つか》ったので、正確に全部の費消先を記憶しないと言って、遂にそれで通した。その代わり、七年間、刑務所の内で送った。あたかも、彼が横領で握った大金の如く、彼はその青春を獄窓に浪費したのである。

当時は、世間でも、この使途不明な一億円について、岡瀬がどこかにひそかに隠匿し、出所してから取り出すつもりであろうと噂する者もあったが、歳月の経過は人を忘れ易くさせる。岡瀬が出所して、新聞の片隅にそれが報道されていても、ああ、あの男が出て来たな、という感慨だけで隠匿金の一件を想起する者はあまりなかったと思う。

だが、ここにそのことを忘れずに、岡瀬が必ずそれを取り出しに行くだろうと予期して、それを狙った男がいる。夕刊新聞の編集長山崎治郎だ。

彼は、出所する岡瀬に興味をもって取材する底井武八を激励し、散々におだてて使ったが、その真意は岡瀬が隠匿金を取り出す現場を押さえて、脅迫の上、半分くらいはせしめようと考えていたようである。

なのに、その岡瀬正平は、検挙前に死んだ母親の墓参に、福島県飯坂近くの寺に詣《まい》っているとき、その墓地で何者かによって殺害された。隠匿金（と山崎が信じている）一億円の行方は永遠に不明になったのである。

山崎治郎の怒りは燃えた。それは殺人犯罪そのものを憎むのではなく、折角、わがものに半金を考えていた彼の失望であり、そのために殺人犯人を憎悪したのである。まるで、自分の金を盗《と》られたような気がしたに違いない。

彼の追及は、岡瀬殺しの犯人に転換した。今度は、底井武八を除外して、彼だけがひとりでこっそりと調べていたのだ。

その結果、山崎は誰が岡瀬を殺したか、を推察し得たのである。立山前代議士に近づいたのも、家人にも黙って十五日の「津軽」に乗って一行と秋田まで同行するつもりになったのも、一切、他人に秘密にしたかったからだ。

ここに山崎治郎の孤立が起こった。自分の行先を誰にも知らさないというのは、自己の周囲から己を断絶させ、連絡を切断させ、自身の存在が宙に浮くことである。殺人者にとってこれほど絶好の条件はない。犯人自身の線も容易に浮かんでこないからである。

さて、山崎治郎が立山を脅迫したらしいことは分るが、それは無論、岡瀬事件であろう。それなら、立山前代議士と岡瀬正平との関係はどうなのか。山崎が嗅《か》ぎつけたのは、この両者の関係だと思われる。

のちの岡瀬殺しも、山崎自身の不測の最期も、この両者の関係が発展したものではないだろうか。岡瀬を誰が殺したか、山崎を誰が殺《や》ったか、犯人追及も大事だが、まず、立山と岡瀬の関係を知るのが根本問題だ、と底井武八は考えをすすめた。暑苦しいアパートの中で、彼は頭を抱えて考えこむ。思考のままメモに取るのだが、それを消したり、書き直したりして長い時間を費した。

——山崎が岡瀬問題で立山寅平を脅迫していたとすれば、立山は岡瀬のことで非常に弱い立場にあったことになる。

それは岡瀬殺しという殺人事件発生以前の問題である。

たとえば、芸者の玉弥は七年前は岡瀬の愛人であった。しかし、出所してみると、彼女は西田孫吉の愛人と変っていた。しかし、この殺人事件に女の問題が絡んでいるとは思われない。

それは、やっぱり行方不明の一億円の金が原因であろう。——と底井武八は考えるのだ。

底井武八は呻《うめ》きながら思索しつづける。

——その金について立山が岡瀬から負い目を感じていたというのは、立山が岡瀬からその金を借りていたのではないか、と思えるのである。むろん、これは彼のつまみ喰《ぐ》いが曝《ば》れない以前だ。

政治家は、事業経営体を持たない限り、すごく金を欲しがっている。ことに選挙ともなればいくらでも金がかかる。

底井武八は、新聞社の旧《ふる》い年鑑を調べてみた。すると、果して岡瀬の横領が摘発される一年前に議会が解散されていることが分った。立山寅平はそのときの総選挙に当選している。岡瀬の横領は三年間に亘《わた》っているのだから、その間のことだ。

では、立山は選挙資金に、岡瀬からつまみ喰いの一億円を借りたことは、ほぼ、推定がついたが、分らないのは、立山がどうして岡瀬と知り合いになったか、である。

いや、岡瀬がそのような大金を持っていることが、どうして立山に分ったのであろう。

岡瀬は立山の選挙区の人間ではない。赤の他人の両者が識《し》り合ったパイプは何だろう。

両人とも競馬が好きだから、競馬が取り持つ縁からか。まさか。

そうだ、と底井武八はようやく膝《ひざ》を打った。

両人の間に介在したのは玉弥だ。この女が両人をひき合わせたのだ。

そのころ、若い岡瀬正平は役所の金をつまんでは、神楽坂で遊んでいた。玉弥との関係ができたのもこのころだろう。

一方、立山寅平も、当時、西田が熱中していた玉弥をひいきにしていたと思われる。馬主と調教師とは親密な間柄だ。そこで玉弥は、選挙資金に困っているひいき客の立山に、岡瀬のことを話したのかもしれない。

岡瀬は、その遊蕩《ゆうとう》資金の理由を、田舎の大きな山林もちの叔父が死んで、遺産が転げこんできたので、その大山林を処分した金を使っているのだ、と言いふらしていた。玉弥もその通りに信じこんでいたので、

（わたしの知っている人に、若いけどこんな大金持ちがいる。あなたも少し借りたらどうですか）

とでも立山寅平に話したのだろう。

立山は喜んで玉弥の紹介で岡瀬に会った。岡瀬としては、早晩、自分の使いこみも曝れることだから、立山に貸した金だけ検事の前にも裁判にも黙っていて、温存して

おこう。立山代議士もあとで金の性質を知っておどろくだろうが、いまさら公表もできず、沈黙しているに違いない。即ち、立山に貸した金は、出所後にこっそり返してもらって、事後の立ち直り資金としようと考えたのだろう。つまり、岡瀬は対手《あいて》が代議士だから安全な預金のつもりで立山に貸したものと思う。

立山寅平としては、この若造の金は少し臭いなと思ったかもしれないが、咽喉《のど》から手が出るほど欲しい選挙資金である。金はいくらあっても足りないときだ。派閥の親分から貰《もら》うお手当は知れたものである。変だとは気がついていても、岡瀬からのその金を借りたものと思える。

さて、岡瀬は七年の刑を終えて出所した。立山に貸した一億円は無事に彼の手もとに戻っただろうか。

底井武八は少しずつ推理をすすめた。苦心惨憺《くしんさんたん》である。

政治家は、いつも金が足りない。儲《もう》かることもあるかもしれないが、出る方が多い。

——ここで出所後の岡瀬が一ばんに行った先を底井武八は想い出す。菓子屋の二階から見張っていた彼が、岡瀬が動くと知って追跡した先は府中競馬場の西田厩舎《きゆうしや》であった。立山の馬が以前から西田に預けられていることを岡瀬が知っているからである。

岡瀬が西田を訪ねた目的は、立山の所在を聞き出したかったことにある。

立山寅平を訪問するには、彼の事務所でもいい——私宅でもいいのだが、岡瀬はそういう方法をとらなかった。自分に尾行がついていることを何となく予感した彼は、立山との関係を尾行者に知られたくなかった。出来れば、立山のアジトにこっそりと訪ねたい。

もう一つの推測は、岡瀬が立山前代議士の私宅や事務所に電話をかけても、先方が立山の所在を教えてくれなかったことだ。立山が皆にそう言わせたのかもしれない。恐らく、こういう場合もあったであろう。

とにかく、岡瀬に会った西田は彼の追及に面倒臭くなって、それは神楽坂の玉弥に訊《き》けば分ると言ったであろう。尚《なお》、このとき、玉弥の旦那《だんな》が西田だと岡瀬には分ったことであろう。

七年間も刑務所にいれば、娑婆《しゃば》でそのくらいの変化があっても、岡瀬はそれほどおどろきはしなかった。女の不実は仕方がない。ああいう水商売の女が七年間も自分を待っていてくれたとは思わぬ。現在はそれよりも金が欲しい。

立山寅平に会って早く金を返してもらいたい。岡瀬はそう考えたに違いない。

岡瀬は昔の女に遇《あ》い、

（おまえが証人だ。立山さんにあの金を早く返して貰いたいから、そう伝えてくれ）

と言った、と思う。玉弥が当時の証人だからでもある。

こうして玉弥と岡瀬は返金問題で話をしたが、出所後の彼は女よりも金だ。しかも一億円という大金である。岡瀬としては、ぜひ、返して貰わなければならぬ。

しかし、立山寅平にはそれだけの金の用意がなかったと考えられる。落選代議士の哀しさで政治献金がないのだ。落ちて、「タダの人」となってしまっては、それまで献金してくれた企業もソッポをむいて、冷たくなる。だから、彼は岡瀬にいい加減なことを言って払わない。返す金が無いのだ。

岡瀬はどうしただろうかと、底井武八はここで岡瀬の気持ちになってみる。いや、利口な岡瀬がこういう場合を予想して、立山から借用証書を取っていないはずはなかった。

岡瀬は、立山が返金しなければ、この事実を新聞にでも発表する、と言って脅かしたかもしれない。借用証書という証拠もある。立山寅平は窮地に追いこまれた。

そのことが立山にとってどうして困るかといえば、岡瀬が、問題の貸金の性質を立山がうすうす知っていた、と宣伝しそうだからだ。

これは天下の代議士としては甚だ困却することである。岡瀬は役所の金を使い込んだのだから、国民の税金を横領したのだ。その金を借りたとあれば、いかに立山がそんな事情の金とは知らなかった、と弁明しても、世間は疑惑の眼で見るだろう。殊に、二十五歳の役所勤めの青年が一億も貸したことに代議士として疑いを持たなかったのかと言われるだろう。

立山寅平としては、岡瀬から金を借りたことを、できれば全面的に否定したい。が、それは、岡瀬に自筆の借用証書を握られているから不可能である。立山の気持ちは、もし可能なら、岡瀬の持っている証文を盗みたいくらいだろう。証拠がなければ、岡瀬の主張も根拠を失うからだ。玉弥は、もとより今では西田が大事だから、馬主の立山前代議士の味方である。

岡瀬の持っている借用証書を盗む――こう考えてきて、底井武八は、はっとなった。岡瀬は検挙される前にその立山の証文をどこに蔵《しま》っていたのだろうか。当時、岡瀬が匿《かく》し金をもっているのではないか、という疑いから、警察官が各方面を随分調べたが、紙きれ一枚出てこなかった。職権を以《もっ》て銀行も調べたが自供通りの預金があるだけであった。尚、岡瀬は銀行保管の個人用金庫は持っていなかった。

岡瀬は、その借用証書を他人に預けたのではあるまい。そういうときの人間は、極端に猜疑心《さいぎしん》が強くなるものだ。うっかり他人に、立山寅平との貸借関係、即ち、彼の匿し資金の存在が知られては困るのである。

金を返してもらったときに、それを知っている他人に半分くらい出せといわれるかもしれない。現に、山崎治郎のような男もいることだ。

いや、悪くすると、証文を預けた他人に、その証書を当局に提出されるかもしれない。そうなると、立山への貸金がそのまま没収されて、岡瀬は無一物になる。

岡瀬は必ず自分だけが知っている安全なところに、立山の借用証書を匿していたと思われる。

岡瀬は立山寅平からうけ取った借用証書をどこに保存していたのであろうか。立山が盗み取りたいくらいに考えたに違いないその証書の在処《ありか》は……？

岡瀬にとっては、立山から返金して貰う唯一の証拠であり、不払いの際は立山を脅かす武器だから、よほど人の気づかぬ巧妙な場所でなければならぬ。

それには条件がある。刑を受ければ永いに決まっているから、その間、火事で焼失してはならない。従って家屋のような建物の中ではない。

雨に濡《ぬ》れてもならないし、腐ってもならない。金属性の頑丈な函《はこ》にでも入れて、地下に埋没したのであろうか。

底井武八はここではっとした。

岡瀬正平が立山前代議士の証文を匿す場所が解けたのだ。地下金庫、つまり墓の下だったのだ。岡瀬正平の母親は、彼が検挙される二か月前に死んだ。恰度《ちょうど》、当時の立山代議士に一億円を貸した時期だ。岡瀬はその借用証書を母親の遺骨壺《いこつつぼ》の入っている白木の箱の中に入れ、そのまま墓の下に入れたのだ。最も安全な匿し場である。ここは人も気づかない。盗難にも火事にもあうことはない。雨にも濡れない。

一億円の現金を岡瀬が「地下金庫」に格納していたと思っていたのは大間違いだっ

た。骨壺もそのままだ。そこには札束の代わりに一枚の「借用証書」が入っていたのだ。

岡瀬は出所して母親の墓参と称して飯坂に行った。が、墓地に着いた時、近くで石工が仕事中で、借用証書が取り出せず、本堂に住職を訪ねたあと、もう一度墓地に戻った。

だから、岡瀬正平が殺されたのは、借用証書を懐の中に納めたあとだ。――その始終を背後で覗《のぞ》いていた者がいたのである。その人物は東京から岡瀬のあとを尾行して飯坂までわざわざ来た男だ。彼もまた、岡瀬が出所すると同時に、必ず証文を匿している場所に行くものと期待して、それを狙っていたのであろう。その男が岡瀬正平を殺した犯人だ。

山崎治郎はそれに気づいた。犯人に対し彼の脅迫がはじまり、そのために彼はその犯人によって生命を落とした。――

4

山崎治郎がなぜ自分で七十二キロものトランクを担いで荷物係の窓口に行かねばならなかったか、つまり、犯人がどうして山崎にそういう行動を取らせ得たか。

底井武八の疑問を西田孫吉の供述が解答していた。

《私と山崎とは「津軽」に乗って、立山さんと一しょに秋田に行くことにしていました。山崎は岡瀬殺しで立山さんと私とを脅迫していましたが、彼は立山さんに一千万円を私に五百万円を出せといっていたのですが、話が急にはまとまらず、秋田まで持ち越すことになったのです。

山崎は、私が岡瀬を殺したと知っても、私よりも立山さんが金持ちだろうと考えていたのです。

私は、山崎から到底脱《のが》れることができないと知り、彼を殺すことにしました。

私は、トランクを二つ用意し、荷札の文字も自分の左手で書いて瓜二《うりふた》つのものにつくりました。山崎の体重を何気なく訊いて六十一キロというので、その分だけ夏ミカンを、馬の重量ふやしに使う砂袋と詰めて、内容物を衣類とし、山崎と一しょに田端駅に持ち込んだんです。はじめは夏ミカンだけにしようかと思いましたが、あんまり買いこむと怪しまれるので、砂袋と詰め合わせました。トランクの運搬には、私の自家用小型車を使いました。夜になると、競馬場は人がいませんから誰も見ていません。山崎とは駅で待ち合わせて遇ったのです。彼はいま駅前の食堂でライスカレーを食べてきたといっていました。

荷物の受付に行く途中で、私は急用を思い出したといって、山崎に荷物の発送を頼みました。何も知らない彼は私の言う通りにそれを引きうけて荷物の受付係に行ったのです。そのトランクには、あとで死体が入って発見されることになっているので、私の顔が駅員の受付係に見られては困るからです。山崎なら、どうせ死ぬのですから、荷物の発送人から足がつくことはありません》

発送人が、そのトランクの中で死体となって出てきた理由の半分はこれで底井武八に分った。あとの半分は。——

《もう一つの同じようなトランクは、上から白い布で包み、厩務員《きゅうむいん》の末吉に家畜車の中に積ませました。そのとき、私は末吉に注意して、このトランクを車掌に見られないようにしろと言ったので、彼は他の荷物などと一しょに片隅にならべ、上から毛布をかけて即製寝台をつくっていました。家畜車に積み込むときも、上から白布で包んであるので、駅員に見られても、すぐにそれがトランクだとは気がつきません。こっちのトランクは空っぽです。

私は夏ミカンと砂袋詰めのトランクを二十時半ごろに荷物係の窓口に出せば、これを積む貨物列車が、郡山駅に翌日の一九時ごろに着くことを、二、三日前に調べていましたので、余裕を見て二十一時なら郡山駅の荷物係からそのトランクを受けとれると思いました。万事、この時間に合わせてあとのすべての工作をしたのであります。

田端発の家畜輸送車は二〇時五〇分に出て二二時五〇分に小山に到着し、あとから来る急行「津軽」を先に通すために、しばらく停車します。これは私が何度も福島に馬を送ったり、自分でも「津軽」に乗っているので分っています。

末吉には一切の事情を話して、家畜車が小山に着いたらすぐに出て駅前に遊びに行けと言っておきました。

私と山崎とは、約束通り十五日の「津軽」に乗り、立山さんとは別な車輛に一しょにいましたが、小山に着いたとき、あすこに停っている貨車の中にウチのヒノデカップがいるから、ちょっと様子を見に行こうと誘いました。山崎は三分間しか停車時間がないので、かなり渋っていましたが、私の執拗《しつよう》なすすめに応じて、ホームを降り、扉の開いている家畜車の中に入りました。

山崎は、おや、末吉君がいないね、ときょろきょろ車内を見回しているすきに、私は手早く扉を閉めて外から見られないようにし、彼に襲いかかって絞め殺しました。彼はびっくりして声も立て得なかったのです。一ばん、心配したのは、車掌が見回りにくることでしたが、それはなくて、ほっとしました。外に出た末吉にはあとの列車、「いわしろ」で宇都宮まで来るように言い、私は宇都宮で彼と交替し、青森から来る二時四〇分発の普通列車で東京に帰ったのです》

――このへんは底井武八の推定通りだが、山崎殺しが少し違っている。西田は小山駅停車中に山崎を殺したというのである。声を立てられる危険があったからだろう。

専務車掌の見回りを恐れているのは、なるほどと思われる。

《家畜輸送車が小山を出て宇都宮に着く間、大急ぎで山崎の死体を、用意の空トランクの中に詰め、田端駅で夏ミカンと砂袋の詰合せを発送したと同じ体裁に荷造りしました。宇都宮駅に停車中、「いわしろ」で着いていた末吉にあとの手筈《てはず》を教えて私は降りたのです。あとの手筈というのは、郡山で、荷物係から山崎発送のトランクをうけとることです。私は山崎から返してもらった甲片を末吉に与えてその実行を命じました。

ただ、郡山駅についたとき、家畜車から降りたのでは駅員の目にとまりやすいので、一つ手前の停車駅須賀川で降りて、「しのぶ」に乗り、郡山に降りろと言っておきました。ただ、受け取ったトランクを家畜車に担ぎ入れるのが困難ですが、夜のことだし、末吉はなるべく暗い構内線路を択《えら》んで歩き、ホームとは反対側から運び入れたといっていました。この反対側の扉だけは、運び入れやすいようにかねて開けておいたのです。

それで、郡山から五百川《ごひゃくがわ》までは、家畜車の中に死体入りと、夏ミカンと砂袋入りとのトランクが二つあったわけです。貨車が五百川に停ると、末吉は死体入りのトランクを駅の近くの草原に捨てに行ったのです。あまり遠くへ行けなかったのは、停車時間が無かったからです。幸い、深夜ですから誰にも見咎《みとが》められなかったのです。

言い忘れましたが、矢板で馬の病気を言い立てたのは、普通だと家畜車を連結した貨物列車が郡山に早く着きすぎるので、その時間の調節で遅らせるようにしたのです。すべては、郡山駅から例のトランクを受けとる時間に合わせたのであります。

こうすると、丁度、山崎が田端駅で発送したトランクに死体が入ったように見えます。警察ではこのふしぎに困っていたようです。私もはじめから奇を狙ったのではないのですが、私の顔を田端駅の荷物受付係に見覚えられたくないばかりに、山崎を使ったのです。考えてみると、あれが失敗でした。ほかの人間をつかったほうが、山崎が東京で殺されてトランク詰めになったと思われ、かえって判らないですんだかもしれません》

——発送人がそのトランクの中に死体となって入っていた奇妙な現象の全部はこれで分った。

《あとには車内に夏ミカンと砂袋詰めのトランクが残っています。夏ミカンは沿線に捨てると足がつくので、仕方なく、福島競馬場に持ってゆき、ほかの厩舎《きゅうしゃ》の者にもお土産としてやるように、末吉に言いつけました。砂袋からこぼれた砂が、夏ミカンに付いていたそうですね》

——これは底井武八が推測した通りである。

《私のもう一つの失敗は、そしてこれが致命的な失敗ですが、山崎が秋田の旅館に部屋の予約の電報を打っていたことです。党大会で宿が満員になる恐れがあると彼は思い、立山さんや私（私も十五日の「津軽」で行くように山崎には言っておいたのです）とぜひ同じ宿に泊まりたかったのでしょう。それは脅迫金の相談があるので彼だけがほかの宿では不便と思ったからです。……この電報のことで一ぺんに山崎が秋田に立山さんと同行することが底井という新聞記者に分ってしまったのであります。

私が、十六日早朝一旦《いったん》帰京し、その晩の「津軽」で出発したようにしたのは、十五日に小山で山崎を殺した工作を見破られないためでしたが、それも無駄になりました。私の犯行のすべては、長い間、恩になった立山さんのためであり、特に山崎殺しは私自身の防衛のためでありました》

――前代議士立山寅平は「嘱託殺人」の疑いで起訴され有罪になった。

厩務員の末吉は「殺人幇助《ほうじょ》」の疑いで捜査された。彼は、立山や西田から出た金で、信州《しんしゅう》の田舎の温泉にかくれていたところを逮捕され、有罪となった。

底井武八は、今でも墓地の隣りの狭苦しいアパートにいて、安月給で夕刊新聞社につとめている。

解説

中島河太郎

近年の日本人の旅行ブームは、いささか過熱気味だと説く論者さえある。戦前まではせいぜい物見遊山か、湯治しか楽しめなかったのに、経済大国を自負するようになってからは、海外渡航者は俄然《がぜん》激増した。また国内にしても、昔風の名所旧蹟《きゅうせき》遊覧よりも、自分の好みによってコースを選択するようになった。時流に敏感な出版社が、トラベル・ミステリーと銘うった作品を氾濫《はんらん》させるのも当然かもしれない。

列車、飛行機、船やくるまなど、とりどりの交通機関に取材しながら、あるいはその機構を犯行に利用したり、あるいは舞台背景とするなど、さまざまな工夫が凝らされている。クロフツやクリスティーらの先行作品にしても、その緻密《ちみつ》な構成や、意外な発想に唸《うな》りながら詩情の乏しさを喞《かこ》つ場合が多い。旅が閉塞《へいそく》社会からの解放とすれば、そこにはおのずから、そこはかとない旅情を醸しださずにはいないはずである。単に旅行の手段としての乗物を、ミステリーに採り入れたというだけでは、単なる謎解きに終ってしまう恐れがある。ミステリーはその特異な性格から、知的な解明という歓《よろこ》びを与えなくてはならないが、同時にまた小説としてのおもしろさも具《そな》えていなければならない。

論理性と文学性の融合ということは、ミステリーにとって永遠の課題だと思うが、その可能性をもっとも強力に立証したのが松本清張氏の出現であった。氏が日本のミステリー界に与えた大きな衝撃については、あらためて説くまでもない。氏の目ざましい業績のうち、ローカル・カラーの導入はあざやかな印象を残したひとつであった。

欧米直輸入の戦前の探偵小説は、その形態を模倣するのに急であったから、場所は東京でなければ、A県R町の架空の土地で差支えなかった。現実性よりも、いかに奇抜な話を提供するかと腐心したからである。

戦後の本格長篇興隆の口火を切った横溝正史《よこみぞせいし》氏の「本陣殺人事件」は、その後の「獄門島」「八つ墓村」などと共に岡山県の農山村を背景にしている。封建的な因襲と血縁・地縁関係による軋轢《あつれき》を描くには恰好《かっこう》の舞台であった。しかし、横溝氏にとっての岡山県は、たまたま疎開先として風土に触れたもので、作品中の地名・島名は伝奇世界の産物にすぎなかった。

戦後十年を経て、屛息《へいそく》状態に陥っていた推理文壇を瞠目《どうもく》させたのは、松本氏の進出であった。昭和二十八年、芥川賞《あくたがわしょう》を受賞して、現代小説や時代小説に新鮮な切れ味を見せていたのが、三十年には「張込み」を、翌年には「殺意」「顔」「声」「共犯者」などを発表して、日本探偵作家クラブ賞（現在の日本推理作家協会賞）を受賞するほど、その力量を認めざるを得なかった。

三十二年になると長篇に着手して、まず「点と線」が、一足遅れて「眼の壁」が並行して連載されたが、単行本として出版されるや、空前の反響を呼んだ。在来のミステリー・ファンが新風の到来に刮目《かつもく》したばかりでなく、これまで推理小説に関心を寄せなかった民衆の心を魅了した。

意外性と遊戯性に趨《はし》りすぎていた従来の作風に対して、松本氏は日常性、現実性に立脚し、人間観察を深めて犯罪の動機を重視した。硬質で核心をつかんだ文体、均斉のとれた構成力など、数えあげればまだいくつもの特質が挙げられると思うが、舞台を東京に限らず、地方色を鮮明、的確に写したことが、作品のそれぞれの深い印象を刻んで効果的であった。

第一長篇「点と線」は、東京駅十三番線ホームから十五番線が見通せるわずかの時間に、男女が旅に出発する場面が目撃され、やがて福岡県の香椎潟《かしいがた》で情死死体が発見される。容疑者のアリバイを打破するため、捜査の手は青函《せいかん》連絡船、北海道に伸び、南北にわたる事件になっている。

「眼の壁」では中央線の見ばえのしない山峡の小駅、三留野《みどの》が紹介された。ここから木曽《きそ》峠を越すのだ。「白い闇」の十和田湖《とわだこ》、「ゼロの焦点」の羽咋《はくい》、能登金剛《のとこんごう》、「遭難」の青木《あおき》湖《こ》、槍《やり》ヶ岳《たけ》、「影の地帯」の野尻湖《のじりこ》、「波の塔」の諏訪湖《すわこ》、樹海、「球形の荒野」の奈良、蓼科《たてしな》、「砂の器」の秋田、山陰など、著者は必ず舞台を転々とし、登場人物を旅立たさずにはおかないのである。

近年はただ地名さえ添えればいいといった観光案内風の推理小説ばやりである。その先達となったのはたしかに著者にちがいない。著者の場合は抒情《じょじょう》と叙景を一致させるためののっぴきならぬ土地が選ばれているのであって、まだ題名になっていない地名を穴埋め的に探してつけたものとは類を異にしている。

本書は先に挙げた作品に引き続いて、三十六年四月十日号から「週刊公論」に連載されたが、掲載誌休刊のため八月二十一日号で中絶した。そのときの題名は「渇いた配色」である。後半は翌年、「小説中央公論」の五、十、十二月号に連載された。これに加筆して「死の発送」と改題、五十七年にカドカワ・ノベルズ版として刊行された。二十年ぶりに陽の目を見たことになる。

公金五億円を費消した下級役人岡瀬は刑に服したが、この物語はその七年後の刑務所の出所から幕が開く。彼は横領した公金の残り一億円の使途について、最後まで口を割らなかった。三流紙の編集長山崎《やまさき》は、岡瀬に隠し金があると見込んで、部下の底井《そこい》に費用を惜しまぬからと見張りを命じた。

底井は辛抱強い見張りと、尾行の失敗を重ねながら、編集長の意図が単に特種だけを狙っているのではないことを薄々察するようになった。岡瀬は府中《ふちゅう》の競馬場、神楽坂《かぐらざか》の近辺に出かけただけだが、突然、福島県の飯坂《いいざか》温泉への旅に出て、そこで絞殺死体となって発見されて局面は急激に転換する。

岡瀬が殺されたのは隠し金のせいだと確信する編集長は、犯人の追及よりも隠し金の所在に執念をもっているらしい。これまでスクープを狙うつもりで、辛《つら》い見張りと聞き込みに甘んじていた底井が、視点の転回に気付いたとき、こんどは編集長が失踪《しっそう》し、トランク詰め死体で発見されたのだ。

田端《たばた》駅から発送されたトランクは、郡山《こおりやま》駅で受け取られているが、その発送人がトランクの中で死体になっているという難解な謎に逢着《ほうちゃく》する。徒手空拳《としゅくうけん》の三流新聞記者が、怪談としか思えない謎に挑戦するのだが、どんなに難解であっても、謎は解けなければならぬはずである。

著者はここで栃木県矢板《やいた》から、福島県の郡山にかけて、準急しのぶ、急行津軽《つがる》、貨車、輸送車を駆使して、意表をついた犯罪工作を展開する。旅好きの著者のトラベル・ミステリーだけに、読者の盲点をついた斬新なトリックが、不可能を可能にしている。夥《おびただ》しい作品量にもかかわらず、巧緻《こうち》なトリックを編み出した著者の創造力にあらためて敬意を表したい。

本書は、昭和五十九年九月に小社より刊行した文庫を改版したものです。
なお本文中には、気狂い、狂人、盲判行政など、今日の人権擁護の見地に照らして、不適切と思われる語句や表現がありますが、作品全体として差別を助長するものではなく、また、著者が故人である点も考慮して、原文のままとしました。

死《し》の発送《はつそう》

新装版《しんそうばん》

松《まつ》本《もと》清《せい》張《ちょう》

昭和59年 9月25日　初版発行
平成26年 4月25日　改版初版発行
令和7年 5月30日　改版10版発行

発行者●山下直久

発行●株式会社KADOKAWA
〒102-8177　東京都千代田区富士見2-13-3
電話　0570-002-301（ナビダイヤル）

角川文庫 18518

印刷所●株式会社KADOKAWA
製本所●株式会社KADOKAWA

表紙画●和田三造

ISBN978-4-04-101322-9　C0193

◆◆◆

角川文庫発刊に際して

角川源義

第二次世界大戦の敗北は、軍事力の敗北であった以上に、私たちの若い文化力の敗退であった。私たちの文化が戦争に対して如何に無力であり、単なるあだ花に過ぎなかったかを、私たちは身を以て体験し痛感した。西洋近代文化の摂取にとって、明治以後八十年の歳月は決して短かすぎたとは言えない。にもかかわらず、近代文化の伝統を確立し、自由な批判と柔軟な良識に富む文化層として自らを形成することに私たちは失敗して来た。そしてこれは、各層への文化の普及滲透を任務とする出版人の責任でもあった。

一九四五年以来、私たちは再び振出しに戻り、第一歩から踏み出すことを余儀なくされた。これは大きな不幸ではあるが、反面、これまでの混沌・未熟・歪曲の中にあった我が国の文化に秩序と確たる基礎を齎らすためには絶好の機会でもある。角川書店は、このような祖国の文化的危機にあたり、微力をも顧みず再建の礎石たるべき抱負と決意とをもって出発したが、ここに創立以来の念願を果すべく角川文庫を発刊する。これまで刊行されたあらゆる全集叢書文庫類の長所と短所とを検討し、古今東西の不朽の典籍を、良心的編集のもとに、廉価に、そして書架にふさわしい美本として、多くのひとびとに提供しようとする。しかし私たちは徒らに百科全書的な知識のジレッタントを作ることを目的とせず、あくまで祖国の文化に秩序と再建への道を示し、この文庫を角川書店の栄ある事業として、今後永久に継続発展せしめ、学芸と教養との殿堂として大成せんことを期したい。多くの読書子の愛情ある忠言と支持とによって、この希望と抱負とを完遂せしめられんことを願う。

一九四九年五月三日